Nelly Weaver

Toi. Moi. Et les étoiles

Tome 4

Ce livre est une fiction. Toute référence à des événements historiques, des personnages ou des lieux réels serait utilisée de façon fictive. Les autres noms, personnages, lieux et événements sont issus de l'imagination de l'auteur, et toute ressemblance avec des personnages vivants ou ayant existé serait totalement fortuite.

Site de l'auteur : www.nellyweaver.fr

contact@nellyweaver.fr

ISBN : **979-10-359-2420-1**

Quand tu aimes quelqu'un, tu le prends en entier, avec toutes ses attaches, toutes ses obligations. Tu prends son histoire, son passé et son présent. Tu prends tout, ou rien du tout.

R.J Ellory

Anima-Wajdi Mouawad

Prologue

Livie

Le service vient de se terminer. Je devrais être pressée de rentrer. Je devrais me réjouir de retrouver Ethan. Mais ce n'est pas le cas. Nous nous sommes tellement éloignés l'un de l'autre depuis qu'il sait. Depuis qu'il sait tout.

Il n'y a pas que la mort de Will qui plane comme une ombre entre nous. Non. En lui faisant lire mon journal, je lui révélais le vrai moi. La fille que je cachais.

Celle qui me fait peur.

Celle qui a agressé Amy dans les vestiaires.

Celle qui dort en moi attendant patiemment le moment pour surgir.

Il a pu saisir chacune de mes pensées, chacun de mes mots qui retraçaient tout ce que nous avions vécu depuis que la psy de l'hôpital m'avait suggéré de poser sur papier ce que je me refusais d'énoncer à voix haute. C'était un pari risqué de tout lui dévoiler. Il a pu ainsi se rendre compte de l'étendue de mes mensonges, mais j'espérais au fond de moi que cela lui prouverait une fois pour toutes que j'avais pris la plus grande décision de ma vie. Je ne ferai plus marche arrière et il avait le droit de tout savoir.

Mais l'espoir que nos sentiments soient assez forts s'amenuit de jour en jour. Et la nuit dernière, pour ne rien arranger, il m'a surprise. Je ne sais pas ce qui m'a poussée à consulter le site internet de l'agence de mon père. Je ne peux pas l'expliquer, car je ne le sais pas moi-même.

Je range mes affaires dans mon vestiaire tandis que j'entends Hayley discuter avec Cédric derrière moi, mais je ne prête pas attention à ce qu'ils disent. Mes pensées sont trop noircies par le trou dans mon cœur. Celui qu'Ethan a laissé, mais que j'ai moi-même provoqué.

Je referme mon casier et prends la direction de la sortie.

— Tu n'as pas l'air dans ton assiette, ça va avec Ethan ? me demande Cédric.

Hayley me jette un coup d'œil. Elle espère toujours que j'arriverais à persuader Ethan de lui parler, mais aujourd'hui, ce n'est pas vraiment ma priorité. Je hausse les épaules en lui répondant :

— Ça va.

S'il y a bien une personne avec qui je n'ai pas envie de discuter de mon couple, c'est Cédric. Bien qu'il ait fini par accepter qu'il ne se passera rien entre nous, je me vois mal lui en parler. De toute façon, je ne peux rien dire, à personne. Comment pourrais-je présenter les choses ?

— En fait, on est en froid depuis que je lui ai avoué avoir participé à un meurtre et avoir passé pratiquement toute notre relation à lui mentir, mais j'espère bien qu'il va me pardonner.

Ridicule.

Je suis ridicule d'espérer.

Je devrais peut-être me résoudre et lui rendre sa liberté. Le laisser partir. Peut-être qu'au fond, il sait que tout est fini, mais qu'il se sent redevable envers moi. Pour le bébé. Pour cette culpabilité qui le ronge, la même qu'il partage avec mon frère.

Fred nous salue d'un air bougon. Il n'est déjà pas très souriant d'habitude, mais en ce moment, c'est encore pire. Il peut même être particulièrement exécrable. Heureusement pour nous, dans ces cas-là, il passe le plus clair de son temps dans son bureau, nous évitant ses piques cinglantes pour un badge de travers ou tout autre détail insignifiant. Nous rejoignons le parking et Hayley s'éloigne au moment où Cédric se tourne vers moi :

— Écoute, je sais que ça doit te paraitre bizarre après… ce qui s'est passé entre nous, mais…

— Il ne s'est rien passé, je m'empresse de lui répondre.

Il sourit, émet un rire et lâche :

— Merci pour le rappel…

Je me mords la joue en me rendant compte combien j'ai pu le blesser. Après tout, pendant un instant, je ne l'ai pas repoussé et sa présence me faisait du bien alors qu'Ethan était à Cover-Road.

— Excuse-moi, Cédric. Je ne suis pas très douée dans ce genre de situation.

Il hoche la tête et reprend :

— Bref, je voulais simplement te dire que j'avais compris, je ne tenterai plus rien, mais si tu as envie de parler… on est toujours amis, non ?

Je souris.

— Bien sûr, mais tout va bien, ne t'inquiète pas.

Je n'attends pas sa réponse et m'éloigne.

J'ignore mon cœur blessé.

J'ignore la douleur qui me donne envie de hurler.

J'ignore ces sensations réveillant le besoin de tout plaquer.

Je me mets au volant et prends la direction de chez nous. Chez lui. Je ne sais plus vraiment. Je n'aurais peut-être pas du réemménager avec Ethan aussi rapidement. Je n'ai toujours pas rendu mon appartement, je crois qu'au fond de moi, je savais que j'avais besoin d'une porte de sortie, juste au cas où.

Je m'arrête à un feu rouge alors que les larmes montent en écoutant la radio. Il s'agit d'un titre de Ed Sheeran. Une chanson qui me parle beaucoup trop. Un amour né pendant l'enfance… Perfect, un titre tellement évocateur…

« J'ai trouvé une femme, plus forte que quiconque. Elle partage mes rêves, j'espère qu'un jour je partagerai sa

maison.
J'ai trouvé l'amour, pour supporter plus que mes secrets.
Pour transmettre de l'amour, pour porter nos enfants.
Nous sommes encore des enfants, mais nous nous aimons. »

Je ferme un instant les yeux au moment du refrain, me laissant imprégner par ma propre tristesse. Quand le feu passe au vert. Je braque sur le côté, trop chamboulée pour continuer ma route.

« Bébé, je danse dans le noir en te tenant dans mes bras
Pieds nus dans l'herbe, en écoutant notre chanson préférée
Quand je t'ai vue dans cette robe, tu étais si belle
Je ne mérite pas ça, chérie, tu es parfaite ce soir »

Je sors de la voiture alors que cette chanson m'atteint bien plus que je ne pouvais l'imaginer.

L'idée de me retrouver dans cet appartement me comprime le cœur. L'idée de le voir s'éloigner de plus en plus me fait tellement mal. Et je me sens seule, si seule de ne pas pouvoir en parler à qui que ce soit. Je ne peux pas expliquer ce qui se passe. Seuls Greg et Ethan peuvent comprendre et il m'est impossible de verbaliser tout ce que je ressens. Alors je sais, il faut que je le fasse. Je dois lui rendre sa liberté. Pour lui, je dois le faire. Cette idée déchirante est la seule solution.

Je me relève et remonte en voiture essayant de trouver les mots pour lui expliquer. Je répète mon discours plusieurs fois dans ma tête et, au moment de me garer en bas de notre immeuble, je l'aperçois marcher dans ma direction. Il doit revenir de chez Jenny. Il m'avait prévenue qu'il passerait la voir ce soir. Ils s'entendent bien, trop bien parfois, même si j'essaie toujours de faire en sorte que cela ne m'atteigne pas.

Je sors de la voiture, les mains tremblantes me disant que c'est maintenant. Si j'attends, je n'en aurai plus le courage. Il n'est plus qu'à quelques pas de moi quand j'ouvre la bouche pour lui expliquer que nous devons parler, mais je n'en ai pas le temps. Avant même qu'un son ne sorte, il prend mon visage entre ses mains et plaque ses lèvres contre les miennes.

La surprise de ce geste me coupe les jambes et je m'agrippe à sa veste pour ne pas tomber. Même s'il continuait à m'embrasser, même s'il me faisait l'amour, ce n'était plus mon Ethan. Et pourtant, là, à cet instant, tout mon corps s'éveille parce que je sais que c'est lui. Il est revenu. Ses mains se resserrent sur ma nuque alors que sa langue me dévore à tel point que j'ai du mal à suivre le rythme. Et puis, il écarte son visage doucement du mien avec un sourire que je n'avais pas vu depuis longtemps.

Ses pouces passent sur mes joues, mes yeux ne pouvant se détacher des siens. J'avais préparé ce que je devais lui dire et maintenant, je ne suis plus décidée. L'espoir se fraye un chemin, comme une décharge soulageant le poids dans mon cœur.

— Celui qui me séparera de toi n'est pas encore né ma puce, me dit-il.

Je ris, me disant que ce soir, c'est moi-même qui étais sur le point de le faire. Pourtant, en le voyant ainsi, je me demande si l'espoir ne serait pas permis tout compte fait. Sommes-nous en train de reculer pour mieux sauter, ou ai-je le droit d'espérer au risque de souffrir, d'autant plus ?

— J'étais sur le point de te dire quelque chose, mais après un tel baiser je ne sais plus ce que je veux, je lui avoue.

Il se met à rire en répondant :

— Ouais, j'embrasse plutôt bien, hein ?

J'éclate de rire devant son aplomb et secoue la tête.

— Je suis très sérieuse.

— Moi aussi ! réplique-t-il.

Ses iris pétillent de malice, des reflets argent scintillant au milieu de ses prunelles émeraude.

Après toutes ces années, j'ai remarqué combien ses yeux pouvaient exprimer son humeur. S'il est en colère, le vert de ses iris s'assombrit à tel point que ces taches grises disparaissent peu à peu. Quand il est d'humeur légère par contre, elles s'illuminent et je ne me lasse jamais de les voir briller. Lorsqu'il souffre, son regard vire au noir, aussi sombre que l'obscurité. C'est ce que j'ai vu le jour où il s'est énervé à propos d'Hayley. Elle fait remonter en lui des souvenirs douloureux. Mais là, tout ce que je vois, c'est de l'amour. Un amour qui pourrait bien effacer mes dernières pensées sombres.

Il prend mes mains dans les siennes et les pose sur son cœur. Ce geste qui me traduit sans même un mot que ce soir, il a pris une décision.

— On arrête de ressasser à partir d'aujourd'hui, Livie. On laisse le passé au passé, de toute façon, on ne pourra rien changer.

Pour appuyer ses paroles, une de ses mains se pose sur mon ventre. Je hoche la tête me disant que son discours est bien meilleur que celui que j'avais préparé.

Chapitre 1

Livie

— Je suis énorme ! je lance en m'asseyant à côté de mon frère.

— Mais non, répond-il, juste disproportionnée.

Je me tourne vers lui pour le fusiller du regard, mais finis par me détendre en le voyant si souriant. J'entame le sixième mois. J'ai mal partout, mon ventre va bientôt atteindre la circonférence de la Terre et tenir tout un service commence à s'avérer difficile. Aujourd'hui, Greg est venu me rendre visite à mon travail. Il le fait de temps en temps. Ça me fait plaisir, dommage qu'Ethan ne puisse pas se joindre à lui. Ça m'aiderait à passer le temps. Avec les beaux jours qui reviennent, les gens commencent à vouloir profiter du soleil et les journées sont un peu longues.

Même si on en parle peu, je vois des changements chez mon frère. Ce n'est pas flagrant, mais je les vois. Ses sourires, ses rires sont plus naturels. Il semble moins préoccupé, mais ce n'est pas encore gagné.

Ayant terminé son service, Amy passe derrière le bar pour poser son tablier tout en me dévisageant. Je lui rends ce même regard noir avant qu'elle ne s'éloigne. C'est notre seul moyen de communication désormais. Elle n'a pas oublié notre altercation dans les vestiaires quand je l'ai menacée, ce qui me va très bien. De cette façon, elle garde ses distances. Je ne veux plus rien avoir à faire avec elle. Que ce soit par rapport à la disparition de Will ou pour les drogues qu'ils me fournissaient. Si je ne me rendais pas réellement compte des conséquences à l'époque, aujourd'hui, c'est différent. Parfois pourtant, ça me manque. Me sentir libre et légère le temps d'une soirée avec un petit comprimé qui m'aiderait à oublier tout ce qui s'est passé. Mais je ne le fais pas. Pour moi, pour mon bébé et pour les gens qui m'entourent. Ça ne serait pas juste. Ils ont été là et me soutiennent jour après jour. Car même si Ethan n'était pas revenu de Cover-Road, me laissant élever notre fils seul, j'aurais été parfaitement entourée de mon frère et de mes amis. Et pour cette raison, je me dois d'être irréprochable. Même Hayden, que je pensais incapable de pardonner à Greg, semble avoir fini par laisser tomber. Je n'en revenais pas quand je l'ai vu lui serrer la main un soir où nous avions organisé une petite soirée avec tous nos amis. Greg m'a regardée d'un drôle d'air comme s'il se demandait s'il y avait un piège et Ethan l'a charrié en prenant la main d'Hayden pour la serrer.

— Tu vois de haut en bas. C'est comme ça que les gens civilisés se disent bonjour.

Ça a fait rire tout le monde - même Greg -, mais il n'a pu s'empêcher de se venger et on a pu assister à une bagarre digne du collège. Bon, ils se battent encore, mais je crois que c'est une façon de communiquer entre eux. Et puis ça n'est jamais très violent. Plus comme le désastre du jour de mon accident en tout cas.

Avec Ethan, ça va beaucoup mieux. Vraiment mieux en fait. Je ne sais pas vraiment ce qui s'est passé, mais je crois que ça a été comme un déclic. Il m'a dit qu'il avait beaucoup réfléchi et qu'on ne pouvait pas gâcher la chance d'être tous en vie. Cela ne pouvait être plus vrai. Tout peut basculer sans prévenir et depuis, tout va très bien. Bon, à part que je ressemble à une baleine et qu'il aime bien se moquer de moi quand je me plains.

Nous avons d'ailleurs commencé à réfléchir à des prénoms, mais pour l'instant, impossible de tomber d'accord. Il va bien falloir se décider, mais nous avons encore un peu de temps pour ça.

— Tant que tu passes les portes, je ne vois pas où est le problème, dit Cédric en se joignant à la conversation, me faisant revenir à moi.

Greg pouffe de rire alors que je cherche une bonne réplique à lui balancer. Avec Cédric aussi ça va mieux. Il a compris que notre relation restera platonique et ça a permis d'alléger pas mal de tensions.

— Ne les écoute pas, ils sont jaloux, dit Hayley en s'installant à côté de moi.

— Jaloux ? je lui demande.

— Bien sûr, répond-elle. Ils pourront baiser comme des lapins, ils ne pourront jamais tomber enceintes ! Ils sont jaloux !

Mouais, je ne suis pas sûre de sa théorie, surtout quand je vois Greg et Cédric éclater de rire.

— Ça ne m'a jamais tenté personnellement, dit Cédric.

Hayley le pointe du doigt en répondant :

— On n'insulte pas ma belle-sœur, tête de fion.

Charmant.

Même si Ethan a jusqu'ici toujours refusé de la voir, nous avons vraiment appris à nous connaitre et nous nous apprécions beaucoup. Elle garde l'espoir qu'Ethan finisse par changer d'avis et j'essaie de lui en parler de temps en temps, mais jusqu'ici ça n'a rien donné. Sitôt je prononce le prénom d'Hayley, qu'il est immédiatement pris d'une envie soudaine de s'enfuir à toutes jambes. Je crois que c'est sa façon à lui d'éviter qu'on se dispute, alors je n'insiste pas trop pour ne pas le pousser à bout, même si je trouve son attitude ridicule. Hayley ne peut pas être tenue responsable des actes de son père après tout.

— Tu sais ce qu'elle te dit la tête de fion ? réplique aussitôt Cédric.

— Non, mais je sens que je ne vais pas tarder à le savoir, le provoque Hayley.

Cédric se penche sur le bar et lui murmure quelque chose à l'oreille. Impossible d'entendre ce qu'il lui dit et je jette un coup d'œil à Greg qui a l'air tout aussi amusé que moi. Hayley se recule soudain, les joues rosies. Cédric, accoudé au bar devant elle, ne la quitte pas des yeux. Bon bah, je crois que Cédric à définitivement tourné la page et qu'il a déjà quelqu'un en vue.

— Cédric, tu…, lui dit-elle visiblement choquée.

— Je… quoi ? lui répond-il alors qu'elle semble incapable de former une phrase simple composée d'un sujet, d'un verbe et d'un complément.

Elle tente de baragouiner des mots sans aucun sens avant de définitivement laisser tomber et de descendre de son siège pour s'éclipser. Cédric la regarde s'éloigner et j'attends qu'elle ait disparu derrière la porte battante pour éclater de rire. Quoi ? C'est drôle quand même !

Quand enfin, je peux quitter mon travail, je repars avec Greg. Sur la route, je décide de tâter le terrain vu qu'il ne me parle jamais de ses séances. J'ai conscience que je le faisais très peu voire pas du tout avec Ethan, mais ne sait-on jamais.

— Alors... le Dr Harris, tu n'as pas encore eu envie de l'étrangler ? je lui demande, arrêtés à un feu rouge.

Il se tourne vers moi en émettant un rire avant de reporter son attention vers la route.

— Toi, si ?

— Carrément, surtout quand il mâchouille les branches de ses lunettes, qu'est-ce qu'il peut m'énerver !

Il émet un rire, il sait parfaitement de quoi je parle et j'ajoute :

— Ou quand il fixe son bloc en faisant cliqueter son stylo... Ça, c'est carrément pénible !

Il reste silencieux une minute avant de finir par dire :

— Ça va.

Ok, donc je vais devoir me contenter de ça...

Le feu passe au vert et il ne dit plus rien. Les rues défilent tandis que je ne sais pas si je peux insister. J'ai beau connaitre mon frère mieux que personne, parfois il reste une véritable énigme.

Quand on s'arrête en bas de chez nous, il reste immobile sans faire le geste de sortir, alors je fais de même. Cela dure longtemps, très longtemps, mais je sais que s'il ne sort pas, c'est qu'il veut me dire quelque chose, mais qu'il a besoin de temps. Donc je le lui donne. Je revois encore le visage de mon frère lorsqu'il pleurait face à moi. C'est une image que je n'oublierai jamais. J'ai réalisé ce jour-là combien papa lui avait fait du mal à lui aussi, que ça soit directement ou à travers moi. Avant ce jour, je n'avais pas pris conscience de ce que mon silence avait impliqué pour Greg et Ethan. Même si je sais qu'on ne pourra rien changer, j'espère qu'un jour, ils ne porteront plus ce fardeau qui est le mien.

— Tout va bien, c'est juste…

Il souffle, se redresse et ouvre sa portière.

— Rien, rentre chez toi, Ethan doit t'attendre.

Chapitre 2

Ethan

Avez-vous déjà remarqué combien certaines odeurs peuvent faire remonter des souvenirs ou des sensations ?

Livie, c'est la vanille. Ça a toujours été la vanille.

Samantha, quant à elle, c'était la cannelle. Elle aimait en mettre partout. Elle en abusait même un peu trop et j'adorais me foutre d'elle à ce sujet.

Une fois, nous avions fait un petit jeu avec Sam et Livie. Nous avions préparé trois tartes aux pommes chacun de notre côté et Greg et Franck avaient dû nous départager. C'était drôle et quand j'avais gagné à l'unanimité, on avait beaucoup ri. Ce jour-là, la cannelle avait tellement embaumé la maison que l'odeur avait persisté durant plusieurs jours. En tout cas, c'est ce que m'avait raconté Livie, la semaine suivante, alors que je m'efforçais d'être présent chez eux uniquement le weekend.

Aujourd'hui encore, quand je sens cette odeur, je repense à Samantha. C'est un peu bête de me dire que les meilleurs moments partagés n'étaient pour elle qu'une excuse pour m'obliger à rester. La première fois qu'elle m'avait mis à l'ouvrage, on venait de se faire remonter les bretelles avec Greg pour une blague dont Livie avait encore fait les frais. Je pense que Sam avait voulu me faire croire que c'était une punition. Moi, j'avais été subjugué par ses gestes. Par la transformation de simples ingrédients en un plat dont l'odeur avait embaumé toute la maison. Ce qui pourrait s'avérer une chose si banale, pour moi, avait été une véritable découverte.

Ma mère ne cuisinait pas. Elle se contentait d'ouvrir des boites, quand nous avions de quoi manger. Lorsqu'un jour, je suis rentré et que j'ai voulu lui montrer ce que Samantha m'avait appris, je ne devais avoir qu'une petite dizaine d'années. Je ne me souviens plus vraiment. J'avais été piquer quelques légumes dans les différents potagers de notre petite ville. La nuit, ce n'était pas difficile et j'arrivais même parfois à récupérer des aliments encore très bien dans les poubelles. Les gens ne se rendent pas compte et se débarrassent de choses qui pouvaient nous nourrir facilement pendant plusieurs jours.

Alors je suis rentré et j'ai commencé à préparer une offrande qui, je l'espérais, aiderait à faire entrer un peu de douceur dans cette maison. Jamais je n'aurais imaginé qu'elle me le jetterait à la figure. Elle savait que j'allais souvent chez Livie et je crois qu'elle n'aimait pas ça. Elle avait très mal réagi les fois où Samantha laissait les sacs de courses sur le pas de la porte, mais j'avais espéré que si tout cela venait de moi, elle le prendrait différemment.

Elle a refusé d'y goûter et je me suis senti très mal. Je me suis allongé sur mon lit et j'ai fixé les fissures du plafond de ma chambre en me demandant pourquoi elle me détestait à ce point. Je me suis endormi et le lendemain en partant pour l'école, je me suis rendu compte que le plat préparé la veille était vide. J'ai d'abord cru qu'elle l'avait peut-être jeté à la poubelle, mais après avoir vérifié, j'ai souri. Elle avait beau avoir refusé, elle l'avait mangé. Je l'ai regardée, allongée sur ce vieux clic-clac qui lui servait de lit, et j'ai compris ce jour-là que j'avais le droit d'espérer. Qu'un jour peut-être, elle trouverait la force de m'aimer. Alors j'ai pris l'habitude de mitonner des plats que je laissais dans notre vieux frigo, sans jamais lui proposer. Et le matin, la plupart du temps, je pouvais me rendre compte qu'elle s'était régalée.

Un jour, elle était tellement défoncée qu'elle s'est assise avec moi à table. Ça n'arrivait jamais, c'était une cohabitation difficile. J'avais préparé des cannellonis. Elle a souri en avalant une bouchée et m'a raconté que ma grand-mère adorait lui en faire quand elle était petite. Je me suis demandé si je rêvais ou si elle se rendait vraiment compte qu'elle s'adressait à moi. Elle ne me regardait pas, elle ne le faisait jamais, et elle a continué à manger en silence. Et puis, elle a soudain repris la parole. Elle a commencé à me parler de ses parents, qui avaient perdu la vie dans un incendie. Elle m'a parlé de son père, de sa mère qu'elle adorait et combien elle s'en voulait de les avoir ignorés lorsqu'elle était tombée enceinte. Elle m'a ensuite parlé de lui. De mon père, dont je ne savais absolument rien, me retraçant qu'elle l'avait rencontré dans son lycée et combien elle était tombée amoureuse de lui. Et puis comment il l'avait abandonnée en apprenant sa grossesse. J'ai compris ce jour-là pourquoi elle me détestait. J'ai compris combien elle regrettait son choix. Le choix de m'avoir donné la vie.

Alors quand je pense à elle, ce n'est pas une douce odeur qui me vient. Ce n'est que de l'amertume. Rien d'autre.

Aujourd'hui, je sais que mon fils ne vivra jamais ça. Il aura tout ce à quoi Livie et moi n'avons jamais eu droit. Une famille, une qui sera incapable de lui faire du mal.

Quand Livie ouvre enfin les yeux, je souris en reprenant un dernier cliché de ce corps magnifiquement arrondi. Des formes qui ne m'ont jamais fait autant d'effet. Elle grimace en geignant et se tourne sur le flanc en attrapant mon oreiller qu'elle plaque sur sa tête.

— Arrête !

Je ris et pose mon appareil sur la table de nuit avant de la rejoindre. J'écarte l'oreiller de son visage et m'accoude au-dessus d'elle en la couvrant de baisers.

— Tu es belle au réveil, j'y peux rien.

— Seulement au réveil ?

Je relève les yeux vers elle. J'aime ses boucles emmêlées qui la font râler plus d'une fois par jour. Et voir cette expression espiègle m'emplit de joie. J'attrape une de ses mèches que j'enroule autour de mon doigt en répondant :

— Le reste du temps, ça peut aller.

Elle me donne une tape sur la tête que je n'ai pas le temps d'esquiver et j'attrape ses poignets en les plaquant de chaque côté de son visage.

Ces derniers jours ont été difficiles pour l'un comme pour l'autre, mais après la discussion que j'ai eue avec Hayden et Jenny, c'est comme si un voile s'était levé. Je savais déjà tout ça, mais l'énoncer à voix haute a été comme un électrochoc et aujourd'hui, je sais maintenant où je vais.

La première chose, j'arrête d'avoir toujours peur. On sait aussi bien l'un que l'autre que tout peut basculer du jour au lendemain et on n'y peut rien.

Deuxième chose, on se concentre sur le bébé. Cet enfant a besoin de nous, de parents qui tiennent la route pour lui donner le minimum de stabilité que nous pourrons lui offrir.

Et troisième chose… Je me penche vers ma table de nuit et elle se met à râler.

— Ethan ! Tu m'écrases !

— Oups. Désolé, je lui réponds en lui tendant le petit paquet.

Ce ventre commence à vraiment devenir encombrant, mais elle l'oublie très vite quand elle voit ce que je tiens entre mes mains. Elle écarquille les yeux sans oser pour autant le saisir.

— Tu ne croyais tout de même pas que j'allais oublier ? je lui demande.

Elle se mord la lèvre avec ce petit air mutin.

— Joyeux anniversaire, Livie.

Son regard devient espiègle et elle me saute dessus, me faisant tomber sur le dos. Elle me chevauche les deux bras levés et s'écrie :

— Je suis majeure !

J'éclate de rire en voyant son excitation du haut de ses vingt et un ans tout pile. Cette façon qu'a toujours eue Livie de voir la vie de manière si innocente est une chose qui m'a tout de suite attiré. Elle pouvait s'extasier sur tout et n'importe quoi. Une fois, à Cover-Road, on a même passé dix minutes à suivre des fourmis dans son jardin parce qu'elle trouvait ça impressionnant. Bon, son frère a mis un pétard dans la fourmilière pour la faire pleurer, mais ça, je jure que je n'y étais pour rien.

— Vingt et un ans et je t'ai déjà foutue en cloque. On a bien bossé.

Elle lève les yeux au ciel et répond :

— Si mes souvenirs sont bons, tu n'étais pas aussi réjoui quand tu l'as appris.

Je me mords la joue. Aujourd'hui, ce n'est plus un sujet tabou et après en avoir longuement parlé, nous arrivons enfin à en rire.

— Même une capote n'aurait pas pu freiner mes champions Liv, je suis une bête, on n'y peut rien !

Elle lève les yeux au ciel en répondant :

— Tu es irrécupérable, Ethan.

Elle attrape le cadeau et le secoue à son oreille en demandant :

— C'est quoi ?

— Ouvre-le.

Elle défait le ruban et ouvre la boite. En voyant son contenu, elle prend la petite carte et éclate de rire.

— Tu rigoles ?

— Bien sûr que non !

— Tu m'offres « un super orgasme » pour mon anniversaire ?

Je ris. Je préfère ne pas lui dire tout de suite ce que j'ai prévu en réalité.

— Tu ne le regretteras pas, je réplique en me relevant pour lui mordre la lèvre.

Elle se penche à mon oreille et répond :

— Je ne me contenterai pas d'un seul.

*

Je finis de m'habiller tandis que Livie a filé sous la douche. Quand j'entends frapper à la porte, je pars ouvrir. Greg entre, le visage souriant.

— Salut !

— Vas-y fais comme chez toi, je lui réponds en le voyant fouiller le placard pour se prendre une tasse.

Il se contente de rire et attrape la cafetière pour se verser du café. Livie arrive au même moment, les cheveux mouillés, avec une magnifique robe turquoise mettant superbement son ventre en valeur.

Mon Dieu, qu'elle est belle !

Elle sourit en voyant son frère et s'apprête à me contourner pour le rejoindre, mais je l'attrape par la taille pour l'embrasser. Je suis incapable d'y résister. Elle se met à rire contre mes lèvres et je la penche un peu plus alors qu'elle tente d'échapper à notre étreinte.

— Continuez comme ça et je ne vais pas tarder à vomir, nous interrompt Greg.

Je me tourne vers lui, mais même s'il essaie de garder son sérieux, je peux le voir à demi sourire. Je sais qu'il accepte notre relation depuis notre discussion au bar où je lui ai dit combien Livie comptait pour moi. Il sait qu'il peut me faire une confiance aveugle pour Livie et, le fait qu'il m'ait avoué de lui-même ce qui s'était passé avec Will, me dit que j'ai toute sa confiance également.

Livie s'écarte de moi et rejoint son frère.

— Qu'est-ce que tu fais là ?

Il lui fait une petite moue en répondant :

— Tu me vexes. Je suis venu te souhaiter ton anniversaire, mais vu comme tu m'accueilles...

Il se relève en faisant mine de partir. Je secoue la tête.

Regardez-moi ça.

Elle le rattrape par le bras en disant :

— Excuse-moi. Merci, c'est gentil. Tu peux rester, on allait prendre le petit déjeuner.

Il sourit et répond :

— Ça tombe bien, j'ai la dalle. Et si tu me faisais des pancakes ?

Elle éclate de rire. Moi, je n'en reviens pas.

— Attends... tu te pointes, fais comme si t'étais chez toi, et en plus tu exiges qu'on te fasse à bouffer ?

Il reprend sa place sur un tabouret, fier de lui.

— Quoi ? Je suis venu pour lui souhaiter son anniversaire, non ?

— Pique-assiette.

Il ne s'en cache même pas, tandis que Livie a la tête dans le frigo. Penchée de cette façon, mon esprit s'égare, admirant son arrière-train. Si son frère n'était pas là, je jure que sa robe serait déjà relevée sur ses hanches, et moi prêt à la pénétrer aussi sec.

— Regarde ailleurs, me dit Greg en m'administrant une claque sur la tête.

Je lui renvoie un coup de poing dans l'épaule qu'il s'apprête à me rendre quand Livie nous interrompt.

— Ah non, vous n'allez pas commencer !

On se met à rire. C'est une ambiance qui annonce une bonne journée. Ça ne s'est pas fait en un jour évidemment.

Après avoir découvert ce qui s'était passé à propos de Will, nous avons eu une longue discussion lui et moi pendant que Livie était à son travail. Il n'était pas question qu'elle se mêle de ça. D'accord, je lui en suis reconnaissant d'avoir été là pour intervenir, mais il n'empêche qu'il a encore eu un geste violent envers elle. En témoigne le coup de poing contre la voiture. Et ça, je ne le tolère pas. Alors je lui ai donné le choix. Soit il acceptait de voir le Dr Harris, soit il pouvait faire une croix sur Livie. Bien sûr, il l'a très mal pris, mais ce n'était pas négociable et au bout de deux heures de discussion acharnée, il a fini par accepter. Je crois qu'il sait au fond de lui que ça pourrait de nouveau arriver. Il n'a jamais réussi à contrôler sa colère et je pense que le Dr Harris sera à même de pouvoir l'aider. Il n'était pas question que je le laisse gérer ça seul. J'espère qu'il a compris que je ne faisais pas ça uniquement pour Livie, mais aussi pour lui. Je m'assure donc qu'il se présente à chacun de ses rendez-vous et même s'il n'en a manqué aucun pour le moment, je reste à l'affut du moindre écart.

— Tu sais quoi ? lui dit-il en avançant vers sa sœur, c'est ton anniversaire, je m'en occupe.

Elle lui arrachant aussi sec des mains la boite d'œufs qu'il tentait de lui prendre.

— Oh non, hors de question. J'ai envie de vivre longtemps, très longtemps Greg. Vingt et un ans, c'est beaucoup trop jeune pour mourir.

— Qu'est-ce que tu insinues ? lui répond-il, les deux sourcils haussés.

Elle se tourne vers moi et m'explique :

— Un soir, je suis rentrée, il y avait de la fumée partout. Il avait réussi à faire cramer des pâtes. Des pâtes.

Greg se renfrogne.

— Je n'en reviens pas. Tu étais obligée de lui dire ?

J'avoue que sur ce coup, il fait fort. Et aucune envie d'appeler des pompiers pour un simple petit-déjeuner. Je me lève et attrape les œufs.

— Ok, asseyez-vous tous les deux. C'est moi qui m'en occupe.

— J'espérais un peu qu'il dise ça, j'entends Greg dire à Livie tandis qu'ils prennent place au bar.

Face au plan de travail, je leur jette un coup d'œil discret derrière moi.

— Pourquoi ? répond Livie qui a l'air piquée de cet aveu.

Il passe un bras sur ses épaules et ajoute :

— Je suis désolé de te dire ça, p'tit lapin, mais Ethan est bien meilleur que toi.

Je sens que je vais bien rire.

— Quoi ? répond cette dernière tandis que je souris en battant les œufs dans un saladier.

Greg insiste :

— Ne te vexe pas, je ne dis pas que tu es mauvaise cuisinière, mais… disons qu'Ethan a un truc en plus.

Je me pince les lèvres, c'est difficile de ne pas rire. Je suis sûr que je vais en entendre parler pendant des jours. Elle est loin d'être mauvaise cuisinière, je suis juste meilleur, voilà tout.

— Tant pis pour toi. Je ne te ferai plus rien vu que je suis si mauvaise, répond-elle.

— Oh, tu n'es pas mauvaise, juste moins bonne qu'Ethan.

Je me tourne, attrape la cafetière et verse deux tasses de café que je pose devant les deux frangins. Ouais, parce que ce pique-assiette n'a même pas été foutu de nous en servir.

— Ne l'écoute pas ma puce. T'es bonne, vraiment bonne.

Elle manque de s'étrangler et je ris en découvrant le visage de Livie s'enflammer. Contre toute attente, Greg s'esclaffe en levant sa main vers moi. Bien, on dirait qu'il a compris que je ne prendrai plus de pincettes en sa présence. En me voyant claquer sa main, Livie sourit subtilement. Elle est plus que ravie de voir que, même si elle se trouve toujours dans le champ de tir, nous avons réussi à retrouver notre complicité. Elle tente de garder son sérieux et répond :

— Arrêtez de vous foutre de moi vous deux. J'ai vint et un ans dorénavant. Hors de question que vous recommenciez comme à Cover-Road. Et je ne suis pas... bonne.

— Oh que si tu l'es, je la contredis.

Greg lève un bras, empressé de participer :

— J'ai le droit de donner mon avis ?

— Non ! je m'exclame en même temps que Livie.

Nous rions tous les trois face à cette ambiance festive. En vérité, elle est canon. Surtout avec les deux obus que sa grossesse a rendus carrément irrésistibles. Je baisse les yeux sur ceux-ci en laissant échapper un soupir alors que ma queue s'éveille de nouveau. Putain, il me suffit de regarder ses deux merveilles pour bander. Et je ne parle même pas de l'effet de la voir avec ce ventre rond couvant notre enfant. Je n'avais jamais trouvé une femme enceinte excitante, mais Livie... et bien, c'est Livie.

Je tourne la tête vers Greg en l'entendant faire comme s'il vomissait et lui donne un coup avant de me redresser. Je retourne derrière les fourneaux pendant qu'ils continuent à discuter. C'est agréable. Livie, Greg et moi dans notre cuisine à profiter de ce moment tous ensemble. Je suis sûr que Samantha apprécierait ce tableau. Quand j'ai fini, je sors les assiettes et de quoi prendre notre petit-déjeuner. Lorsque je pose le sirop d'érable sur la table juste en face de Livie, elle me fusille du regard. Je n'ai pas encore réussi à la convaincre pour le sirop, mais je ne compte pas abandonner.

Je m'installe face à elle et en verse une bonne rasade sur son pancake après en avoir mis sur le mien pour la provoquer un peu plus.

— Mon mec est un crétin, dit Livie en se tournant vers Greg.

Celui-ci l'attrape par l'épaule en déposant un baiser sur sa tempe.

— Ce n'est pas faute de t'avoir prévenue.

Après un petit-déjeuner copieux, Livie se lève.

— Bon, ce n'est pas que vous m'ennuyez les garçons, mais Hayden doit déjà m'attendre.

Greg s'insurge :

— Les garçons ?

Livie hausse les épaules en enfilant ses chaussures.

— Quoi ? Comment je dois vous appeler ?

Greg tape de son poing sur son torse à la façon d'un homme de Neandertal.

— On est des hommes, pas des garçons !

Livie rit en secouant la tête.

— Et moi, je ne suis ni un lapin ni une puce. Ou tout autre animal bizarre. À tout à l'heure *les garçons*, dit-elle en franchissant la porte.

Quand je me retrouve seul avec Greg, je me reverse du café et lui en repropose un qu'il accepte.

— Alors, et le Dr Harris ? je lui demande en buvant une gorgée.

Il grogne en se laissant tomber contre son dossier.

— Ce type est plus dingue que moi.

Je ris. Parce que Livie m'a souvent dit qu'elle avait régulièrement eu envie de l'étrangler, mais il est bon. S'il a réussi à aider Livie, il pourra faire la même chose avec Greg.

— Il me prend pour un rat de laboratoire, continue-t-il, et ça me gonfle.

— Comment ça ?

Il hausse les épaules. Je passe une main dans mes cheveux, réfléchissant à ce que je pourrais lui dire.

— Livie avait du mal avec lui aussi, tu sais, mais regarde-la aujourd'hui. Elle ne fait plus de cauchemars et quand on parle de Franck, je ne la ramasse plus à la petite cuillère. Avant, elle s'effondrait à la moindre évocation de lui. Ça a été long et difficile, mais elle y est arrivée. Il n'y a aucune raison pour que ce ne soit pas pareil pour toi.

— Elle ne fait plus de cauchemars ? se contente-t-il de demander.

— Non. Plus depuis un moment. Elle a décidé d'arrêter de se mettre des œillères et ça a marché.

J'évite de rentrer dans les détails. Le fait qu'elle ait gardé pour elle les circonstances de son départ l'a hantée pendant trop longtemps, elle avait besoin de s'en libérer. Mais Greg n'est pas au courant. Il ne sait rien de la mort de Samantha ni du fait que Franck a poussé Livie à bout ce soir-là et c'est une chose que nous garderons pour nous.

Il hoche la tête et semble soulagé.

— Tant mieux. Quand elle vivait avec moi... c'était franchement flippant de se réveiller en l'entendant hurler.

Je ferme les yeux un instant. Je sais parfaitement de quoi il parle et combien la voir dans cet état me remuait les entrailles. Quand je les rouvre, je trouve Greg en train de me sourire.

— Quoi ?

Ses lèvres s'étirent d'autant plus et il dit :

— Malgré tout ce qui s'est passé et le fait que je sois cinglé...

— Tu n'es pas cinglé, je le coupe.

— Ouais... enfin bref, malgré tout ça... même si je ne le montre pas assez... je suis content pour vous deux.

Je ris en répondant :

— Heureux de le savoir.

— Je te considère comme un membre de la famille depuis un bail, Ethan. Je sais que j'ai merdé et que j'ai douté de ce qu'il y avait entre vous, mais... je voulais que tu le saches.

Cela me touche et je ne le lui cache pas. Ils ont toujours été à mes yeux ma famille pour moi aussi.

Il grogne en levant la tête au ciel.

— Bon, c'était juste pour te le dire, ne t'attends pas non plus à un câlin.

— Plutôt crever, je lui réponds en riant.

Chapitre 3

Livie

Cette matinée a très bien commencé. J'ai l'impression que le plus difficile est derrière nous et que nous allons pouvoir avancer et vraiment cette fois-ci.

Je descends rapidement dans la rue et m'arrête un instant. Il fait un peu nuageux et j'hésite à remonter chercher un parapluie, mais je me dis que ça ne doit pas être indispensable.

Je me mets au volant de ma voiture et prends la direction du refuge. Ça faisait longtemps que je n'avais pas ressenti cette impression de liberté. Je me sens libérée du poids qui m'oppressait. Plus de secrets, plus de mensonges nous séparent avec Ethan et je sais qu'il n'y en aura plus. Jamais je n'aurais imaginé qu'il serait capable de me pardonner et je vais lui prouver qu'il peut me faire confiance dorénavant.

Quand j'arrive au refuge, je trouve Jenny et Hayden discutant dans la petite cour à côté du hangar de nos pensionnaires. En m'apercevant, Hayden me sourit. Je m'avance vers eux me demandant ce que Jenny fait ici. Elle vient rarement et c'est ce qui m'interpelle.

— Salut, je dis en m'arrêtant à côté de mon amie.

Celle-ci me rend la politesse et se tourne vers moi.

— Qu'est-ce que tu fais là ? je lui demande prise de curiosité.

— Figure-toi que Killian me supplie d'avoir un chien. Il est hors de question d'avoir un truc qui bavera partout. Du coup, on a passé un arrangement. Un chat du refuge ou rien du tout.

Je pouffe en répondant :

— Et il a accepté ?

— Non, alors je suis venue avec lui. Il est dans le hangar. Je savais que tu passerais ce matin, sauve-moi Livie. Je tiens à mon canapé.

J'éclate de rire en hochant la tête.

— Ok, j'y vais.

Je retrouve Killian assis dans un coin en mode boudeur. Il relève les yeux quand je rentre et je m'installe à côté de lui en tapotant le sol de deux doigts. Mes deux fidèles compagnons viennent immédiatement se blottir sur mes genoux. Il s'agit des seuls survivants d'une portée. Les propriétaires ont tenté de les noyer et ces deux-là ont eu une chance inouïe de survivre. Ils ont été très difficiles à domestiquer au début. Ils étaient très agressifs et Hayden a dû les laisser pendant longtemps à l'écart des autres. Nous les avons introduits ensuite petit à petit pour réussir à ce qu'ils finissent par accepter le contact d'autrui.

— Alors, tu as fait ton choix ?

— Ils sont moches.

Bon, Livie, du calme, ce n'est qu'un gamin. Si j'ai bien horreur d'une chose, c'est de ce genre de réaction. Je caresse mes compagnons tigrés et tente une approche :

— Ils n'ont pas eu de chance. Ils sont blessés, pas moches. Est-ce que qu'ils méritent moins d'amour pour autant ?

Il hausse les épaules sans répondre.

— Pour ma part - et ne te moque pas - je pense que la beauté d'une personne ne se lit pas dans son regard. Quand on observe assez attentivement, on peut y voir beaucoup de choses.

J'attrape un des chats et le lève à hauteur de mon visage.

— Qu'en penses-tu, toi ?

L'animal ronronne en posant une patte sur ma joue comme une petite caresse féline. Je ris et explique à Killian.

— Ne t'arrête pas aux apparences, Killian. Regarde plus loin, tu es un garçon intelligent.

Je lui tends le chaton qu'il prend dans ses bras.

— C'était méchant. Ils ne sont pas moches, dit-il en m'offrant un sourire.

Je savais qu'il n'était pas bête et qu'il comprendrait. Je hoche la tête et lui présente un à un chacun de nos pensionnaires, mais je crois qu'il avait déjà fait son choix sur celui que je lui avais mis entre les mains. Je me demande soudain ce que ma mère a pu voir dans le regard bleu de mon père pour en tomber amoureuse. Mais le fait qu'il savait jouer l'homme attentionné a trompé beaucoup de personnes. Elle s'est fait berner comme beaucoup de monde. Moi-même je m'y suis fait prendre. Moi aussi j'ai cru à ses gestes tendres et ses paroles douces. Je suppose qu'on ne peut pas tout voir et qu'il faut accepter le fait que parfois, on se trompe. Quand nous ressortons du hangar, Jenny a l'air ravie du choix de Killian.

— Comment vas-tu l'appeler ? demande Jenny à son fils en caressant l'animal.

— Médor, répond-il.

Elle écarquille les yeux alors que je me retiens d'éclater de rire. Hayden, quant à lui est carrément plié.

— Jen, il va falloir t'acheter un peu d'humour, je plaisante, lance Killian.

Ses épaules s'affaissent de soulagement et elle secoue la tête.

— Saleté de mioche.

— Mère indigne.

— Ne me cherche pas le morveux, réplique-t-elle.

Eh bien, on dirait que leur relation mère-fils évolue de façon… intéressante. Au moins, ils ont l'air de s'entendre, c'est une bonne chose. Je pose ma main sur mon ventre en imaginant mon futur avec mon enfant. Je regarde Killian en me représentant mon fils au même âge. Un jeune garçon qui trouvera surement le moyen de me torturer lui aussi. Je n'en doute pas une seconde avec un père comme Ethan, et Greg n'arrangera rien. Ils vont me donner à eux trois des cheveux blancs avant l'heure. Je souris à cette pensée, parce que le pire dans tout ça, c'est que je ne souhaiterais pas les choses autrement. Il sera aimé par chacun de nous et j'espère être à la hauteur de mon rôle.

J'explique à Killian les petits détails pour bien s'occuper de son nouvel animal pendant que Hayden et Jenny sont repartis à l'intérieur.

— J'en prendrai soin Livie et tu pourras venir le voir quand tu veux.

Je me mords la joue en comprenant ce qu'il insinue. Il va vraiment falloir que ce garçon trouve une copine.

— Avec plaisir, je suis sûre qu'Ethan sera ravi de m'accompagner en plus.

Ne me regardez pas comme ça, je n'ai pas envie de faire du mal à Killian, je l'adore, mais il va falloir qu'il comprenne. Et puis, j'aimerais qu'Ethan et lui arrêtent de se chamailler comme des gosses. C'est ridicule. Killian détourne les yeux et je m'en veux terriblement.

— Et ta grand-mère, comment va-t-elle ? je lui demande.

Il tourne son regard vers moi et pour la première fois depuis que je le connais, je vois une véritable colère en lui.

— Ne l'appelle pas comme ça.

Je suis perdue. Même si Jenny ne crie pas sur les toits que Killian est son fils, je pensais que ce détail n'était plus vraiment un obstacle.

— Excuse-moi, Killian, je...

Je me sens un peu bête. Il observe à travers la baie vitrée Hayden et Jenny dans l'entrée. Hayden est en train de lui vendre tous les accessoires plus inutiles les uns que les autres le connaissant.

— Elle me détestait quand j'étais petit, tu sais.

Quand il me regarde de nouveau, je reste stoïque.

— Elle me détestait. Elle ne me parlait même pas. Ensuite du jour au lendemain, elle a commencé à s'intéresser au fait qu'elle avait un frère et aujourd'hui...

Il souffle en laissant retomber sa tête. Mon Dieu. Mes yeux s'humidifient. Les hormones n'y sont peut-être pas pour rien, mais que Killian me parle de cette version de sa vie que je ne connais absolument pas me rend nerveuse.

— Aujourd'hui, continue-t-il, elle veut être ma mère, mais…

— Elle est ta mère, je réplique avec douceur.

Je ne voulais pas intervenir, mais je n'ai pas réussi à retenir les mots avant qu'ils ne sortent de ma bouche.

Il relève les yeux et répond :

— Elle ne la remplacera jamais.

Quand je le vois s'éloigner et franchir la porte-fenêtre, mon ventre se noue. Pauvre Jenny. Et moi qui commençais à croire que tout se passait bien. La cohabitation peut-être, l'absence de secret aussi, mais ça…

J'ai passé la matinée avec Hayden au refuge après le départ de Jenny et Killian. Je ne peux m'empêcher de m'inquiéter pour Jenny. Elle a tant attendu de pouvoir partager ces moments avec son fils, mais il ne lui facilite pas la tâche. Pourtant, même si elle m'avait dit que Killian posait beaucoup de questions sur son père, dernièrement j'avais cru comprendre que ça s'était calmé. Cette petite conversation m'a vite remis les pendules à l'heure. Je ne vois pas ce que je pourrais faire cependant pour l'aider.

Quand Hayden me rejoint après avoir donné à manger à ses compagnons, il me fusille du regard et ne me laisse pas le temps d'en placer une avant de m'arracher l'enveloppe des mains.

— Ne touche pas à ça. Tu fouilles maintenant ?

— Elle était posée sur le bureau, je n'ai rien fouillé.

Il reste silencieux et ouvre un tiroir en enfonçant la lettre sous un tas de papier. Je sais qu'il me cache les problèmes qu'il rencontre avec le refuge même s'il croit que je ne me rends compte de rien.

Je me suis souvent demandée ce qui avait poussé Hayden à ouvrir cet endroit. J'adore vraiment l'aider. Je ne gagne rien, mais si cela pouvait être à temps plein, je ne m'en plaindrais pas, bien au contraire. Malheureusement, Hayden a tout juste les moyens de garder le refuge ouvert. J'espère qu'un jour, il pourra se développer et faire de cet endroit un petit havre de paix. Mais là, il semble ennuyé d'avoir été découvert et je décide de ne pas l'embarrasser plus avec ça.

— Killian m'inquiète, je lui dis d'un air nonchalant, en prenant le chemin de la cuisine.

Je sais que Killian adore Hayden et peut-être qu'il sera à même de trouver les mots qui me manquent. Il me suit et je sors un verre du placard avant d'ouvrir le frigo. Oui, depuis le temps, je me sens un peu chez moi, ici.

— Pourquoi ? me demande Hayden en s'asseyant.

J'attrape la bouteille de limonade et en verse un verre avant d'en proposer un à Hayden qui décline. Je m'installe face à lui et réponds :

— Tu sais comment ça se passe avec Jenny ?

Il hausse les épaules.

— D'après ce qu'il me dit, ça va. Mais il est un peu paumé. Il ne souhaite pas lui faire de mal, mais il lui en veut de lui avoir menti. Et puis, il ne comprend pas pourquoi elle refuse de lui dire qui est son père.

— Je pensais qu'il avait laissé tomber, j'ajoute en buvant un verre de ma limonade.

— Je crois surtout qu'il a compris qu'il n'obtiendrait pas de réponse.

Je baisse les yeux. Je ne tiens pas à imaginer la pauvre Jenny adolescente qui a dû faire face à cette grossesse après ce qui lui était arrivé. Elle a fait un choix qu'elle regrette aujourd'hui, mais comment lui en vouloir ? Je sais qu'Hayden est au courant de ce qui l'a poussée à cacher la vérité sur cet homme. Elle m'a raconté qu'un jour Hayden avait tenté de prendre le parti de Killian et que celle-ci n'avait pas eu d'autre choix que de lui avouer. Depuis, Hayden passe beaucoup de temps avec Killian. Je sais qu'ils partagent chaque mercredi après-midi ensemble et Jenny se sent rassurée, car elle voit que ces moments lui font du bien.

Ce garçon n'a malheureusement jamais eu de figure paternelle et je suppose que c'est ce qui le pousse autant à connaitre les détails. Le père de Jenny les a quittés un peu avant la naissance de Killian et sa mère ne s'est jamais remariée. Quant à Jenny… je l'ai vue avec des hommes bien trop souvent à mon goût. La maladie de Mme Meyers et l'arrivée de Killian dans sa vie l'ont beaucoup poussée à se remettre en question, même si jamais je ne la jugerai. Aujourd'hui, je crois qu'elle fait passer son devoir de mère avant tout, mais ce n'est pas si facile d'assumer ce rôle du jour au lendemain.

— Et la mère de Jenny ? Tu as des nouvelles ?

— Pas top. Elle est sous assistance respiratoire. Ils ne savent pas si elle sera apte à sortir de l'hôpital.

C'est ce que j'avais cru comprendre, même si Jenny ne me l'avait pas dit clairement. Je ne connais pas grand-chose en fait de leur relation. Les rares fois où je l'ai vue, c'est lorsqu'elle venait déposer Killian quand je vivais encore chez Jenny. De premier abord, elle m'avait tout l'air d'une personne très stricte. Tout le contraire de Jenny. Elle avait un côté très austère, pourtant, elle a toujours été très agréable pour le peu que la connaisse. J'ai du mal à retrouver Jenny dans cette femme, mais je suppose qu'elle tenait plus de son père.

— Tu sais quoi ? On devrait sortir ce soir pour changer les idées de Jenny. Elle a besoin de penser à autre chose. En plus, j'ai une super excuse pour faire la fête.

Hayden acquiesce d'un mouvement de tête.

— Ah oui ? Et c'est quoi cette si bonne excuse ?

Je me lève, pose mon verre dans l'évier et me retourne en prenant le chemin de la sortie.

— Aujourd'hui, c'est mon anniversaire. J'ai vingt et un ans.

Étrangement, même si j'ai toujours craint de trop en dévoiler sur moi pour mieux me cacher, j'ai envie qu'Hayden connaisse le vrai moi. Il écarquille les yeux et je sors de la pièce en s'exclamant :

— Comment ça vint et un ans ?

Je hoche la tête en attrapant ma veste que j'enfile.

— Ouaip. Aujourd'hui même.

Il laisse tomber le masque de la surprise en m'observant. À notre dernier jeu de questions-réponses, je lui ai avoué mon vrai nom, je suppose que les rouages sont en train de se mettre en place dans sa tête.

— Ne compte pas sur moi pour te refaire un cadeau. Un anniversaire par an, c'est ma limite.

J'éclate de rire. Hayden a toujours réussi à alléger une ambiance tendue avec ses blagues, et c'est une chose que j'apprécie particulièrement chez lui.

— Pas de cadeau. Je veux juste aller boire un coup avec mes amis.

Je patiente alors que ses lèvres s'étirent de manière étrange. Je ne sais pas à quoi il pense, mais il ne met pas longtemps à me le dévoiler.

— Attends... Ethan est au courant ? Non, parce que le détournement de mineur, ça peut coûter cher.

Pourquoi je ne l'ai pas vu venir ? Du Hayden tout craché.

— Il est parfaitement au courant et, juste pour ton information, la majorité sexuelle de notre pays est de seize ans.

— Et tu avais quel âge ?

Je me mords la lèvre. Je sens que ça va le faire rire.

— À notre premier baiser, j'avais seize ans.

Il rit en secouant la tête.

— Il est malin. Avant, ça lui aurait valu la prison.

Je lui souris en ouvrant la porte. Si seulement Hayden savait qu'Ethan risquait bien pire que ça, si mon père l'avait appris avant ma fuite.

Chapitre 4

Ethan

J'ai pratiquement fini de débarrasser ma chambre noire. J'ai entassé les cartons dans l'entrée et il me reste simplement à les déménager dans ma galerie. J'ai fait de la place pour le bébé. Il y a encore des affaires à ramener de son appartement et elle doit rendre les clés la semaine prochaine. Dommage que je ne puisse pas garder cet espace pour moi, j'apprécie vraiment de développer mes clichés le soir et c'était plus sympa avec Livie dans les parages. Mais le bébé a besoin de sa chambre et je pourrais toujours travailler à la galerie.

Comme je savais qu'elle n'allait pas tarder, je lui ai mitonné un plat qui va forcément la faire craquer. C'est son anniversaire après tout. Je souris en y pensant. Livie a vingt et un ans. Encore aujourd'hui, je revois la petite fille cachée derrière la jambe de sa maman. Elle avait l'air si timide et pourtant elle n'a pas hésité une seconde à venir à ma rencontre. Dieu sait ce qui serait advenu de nous si je m'étais enfui ce jour-là, et que nos chemins ne se soient plus croisés. Je ne peux imaginer une vie sans elle aujourd'hui. Une vie qui va bientôt compter une personne supplémentaire.

Je jette un coup d'œil sur la table où j'ai dressé le couvert et me demande si je ne vais pas le regretter, mais je suis bien décidé et je ne veux pas qu'elle se défile cette fois-ci. Pourtant quand j'entends la porte s'ouvrir, l'angoisse me prend et je me retourne pour attraper le petit écrin et l'enfoncer dans ma poche. Merde, qu'est-ce que je fabrique ? D'accord, ça me fout les jetons, mais je suis bien décidé. Alors quoi ? Et si elle me redit non ? Elle passe la porte et je remets cette conversation à plus tard. Elle pose une boite au sol et défait sa veste avant de jeter un coup d'œil aux cartons.

— C'est ma chambre noire, je lui indique en coupant le feu.

Elle soupire en se dirigeant vers moi.

— Ça m'embête, Ethan. C'était ton espace, ton monde, je ne veux pas que tu te sentes obligé.

Elle s'arrête à côté de moi et je lui dis :

— Tu n'as rien pigé alors.

Ses sourcils se froncent. Je lui attrape le menton et l'embrasse. Une fine caresse qui me donne envie d'aller plus loin, mais je m'abstiens. Ses lèvres répondent instantanément aux miennes et quand je recule mon visage, je me nourris de voir son désir se refléter dans ses yeux. Les hormones sont une vraie bénédiction. Livie est particulièrement gourmande ces derniers temps, et bien évidemment, je me dois de lui donner entière satisfaction.

— Je ne choisis pas entre le bébé et ma chambre noire. Je remets simplement mes priorités là où elles doivent être. Le bébé a besoin de sa chambre. Ma chambre noire sera dans la galerie. C'est aussi simple que ça.

Ma réponse lui plait vu sa façon de sourire. Elle ne dit pas un mot, pourtant son regard s'attendrit comme à chaque fois qu'on parle du bébé. De notre enfant. J'aime cette tendresse dans ses yeux et j'espère la voir toujours sur son visage.

— Et ça, c'est quoi ? je lui demande en pointant la boite posée au sol.

— Ça, c'est pour compenser ton cadeau d'anniversaire pourri.

— Mon cadeau pourri t'a fait jouir deux fois ce matin, je te rappelle.

Elle émet un rire en s'éloignant vers l'objet en question.

— Petit joueur, je t'ai connu plus endurant.

Putain, elle me cherche, et si elle continue, elle va me trouver. Mais quand je vois Maya miauler devant la boite que Livie ouvre et qu'elle en sort un animal tigré, je devine que celui-ci n'est pas juste en visite chez nous. Elle s'avance vers moi, le félin lové contre elle, et m'offre une petite moue en disant :

— Regarde comment il est mignon. Il était tout triste, il n'a plus son frère.

Je croise les bras en répondant :

— C'est un chat, il ne devrait pas être traumatisé.

— Un bon point, tu as deviné quel animal c'était. Alors, tu ne le trouves pas adorable ?

Je caresse la boule de poils qui a sûrement comploté avec Livie pour me faire craquer, alors qu'il miaule de façon vraiment... adorable. Maya semble se rallier à leur cause et se frôle à ma jambe avec un air suppliant. Je soupire, de toute façon, c'est déjà foutu.

Je l'invite à s'installer pendant que je sers notre repas. La bonne odeur du poulet au curry embaume tout l'appartement. Ce parfum épicé semble être apprécié de Livie qui ne se laisse pas prier pour commencer à manger. Je ris en la regardant engloutir son assiette comme si elle était morte de faim depuis des semaines et elle s'arrête la bouche pleine en relevant les yeux vers moi. Devant mon air amusé, elle avale sa bouchée et me dit :

— C'est à cause du bébé, il a tout le temps faim.

Sa façon de se justifier devant son appétit féroce ne fait rien pour me calmer et je lui réponds :

— Le bébé ?

— Bien sûr que c'est le bébé. Dès que j'aurai accouché, je vais pouvoir me remettre au sport. Ça me manque.

Ce n'est pas la première fois qu'elle me le dit. C'est une facette d'elle que j'ai découverte à New York. À Cover-Road, elle n'a jamais été très sportive. Je sais qu'elle aimait courir pour s'aérer la tête quand elle faisait ses cauchemars, mais heureusement, aujourd'hui, elle n'en fait plus. Pour la boxe, je pense que ça a été sa façon d'avoir la certitude de pouvoir se défendre. Parfois, j'ai l'impression d'avoir connu deux Livie.

Deux villes, deux contextes, deux personnes très distinctes.

— Tu veux toujours aller courir ? je lui demande.

Elle se met à grimacer pour bien me faire comprendre.

— Non, j'avais horreur de ça !

Je pouffe de rire. Elle me sourit simplement, m'indiquant qu'elle n'a plus honte d'admettre que c'était sa façon à elle de garder la tête hors de l'eau.

— La boxe par contre, j'aimais vraiment ça. Je pourrais aussi m'inscrire à d'autres sports. J'ai envie de faire un tas de trucs maintenant, mais je sais qu'avec le bébé, je...

Je lui attrape la main en la coupant.

— Tu feras tout ce dont tu as envie, Livie.

La voir avec ce besoin de croquer la vie à pleines dents est tellement délectable que j'ai envie de l'encourager. Elle veut vivre pour elle, entreprendre des projets qu'elle n'a pas pu faire, trop emprisonnée par son bourreau. Alors hors de question de la freiner. Dans la limite du raisonnable, bien entendu. Mais si on ajoute à ça qu'elle va se retrouver mère a à peine vingt et un ans, je crois qu'elle en a besoin.

Pour ma part, je ne dirais pas que cette idée ne m'effraie pas, mais je l'attends. J'attends cet enfant qui a su redonner à Livie un espoir qui n'était pas permis. Malgré la façon dont cela s'est déroulé, je suis impatient et terrifié à la fois. C'est une bonne peur, mêlée à de l'excitation. Ce que je sais, c'est que cet enfant sera choyé et c'est le plus important.

On continue le repas tranquillement. Elle me raconte qu'Hayden a véritablement mis ses réserves envers Greg de côté. Je ne lui dis pas que je suis fier que mon discours chez Jenny ait porté ses fruits. Je m'en veux un peu d'avoir fait tant de révélations sur Livie qui ne le concernait pas, mais il en savait déjà beaucoup de toute façon, et c'est en tous cas une chose en moins à gérer.

Maintenant, la relation Hayden/Greg ne sera surement jamais comme celle qu'Hayden partage avec Livie ou même moi, mais tant qu'ils arrivent à se tolérer, cela me suffit.

Livie m'indique qu'elle veut sortir pour fêter son anniversaire dignement. Elle part appeler Jenny en espérant qu'elle sera disponible. Avec ses horaires d'infirmière, pas toujours évident de réussir à s'accorder une soirée de libre tous ensemble. Et aujourd'hui ne fait pas exception à la règle. Elle arrive tout de même à trouver un compromis pour la semaine prochaine.

Elle semble ravie de pouvoir fêter ça avec ses amis et nous décidons de profiter de notre après-midi pour se prélasser dans le canapé. Je suis captivé par le film qui se déroule devant moi alors que Livie s'est endormie dans mes bras. Un instant simple, banal, mais qui représente tellement à mes yeux. Je pose un baiser sur son front en espérant que la vie se résume tout simplement à ça. Elle, moi, notre bébé et des instants insignifiants, l'un contre l'autre.

*

Cette semaine, tout s'est mis en place pour l'arrivée du bébé. Nous avons aménagé sa chambre et les choses commencent à vraiment devenir concrètes.

Aujourd'hui, j'ai profité du fait que Livie travaillait pour passer la soirée dans ma galerie. J'ai tout réinstallé correctement et après avoir longuement parlé avec

Hayden, il est partant pour retenter le coup pour une expo sur le refuge. Bon, au début il était réticent, je crois que l'avoir lâché la dernière fois n'a pas joué en ma faveur. Je n'ai pas été sympa avec lui, surtout en sachant qu'il comptait beaucoup dessus pour rebondir.

Personnellement, je cherchais un thème pour la réouverture et j'ai naturellement pensé à lui. Je crois que j'en avais besoin : reprendre le cours de ma vie et arrêter de flipper sans cesse pour Livie. C'est pour cette raison que je n'essaye pas de parler à Fred pour me laisser entrer au bar. Je suis à peu près sûr que j'arriverais à le convaincre, mais je n'ai vraiment pas envie de mettre le feu aux poudres. Entre Hayley et Cédric, il y a trop d'éléments déclencheurs qui pourraient démarrer une dispute avec Livie.

Je suis rentré alors que le soleil était déjà couché depuis un moment. Étant donné qu'elle faisait la fermeture, je me suis donc dit qu'elle me rejoindrait.

Ce à quoi je ne m'attendais pas par contre, c'est de me faire réveiller par cette douce chaleur facilement reconnaissable englobant ma queue parfaitement. Je gémis de plaisir en souriant et garde les yeux clos pour profiter de la sensation de cette bouche humide. Je donne un petit coup de reins pour l'encourager pendant que ses mains remontent doucement sur mon torse. Quand je m'autorise enfin à la découvrir, je réalise qu'il n'y a pas meilleur réveil que celui-ci. Agenouillée entre mes jambes, je découvre ma petite amazone complètement nue avec ce regard coquin qui fait tressauter ma queue d'autant plus.

— Je t'ai manqué on dirait, je lui dis en passant mon pouce sur sa joue rosie.

Elle se met à rire et remonte ses baisers sur mon torse. Mes mains capturent son visage que je ramène à hauteur du mien avant d'enfoncer ma langue dans sa bouche. Je laisse mes doigts descendre sur son corps, cette peau douce qui me donne des palpitations.

Notre baiser devient vorace quand j'attrape ses fesses dans mes mains frottant mon érection contre son sexe. Elle gémit et mes caresses continuent leur ascension, remontant ses cuisses sur moi. Je la bascule sur le dos tout en faisant attention pour ne pas peser sur son ventre. Chaque passage de mes mains sur sa peau la fait réagir pour ma plus grande satisfaction. Je l'effleure du bout des doigts le long de son flanc, faisant glisser mes baisers sur son corps offert à moi. Elle soupire, fermant les yeux sans cacher le plaisir que je lui apporte.

Et dire qu'il y a encore quelques mois, elle avait tant de difficultés à comprendre que cet acte n'était que de l'amour. Elle s'interdisait la notion de plaisir et savoir que j'ai réussi à la libérer de cette prison me rend tellement fier. Je la guérirai de ses maux. Je serai toujours là pour lui montrer.

Je chéris ses seins, ses trésors, en les lapant doucement. Elle saisit mes cheveux avec hargne m'arrachant un rire. Son impatience monte d'un cran, tandis que je pince entre mes lèvres son téton. Elle gémit plus fort et mes doigts fondent sur sa toison que j'englobe de ma paume avant de caresser son clitoris. Quand elle prend ma queue dans sa main, je râle de plaisir alors qu'elle me fixe droit dans les yeux. La détermination de son regard m'indique clairement ce qu'elle veut. Je remonte sa cuisse sur mon bassin en frottant mon gland à son entrée et dépose doucement mes lèvres sur les siennes. Quand j'entre en elle, c'est une avalanche de sensations qui me capture au fond des tripes. Je ressors avant de m'enfoncer en elle de nouveau. J'enfouis mon visage dans son cou sans m'interrompre alors que son sexe autour du mien est comme une enveloppe de coton incomparable. Je passe une main autour d'elle qui se cambre pour me laisser la serrer contre moi comme j'en ai besoin. Je crois qu'elle en a conscience, car elle me facilite toujours la tâche. J'ai ce besoin, de l'avoir au plus près de moi, comme si j'allais de nouveau la perdre. Comme si elle risquait de nouveau de disparaitre. Je suppose que certaines blessures ne disparaitront jamais. On doit simplement apprendre à vivre avec.

*

Mon Dieu, c'est complètement dingue. Ce n'est pas la première fois que j'assiste à ça, et pourtant, encore maintenant, ça me retourne la tête. Mon cerveau se transforme en chewing-gum et je ne suis pas sûr de m'y habituer. Je regarde l'écran en voyant le médecin nous dire que tout se passe à merveille et que le bébé va parfaitement bien. Putain de merde. Mon bébé gigote, là devant mes yeux.

— Il suce déjà son pouce annonce la femme en blouse blanche en désignant la main en 3D de cet écran, plantée dans la bouche de notre enfant.

Je ris en regardant Livie et elle resserre sa main dans la mienne en souriant. J'amène ses doigts à mes lèvres et y dépose un baiser.

— Je t'aime, je lui mime discrètement.

— Je t'aime, me répond-elle.

Le médecin éteint soudainement l'écran. Le rendez-vous touche à sa fin. Cela me parait trop court, mais je suppose que si j'en avais la possibilité, je resterais toute la journée, planté devant cet écran. Je vais pourtant devoir me contenter des petits coups de pieds que je ressens lorsque je touche le ventre de Livie. Et je peux vous dire qu'il est en forme. Livie se plaint beaucoup le soir, elle dit qu'il le fait exprès pour l'empêcher de dormir. Moi, j'adore ça et je m'endors souvent une main posée sur son ventre. C'est comme si mes mains étaient aimantées vers lui. Dès qu'elle est à ma portée, je ressens ce besoin de la toucher et de sentir ce petit être, comme pour m'assurer que tout ceci est bien réel. Et ça l'est. Nous allons bientôt avoir notre bébé.

Après quelques recommandations d'usage, nous sortons du cabinet. Mon sourire est incrusté sur mon visage, ce qui fait bien rire Livie. Elle se moque, un peu, voire beaucoup tandis que nous remontons la rue en direction de notre voiture.

— Tu vas garder cette tête toute la journée ? me demande-t-elle.

— J'espère bien. T'as vu, il suce son pouce, c'est complètement dingue !

— Il faut qu'on achète ce truc pour faire les empreintes. Maman avait ça pour moi et Greg.

Je ris. Je ris comme un crétin. La vie est merveilleuse. Aucun nuage à l'horizon et tout semble parfait.

En entrant dans le hall de notre immeuble, elle me dit qu'elle fait la fermeture. Ça me fait chier. Car elle passe la majeure partie de ses soirées dans ce bar où je n'ai pas remis les pieds et je ne trouve pas ce travail très sûr. Nous avons déjà eu cette conversation. Elle a obtenu cet emploi de serveuse grâce à Jenny en arrivant à New York, ce qui lui a permis de gagner son indépendance. Elle n'aime pas se sentir dépendante de quelqu'un d'autre et je peux le comprendre. J'espère que l'arrivée du bébé lui donnera envie de trouver autre chose. Ce qui me donne une idée. En entrant dans l'ascenseur, j'appuie sur le bouton de notre étage avant de me retourner vers elle :

— Tu n'as jamais eu envie de reprendre tes études, Livie ?

Elle écarquille les yeux avant de répondre :

— Et pourquoi je ferais ça ?

Je hausse les épaules en regardant les étages de l'ascenseur défiler.

— Je me posais la question. Tu n'as pas vraiment eu le choix à l'époque.

Elle n'a même pas fini sa dernière année de lycée vu qu'elle est partie de Cover-Road en plein cursus. J'ai envie de lui offrir une vie dans laquelle elle ne craindra plus rien. Je me souviens qu'à cette époque, ses notes n'étaient pas glorieuses, mais je suis sûr qu'avec un peu d'aide, elle pourrait rattraper ses lacunes. Elle me répétait sans arrêt que les études n'étaient pas faites pour elle et qu'elle envisageait de trouver un travail aussitôt le lycée terminé, mais je suppose que l'envie de s'éloigner de son père a beaucoup joué dans cette décision.

Elle reste silencieuse une minute avant de répondre :

— Pour être honnête… si. Mais je ne sais pas ce que je ferais. Andréa et Hayley me parlent souvent de leurs cours et ce qu'elles feront après, et ça me donne envie parfois.

Ma mâchoire se crispe à la simple évocation de cette fille. Je fixe les portes de l'ascenseur alors que je sens son regard sur moi.

— Je l'aime bien. Elle est…

— Je m'en tape.

— Ethan…

— Elle n'existe pas.

Je serre les poings dans mes poches. Jusqu'ici, elle n'avait pas essayé de m'en reparler et ça m'allait. Parce que je ne suis pas débile, je sais qu'elle discute avec cette fille. C'est Livie après tout. Greg n'a pas pu s'en empêcher alors Livie, je peux toujours espérer. Et là, je me sens pris au piège. Je n'ai qu'une envie, c'est de me barrer le plus loin possible pour éviter qu'elle insiste.

— Il t'a cherché, Ethan.

Un rire jaune m'échappe.

— Mais bien sûr.

L'ascenseur s'ouvre au même moment et je sors sans vérifier que Livie me suit. Arrivé dans notre appartement, je reste au milieu de la pièce ne sachant pas ce que je suis censé faire. Le bar me fait de l'œil et je m'approche en prenant un verre. Mais je m'arrête parce que cette habitude n'est en rien une solution, et je le sais. Une habitude qui m'a fait dériver pendant un moment, alors que Greg tentait de me faire émerger la tête de l'eau. Et depuis mon arrivée à New York, j'ai arrêté de noyer mon cerveau trop souvent pour ne pas montrer à Livie combien cela me semblait une solution si facile.

Je me retourne. Livie m'observe sans dire un mot. Je me passe une main dans les cheveux espérant lui faire comprendre.

— Ne me parle pas d'elle, Livie. Ni d'elle, ni de lui, ni de cette famille. Ils n'existent pas pour moi.

Elle s'avance de quelques pas, tandis que je la supplie silencieusement de ne pas aller plus loin.

— Elle n'a rien fait de mal. C'est mon amie, Ethan.

Je serre les dents. Je ne supporte pas de savoir qu'elle approche ma femme de cette façon. Elle va lui bourrer le crâne avec des excuses minables sur le géniteur, j'en suis certain.

— Et comme par hasard, elle est à New York. Comme par hasard, elle trouve un job de serveuse dans le bar où tu travailles. Comme par hasard. C'est de la connerie.

— Elle n'a pas fait exprès. Elle est venue à New York pour ses études. Et c'est Andréa qui l'a proposée à Fred. Arrête de voir le mal partout.

— Je ne veux pas. Parler. D'elle.

J'insiste parce que ma patience commence à atteindre ses limites et que je ne tiens pas à ce que ce soit encore Livie qui en fasse les frais. Elle soupire et fait demi-tour.

— Très bien. Je vais me baigner.

Chapitre 5

Livie

Je profite de ce moment de calme pour réfléchir, assise sur les marches de la piscine. Cela me fait du bien. Mon ventre commence vraiment à me peser, sans compter les humeurs changeantes d'Ethan. Jusqu'ici, je n'avais pas vraiment osé lui reparler d'Hayley, mais nous avons beaucoup discuté elle et moi et je l'apprécie beaucoup. J'aimerais qu'Ethan puisse comprendre que c'est ridicule de la rejeter, mais il est tellement buté. À sa moindre évocation, il se ferme complètement.

Je sais qu'il a du mal avec tout ce qui tourne autour de son père, mais Hayley n'y est pour rien. Il ne lui a donné aucune chance. Elle veut simplement le connaitre, rien de plus. Mais il est loin d'être prêt à le faire. Très loin même. Moi, je la vois de temps en temps en dehors du travail. Évidemment, jusqu'ici je me suis bien gardée de le dire à M. Grincheux. Hayley est une personne gentille et agréable, si seulement il lui donnait sa chance.

La porte s'ouvre et Ethan entre en me jetant un coup d'œil rapide avant de poser sa serviette sur un transat et de plonger la tête la première dans l'eau. Il est encore en colère, mais s'il est ici, c'est sa façon de me dire qu'il ne compte pas le rester. Du moins, je l'espère. Il nage vers moi et fait demi-tour pour entamer une longueur. Et puis une autre. Je ne bouge pas et regarde son corps onduler dans l'eau. Ses muscles apparents à la surface se contractent, m'offrant une vision très intéressante. Je souris devant ce spectacle et il ralentit en revenant vers moi, sur le dos cette fois-ci. Il fixe le plafond en verre au-dessus de nous. Son corps rigide trahit le fait que son cerveau doit carburer à plein tube. Arrivé à ma hauteur, il se retourne et m'attrape les mains pour m'entrainer avec lui. Je me laisse faire, mais lui rappelle tout de même :

— Je vais couler.

Il rit doucement en répondant :

— J'en doute, mais si ça peut te rassurer, même si tu es une sacrée emmerdeuse, je ne te laisserai pas te noyer.

— Je suis une emmerdeuse ? je lui demande, même si le voir sourire me réconforte.

Il hoche la tête, passe un bras sous mes fesses pour me soulever. Je me sens légère dans cette eau, soulageant tous mes muscles endoloris par mes kilos de grossesse. J'enroule mes jambes autour de lui, même si c'est bien plus difficile avec ce bébé entre nous.

— Une belle emmerdeuse.

Je passe mes bras autour de son cou, me laissant entrainer avec lui. J'espère qu'il n'a pas prévu de me noyer, il a toutes les chances d'avoir le dessus.

— C'est mon amie, Ethan. Oublie qui elle est. Juste… mon amie. Vois-la comme Jenny ou Hayden, rien d'autre.

Peut-être que si j'arrive à faire en sorte qu'il puisse lui parler, il se rendrait compte qu'elle est loin de l'idée qu'il s'en est faite. Il secoue la tête.

— Non. Arrête, Livie. S'il te plait.

Il me supplie du regard. Je pose ma main sur sa joue et passe mon pouce sur ses paupières. Ses reflets argent ont disparu. Je sais que tout ceci lui fait du mal et je décide de laisser tomber.

— Tu ne me lâches pas, hein ?

Il resserre son bras autour de moi et son sourire réapparait.

— À moins que tu me donnes une bonne raison de le faire.

— Tu me menaces ? je m'insurge en essayant de garder un air sérieux.

— Peut-être bien...

Je secoue la tête sans répondre pour lui indiquer que je ne l'embêterai plus avec ça. Pour le moment du moins. Quand il plaque sa bouche sur la mienne de manière autoritaire, je sais que c'est sa façon de me convaincre de m'arrêter là. Je lui rends son baiser, le laissant me dire par cet acte qu'il ne veut plus en parler. Une de ses mains remonte sur ma nuque, m'agrippant avec force, m'empêchant toute possibilité de retrait. C'est presque une punition qu'il m'inflige, mais pour ma part, c'est une douce punition. Quand il s'écarte, ses yeux cherchent les miens. Il m'observe. Pas un sourire, rien. Il souffre de l'idée que je puisse le pousser à bout, mais je n'en ferai rien. Alors je me contente de maintenir son regard pour lui indiquer que jamais je n'ai souhaité lui faire de mal. Il finit par fermer les yeux et enfouir son visage dans mon cou. C'est un acte de soulagement qui détend ses muscles devant mon abandon.

Je passe une main dans ses cheveux pour le rassurer. J'ai envie de lui dire que s'il arrêtait de vouloir se battre contre elle, il s'en sentirait beaucoup mieux, mais comme je ne suis pas sûre que ça soit une bonne idée de relancer le sujet, je me contente de rester silencieuse.

Nous passons une heure à patauger. Il semble avoir laissé derrière lui sa mauvaise humeur. Je finis par ressortir, mais il me dit qu'il veut continuer à nager un peu. Je m'installe donc sur un transat, enroulée dans un peignoir. Je le regarde, parce que j'adore ça. Il est vraiment beau. Je me demande encore parfois pourquoi cet homme m'a choisie, moi. La fille qu'il aurait mieux fait de ne jamais approcher. Je l'ai vu en bonne compagnie un peu trop souvent à mon goût, avant qu'il ne m'embrasse dans la clairière. Pas ouvertement, non, mais il m'arrivait de le croiser quand je sortais avec Jess. Cela me faisait tellement de mal, mais il n'était pas question de montrer quoi que ce soit. C'est aussi pour ça que son premier baiser m'a surprise. Parce que même dans mes rêves les plus fous, jamais je n'aurais imaginé qu'il puisse s'intéresser à moi de cette façon. Mais c'est arrivé, et contre toute attente, il a été ce dont j'ai eu besoin pour me permettre de me maintenir à flot. À Cover-Road et ensuite en me retrouvant ici, à New York. Il a été là, me poussant dans mes retranchements pendant que je tentais désespérément de me protéger, démolissant ce mur dressé entre nous, brique par brique. Mais c'est aussi comme ça que j'ai fini par comprendre et qu'aujourd'hui je me sens enfin libérée de mon passé malgré tous mes souvenirs difficiles.

Je devrais peut-être m'en inspirer. Voilà quelque chose qui va me donner à réfléchir.

Chapitre 6

Livie

Voilà plusieurs semaines qu'on se voit régulièrement dans la clairière avec Ethan et contre toute attente, il ne s'est pas encore lassé de moi. C'était une crainte, mais il a toujours l'air ravi de nos rencontres et personne n'y a rien vu. Enfin presque. Il n'a pas fallu longtemps à Jess pour se rendre compte qu'il y avait anguille sous roche. J'ai bien tenté de garder notre secret, mais elle est du genre tenace et j'ai fini par lui avouer. Elle m'a promis de ne rien dire à Greg et je suis sûre qu'elle s'y tiendra.

Ce soir, le ciel est complètement dégagé, mais impossible de scruter les étoiles alors qu'Ethan est incapable de garder ses lèvres loin des miennes ne serait-ce que quelques secondes.

Je pouffe de rire contre sa bouche et il me repousse dans l'herbe pour m'y allonger. Quand son corps recouvre le mien et que je sens sa main remonter mon sweat, mon cœur s'affole. Je savais que ça finirait par arriver, mais j'avais espéré y échapper. Il dérive ses baisers dans mon cou alors que j'essaie de faire abstraction de la bosse que je sens contre ma hanche.

Que suis-je censée faire ? Jess a raison, je n'y connais absolument rien en garçons, ni sur la façon de procéder dans ce genre de situation. Quand sa main trouve le rebord de mon sweat glissant sur ma peau, une drôle de sensation m'envahit. D'un côté, c'est particulièrement agréable et j'ai envie de le laisser faire et de l'autre, de partir en courant. Pourtant à mon plus grand étonnement, sa main s'arrête sur ma hanche sans aller plus loin et il relève la tête vers moi.

— Liv, tu vas peut-être trouver ça bizarre, mais... je préfère te demander la permission. Est-ce que... est-ce que je peux te toucher ?

Je suis sans voix. Je suis tellement surprise que je reste muette. Il sourit en posant un doigt sous mon menton pour refermer ma bouche béate et se met à rire :

— Je ne suis pas un rustre, Livie et... enfin, tu es jeune, je sais que tu es vierge... Merde, ce n'est pas ce que je voulais dire, je....

Je tente de dissimuler mon malaise. Cette affirmation sur ma virginité est comme une claque en pleine figure. Je déglutis en réfléchissant à ce que je pourrais répondre alors qu'il se redresse et s'assoit face à moi. Je me mets dans la même position et repousse une mèche derrière mon oreille en cherchant les mots, mais il me prend de court :

— Excuse-moi, ce n'était pas bien de te dire ça, c'est juste...

Je relève les yeux vers lui, coupable de lui faire croire que je ne suis qu'à lui. Que mon corps lui est réservé alors que je sais pertinemment que jamais je ne me sortirai de cet enfer. Il prend ses cheveux dans ses mains en s'excusant :

— Merde, je suis vraiment trop con. Je suis désolé Livie, il y a un moyen pour que t'oublies ce que je viens de dire ?

Sa prévenance me rend le sourire et je décide de le soulager de ce poids :

— C'est bon, Ethan, je ne suis pas vexée.

Il sourit doucement en reprenant :

— Tu sais, c'est juste que je ne veux pas faire n'importe quoi avec toi. Alors si je vais trop vite ou si je te mets mal à l'aise, il faut que tu me le dises, d'accord ?

Son aveu est tellement touchant que mon cœur se gonfle. C'est une petite attention, et pourtant, il n'imagine pas ce que cela représente pour moi qu'il puisse ne serait-ce que se poser la question. Je me racle la gorge, alors que je me rends compte qu'il attend une réponse. Mes joues chauffent et je baisse les yeux, trop embarrassée pour l'affronter.

— Je… enfin, je ne suis pas… prête pour ça.

Quand je relève mon regard vers lui, il sourit en se penchant vers moi et pose une main sur ma joue.

— Ne t'inquiète pas, Livie, je voulais juste… attends j'ai une idée.

Il se recule et soulève son tee-shirt. Un hoquet de surprise m'échappe alors que je me demande s'il n'a pas perdu la raison. Je ne peux m'empêcher de l'observer et cette chaleur m'envahit de nouveau. C'est vraiment étrange, il n'y a qu'Ethan pour me déclencher de telles sensations et je ne sais pas si je suis censée l'accepter ou partir en courant. Cet homme est tellement beau. Je regarde son corps, ma bouche devenant soudainement très sèche. Quand ses mains saisissent les miennes, je tremble légèrement. Je n'ai jamais touché Ethan sous ses vêtements, et cela me rend particulièrement nerveuse.

— Quand je te touche, m'explique-t-il, c'est comme si je me réveillais. Je ne sais pas si c'est logique pour toi, mais...

Il s'interrompt au moment où mes doigts se posent sur sa peau. Il me lâche les mains et je garde le regard fixé sur lui alors que celles-ci ont décidé de prendre le contrôle sur ma raison. J'effleure doucement ses pectoraux qui frissonnent sur mon passage. Est-ce moi qui le fait réagir ainsi ? Comment un simple toucher peut rendre cet homme aussi réactif ? Mon souffle s'est coupé sans que je ne m'en rende compte quand j'arrive à la limite de ses abdos. Je peux voir sa ligne de poils se hérisser alors que sa respiration s'est accélérée mouvant son torse en rythme. Je suis comme fascinée par ses réactions, tout comme les miennes, qui ne demandent qu'à être comblées.

— Et quand je te touche ? je lui demande, prise de curiosité.

Il met un doigt sous mon menton m'obligeant à le regarder :

— Je n'ai jamais ressenti un truc pareil. C'est dur à expliquer. Tu es vraiment... différente, j'ai encore du mal à saisir, tu sais.

— Moi je ne comprends rien du tout si ça peut te rassurer, je lui dis.

Il se met à rire et je repose mes mains sur mes genoux même si j'aurais bien eu envie de continuer mon exploration. Il m'attrape par les hanches et me ramène à lui.

— Viens-là.

Quand je me retrouve assise à califourchon sur lui, mon cœur s'emballe bien plus que ce n'était déjà le cas. Il prend le bord de mon sweat et le soulève légèrement avant de s'arrêter en m'observant :

— Je peux ?

J'acquiesce. Il le passe au-dessus de ma tête avant de le poser à côté de nous. Je rougis en comprenant que ses yeux parcourent mon corps. Je n'enlève jamais mon sweat alors quand je me souviens que je ne porte qu'un simple tee-shirt, je me sens presque nue. Je replie mes bras sur ma poitrine, mal à l'aise, mais il secoue la tête en m'en empêchant.

— Tu es belle, Livie. Pourquoi est-ce que tu te caches comme ça ? Tu es tellement belle.

Je me demande s'il dit vrai, alors que je l'ai vu avec assez de filles pour savoir qu'Ethan ne fait pas dans le genre banal. Elles ont des micro vêtements et sont aussi épaisses qu'une brindille. Moi, je suis trop gourmande, maman me disait toujours que je devrais faire attention.

— Je…

Mes yeux s'embuent et ma gorge se serre. Je veux simplement que papa arrête de me toucher. Je veux être moche, laide. Je veux qu'il m'oublie, et si pour ça, je dois ressembler à un sac comme le dit si gentiment Jess à mon encontre, alors je tente le coup même si je sais que ça n'arrivera pas. Mon corps est mon pire ennemi, un corps que j'aimerais inaccessible à mon bourreau. Si le fait qu'Ethan me touche est déconcertant, cela reste agréable alors que quand c'est papa… ce n'est que la nausée et le dégoût que je ressens.

Ethan écarquille les yeux au moment où une larme m'échappe à cette pensée. Je comprends à cet instant que si Ethan apprend un jour ce que je laisse mon père me faire, je le perdrais. Je vais le dégouter, autant que je me dégoute moi-même.

— Livie… tu n'as pas à avoir honte, je suis sincère, mais ne pleure pas.

Je détourne le regard en balayant ma larme. Il prend mon visage entre les mains et me dit :

— Je ne voulais pas te faire de la peine. Excuse-moi, je voulais simplement que tu comprennes que tu n'as pas à avoir honte de ton corps.

Quand je l'observe de nouveau je lui demande :

— Pourquoi moi ? Je… je ne suis pas comme les autres filles, je…

Il sourit et se penche en m'embrassant tendrement. C'est si doux que mon cœur s'allège en partie.

— Je n'en ai pas la moindre idée. Tout ce que je sais, c'est que je ne veux personne d'autre que toi, ma puce.

Je pouffe de rire

— Ma puce ?

— Oui, t'es toute mignonne comme une puce.

— Une puce ce n'est pas… mignon.

Il dépose un baiser dans mon cou en disant :

— Pour moi, ça l'est.

Devant cet homme qui m'apporte tant de lumière et de patience, je décide de sauter le pas et lui dit :

— Je veux bien.

Il redépose un baiser dans mon cou en demandant :

— Tu veux bien quoi ?

— Que tu me touches.

Il relève les yeux vers moi et après un moment d'hésitation, il se penche pour rejoindre ma bouche. C'est un baiser tendre, celui dont j'avais besoin pour me rassurer. Je passe mes bras autour de son cou pour me donner du courage et sa main trouve rapidement le chemin de mon ventre, remonte sous le tissu et s'arrête à la limite de mon soutien-gorge. Notre baiser prend fin, mon cœur frôlant la tachycardie. Nos fronts collés l'un à l'autre, je le fixe droit dans les yeux sans savoir s'il me prend pour une folle de réagir ainsi.

— Tu es si douce, me dit-il en souriant.

Je sens son pouce dessiner la courbe de mon sein si lentement que je me demande si le temps s'est arrêté. Mes lèvres retrouvent les siennes et sa caresse continue son ascension en passant dans mon dos. Il le parcourt remontant jusqu'à mes épaules et quand il redescend, il revient sur ses pas sans jamais franchir la ligne de mes sous-vêtements. Chaque parcelle de mon être vibre. Je ressens tellement d'émotion que je crois que mon cœur va bientôt sortir de ma poitrine. Quand il se recule, c'est pour me dire :

— Je t'aime, Livie. Je te promets de ne jamais aller plus vite que tu n'en es capable.

Je souris simplement en comprenant qu'Ethan est celui que j'attendais depuis si longtemps.

Chapitre 7

Livie

J'ouvre le four quand je sens des mains passer sur mon ventre. Ethan pose un baiser sur ma nuque en demandant.

— Tu es affamée à ce point ?

Je me détache de lui en plaçant le premier plat sur la table avant de sortir le deuxième.

— J'en ai fait un pour Greg.

Ethan lève les yeux au ciel en disant :

— T'as peur qu'il meure de faim ? Il sait se faire à bouffer tout seul.

Je hausse un sourcil et Ethan pouffe de rire en ajoutant :

— Ok, il essaye, mais arrête de t'inquiéter pour lui. Il a vécu sans intoxication alimentaire sans toi à Cover-Road, il survivra.

Je me contente de sourire, sans lui exposer l'idée qui a germé dans ma tête ce matin. Il n'est pas question qu'Ethan se doute de quoi que ce soit, ou cela risque de ne pas lui plaire. Nous nous mettons à table et dégustons notre repas tranquillement tandis qu'il m'annonce qu'il a décidé d'avancer la date du vernissage.

— Tu me dois une robe, je lui dis en m'essuyant la bouche, le ventre rempli.

— Pourquoi ? me questionne-t-il en se resservant copieusement.

Et dire que je trouve que je mange beaucoup depuis cette grossesse. Je suis loin derrière Ethan et c'est à se demander où il met tout ce qu'il ingurgite.

— J'avais acheté ma robe avant d'apprendre que j'étais enceinte, tu te rappelles ?

On s'était organisé une après-midi shopping avec Jenny pour le vernissage et cela me parait bien loin. Je me posais alors des questions sur sa relation avec Fred. Je ne sais pas vraiment ce qui a bien pu se passer entre eux, mais je suis sûre qu'ils ont cessé de se voir.

— Et…, me demande Ethan qui n'a pas l'air de comprendre où je veux en venir.

— Et entre-temps, je suis devenue énorme.

Il pouffe de rire en secouant la tête.

— Arrête de dire que tu es énorme, tu es magnifiquement enceinte. Tu es radieuse ma puce, et je ne compte pas m'arrêter là. Tu es trop belle comme ça pour que je ne te remette pas enceinte.

Je me fige, mon cœur s'écroulant sur le sol. Il lui faut quelques secondes pour réaliser que ce qui devait s'avérer une blague innocente n'en est pas une. Il s'arrête de mâcher et me fixe en comprenant ce que ses paroles ont déclenché chez moi.

— Excuse-moi, je ne voulais pas… dit-il en reposant sa fourchette.

Nous en avons déjà parlé. Une fois. Parce que c'est un sujet que je n'aime pas aborder, et je pensais que cette conversation était close. Je souris pour éviter de répondre, et me lève en rangeant mon assiette dans l'évier en lui tournant le dos.

— Bon, je vais voir, Greg, je lance pour changer de sujet.

— Liv… excuse-moi.

Je hausse les épaules en refusant catégoriquement de me retourner et pose une main sur mon ventre. Petit-pied donne un coup et je tente d'oublier ce qui vient de se passer. Ma seule chance est là, grandissant en moi, mais je crois qu'Ethan n'a pas réalisé clairement la situation.

— Tu ne dois pas espérer plus que ce qui nous est accordé, Ethan, je murmure juste assez pour qu'il m'entende pendant que je fixe cet évier comme si ma vie en dépendait.

L'idée d'affronter son regard m'est difficile. Il repousse son tabouret et se rapproche de moi. Il m'englobe de ses bras et pose son front contre l'arrière de ma tête.

— Je ne voulais pas te blesser, ma puce. Je le sais et ça sera parfait.

Mon corps se soulage instantanément et mes muscles se relâchent alors que je ne m'étais pas rendue compte à quel point j'étais stressée par cette conversation. J'agrippe le bord de l'évier en disant :

— Je suis désolée.

Je n'aime pas l'idée que je puisse être responsable de priver Ethan de ce choix. Même si nous avons eu la chance de concevoir notre petit garçon, je me demande s'il n'aurait pas rêvé d'une grande famille, lui aussi. Il me force à me retourner, mais je détourne le regard, préférant lui cacher à quel point sa remarque m'a atteinte. Il glisse ses mains sur mon ventre, qu'il caresse doucement en déposant un baiser au creux de mon oreille.

— Sam.

Je relève les yeux vers lui et quand je le vois sourire avec cette étincelle dans ses iris, j'en oublierais presque notre conversation.

— Sam Williams. Tu ne trouves pas que ça sonne bien ?

Mes lèvres s'étirent d'elles-mêmes et je hoche la tête.

— Sam. C'est parfait.

— Elle est toujours là, Livie, je la vois tellement en toi.

Je ferme les yeux. À défaut de connaitre son petit-fils, un jour, nous expliquerons à Sam combien sa grand-mère était une personne formidable.

Après ce moment d'égarement, je pars avec mon plat bien emballé pour rejoindre l'appartement de mon frère. Je frappe, mais personne ne me répond. J'ai bien la clé s'il s'est absenté, mais au souvenir de la dernière fois où j'ai franchi sa porte sans son consentement et que j'ai découvert cette fille faire… « ça » avec mon frère, je retente ma chance en frappant un peu plus fort. Je grimace en y repensant quand j'entends des pas derrière moi. Greg avance le long du couloir en souriant :

— Dis-moi que tu m'as rapporté à bouffer, p'tit lapin, j'ai la dalle.

— Tes désirs sont des ordres, je lui réponds en lui tendant le plat que je tiens toujours entre mes mains, tandis qu'il s'arrête en face de moi.

— Putain, je comprends pourquoi Ethan t'a mis le grappin dessus, dit-il en lorgnant sur les lasagnes avant d'ouvrir.

Je referme la porte derrière moi et lui fais un petit rappel :

— Je croyais que je n'étais pas si bonne cuisinière que ça.

Il émet un rire en passant une main dans ses cheveux dégoulinants de sueur. Beurk. Il revient surement d'un chantier et travailler dans cette chaleur ne doit pas être facile.

— Et toi, tu avais certifié que tu ne me ferais plus rien si je ne me trompe pas, donc… dis-moi pourquoi tu essayes de m'acheter.

Je me laisse tomber sur une chaise de cuisine comprenant que je viens de me faire prendre.

— J'ai un service à te demander.

Il hoche la tête.

— Tu es pressée ? J'ai besoin d'une douche et ensuite, tu m'expliques ?

J'acquiesce. Il part dans la salle de bain en disant qu'il fait vite. J'en profite pour remettre le plat au four pour le réchauffer tandis que j'entends le bruit de l'eau.

En me retrouvant seule ici, les souvenirs de notre cohabitation me reviennent. Même si cela s'est déroulé de façon non conventionnelle, j'ai vraiment apprécié de vivre avec mon frère. Mon départ était pourtant un passage obligatoire, mais cela nous a aussi permis de nous retrouver.

Sans y réfléchir, je m'avance vers la chambre que j'ai occupée il y a encore peu de temps et ouvre la porte. Le lit trône toujours au milieu de la pièce et Greg a tout laissé intact. Je m'assois sur le bord du matelas en réfléchissant à tout ce qui s'est passé depuis que Greg et Ethan ont refait surface dans ma vie. On peut dire qu'ils ont foutu un gros bordel, pourtant, malgré ça, je me rends compte combien ils ont comblé à eux deux le vide dans mon cœur que je ressentais depuis mon départ de Cover-Road. Même si je m'étais reconstruite, c'est comme si une partie de moi était restée là-bas, à leurs côtés, et qu'ils me l'avaient ramenée à leur arrivée dans ma ville de cœur.

— C'est toujours ta chambre.

Je relève les yeux vers mon frère qui s'est accoudé au chambranle de la porte.

— Je ne reviendrai pas, Greg.

Il le sait, mais peut-être a-t-il besoin de l'entendre. Loin de moi l'idée de le blesser, je veux simplement que les choses soient claires. Ses cheveux, du même ton doré que ceux de maman, englobent son visage. Il s'avance vers moi et s'installe à mes côtés en me prenant la main.

— Je sais. C'est juste pour que tu saches que si tu as besoin de moi, je suis toujours là.

Mon frère ne m'a jamais dit ouvertement qu'il m'aimait, mais bizarrement, je n'en ai jamais douté. Surtout à cet instant alors que cette confidence me touche au plus profond de moi. Papa a tenté de nous briser en se servant de notre lien fraternel pour nous manipuler, mais il n'a pas soupçonné que de cette façon, il le renforcerait d'autant plus.

— Peut-être que c'est bien en fait, au cas où Ethan ne me supporte plus, je lui réponds pour ne pas rendre cette conversation trop intense.

Il se met à rire en se levant :

— Je ne sais pas qui virera l'autre le premier, mais je pense que vous méritez tous les deux une médaille.

Je sors de la chambre à sa suite et ouvre le four. Je pose le plat de lasagnes fumant sur la table pendant que mon frère installe le couvert. Il me propose de se joindre à lui, mais je décline en lui indiquant que j'ai déjà mangé et lui dis :

— Je suis venue te parler d'Ethan, justement.

Il s'assoit face à moi et je croise les bras en le regardant se servir.

— Qu'est-ce qu'il a fait ?

Même si sa remarque est totalement infondée, il n'y a aucune animosité dans sa question comme cela aurait pu être le cas il y a quelque temps.

— Rien, enfin… je voulais te parler de Hayley, de son père…

Greg qui était en train de porter sa fourchette à ses lèvres arrête soudainement son geste. Je peux voir à ses yeux écarquillés qu'il ne s'attendait pas à ça. Il expire doucement en reposant sa fourchette et répond :

— Sujet délicat Liv, si j'étais toi, j'éviterais de me mêler de ça. Je sais, j'ai essayé.

— Je sais, je lui assure aussitôt. L'autre jour, j'ai voulu lui parler d'Hayley et… disons que ça ne lui a pas plu.

Il se remet à manger en m'observant. Ses yeux fixent les miens, bouchées après bouchées, alors que je me demande s'il va finir par me dire quelque chose qui pourrait m'aider.

— J'ai besoin de toi, Greg. Je ne sais pas comment m'y prendre. Je lui ai simplement expliqué que j'appréciais Hayley et il s'est énervé. Ce n'est pas logique. D'abord parce que Hayley n'y est pour rien dans tout ça. Ensuite, malgré tout, son père l'a recherché, mais je pense qu'il n'en croit pas un mot.

Greg se met à pouffer de rire, les yeux rivés sur son assiette.

— C'est pas vrai.

Je me demande ce qui peut bien l'amuser quand il relève la tête vers moi.

— Tu me fais vraiment penser à maman quand tu fais ça. Cette façon qu'elle avait d'aimer tout le monde… tu es pareille, et en plus, il faut que tu mettes ton grain de sel partout. Le pousse pas, p'tit lapin, c'est un sujet très sensible.

Je souris malgré l'échec cuisant de cette conversation. Ethan et maintenant Greg qui m'avouent que je porte une partie de maman en moi m'emplit de joie. Peut-être qu'Ethan a raison au fond. Peut-être que je ne tiens de papa que des traits physiques et rien d'autre. Greg se met à rire en recommençant à manger.

— Je vois que ça te fait plaisir.

Je me mords la lèvre, je ne devrais pas penser à moi en cet instant.

— Tu t'es déjà demandé comment auraient évolué nos vies si…

Je ne finis pas ma phrase. L'accident est toujours un sujet délicat alors que je repousse le fait que Greg ne connaisse pas toute la vérité. Il baisse les yeux sur son assiette une seconde avant de répondre :

— Elle aurait surement botté tellement fort le cul de papa qu'il ne s'en serait pas relevé.

J'éclate de rire malgré les circonstances. Maman pouvait être très douce, mais quand elle avait une idée derrière la tête rien ne l'arrêtait. Et celui qui s'y opposait avait intérêt à ne pas se mettre en travers de son chemin. Mon rire s'estompe lorsqu'une pensée qui revient un peu trop souvent se verbalise :

— Tu crois qu'il finira par me retrouver ?

Les yeux de mon frère se transforment instantanément. Il se redresse et s'accoude à la table en disant :

— Non. Il n'a aucun moyen de savoir où tu es. Et si ça arrive, on sera là pour l'accueillir comme il le faut. Tu n'es plus seule, Livie.

Je baisse les yeux. Je n'ai jamais aimé le fait que les gens à qui je tenais se retrouvent entre mon père et moi. Je le connais. Il ne fait pas dans la demi-mesure et s'il veut obtenir quelque chose, il ne recule devant rien. Pourtant, je crois que l'image de l'homme parfait et bien sous tous rapports qu'il cultive lui est chère. Savoir que je pourrais parler a été un frein pour qu'il ne tente pas de me retrouver, mais avec Greg et Ethan qui lui ont clairement dit qu'ils étaient au courant maintenant, j'ignore ce qui se passe dans sa tête et ça me rend particulièrement nerveuse.

— Bref, je vais devoir trouver moi-même une solution à propos d'Hayley, je reprends pour retourner le sujet.

Il hausse les épaules et ne répond pas, comprenant sans doute ma tentative au moment où la porte s'ouvre. Nos visages se tournent en même temps et Ethan entre tout sourire. Je réprime mon anxiété à l'idée qu'il ait pu entendre notre conversation, mais vu son expression joyeuse, ça m'étonnerait beaucoup.

— Alors, elles sont comment mes lasagnes ? demande Ethan en prenant une chaise qu'il retourne en s'accoudant à son dossier.

Je m'apprête à répliquer quand Greg répond :

— Ah ! Je me disais aussi qu'elles étaient super bonnes, ça ne pouvait pas être Livie.

Je me renfrogne en m'enfonçant dans mon siège et croise les bras.

— C'est moi qui les ai faites, tête de con.

Greg jette un œil à Ethan qui pouffe de rire.

— Je ne voulais pas vexer Ethan, je crois qu'il manque un p'tit truc.

— Donc on ne vexe pas Ethan, mais moi si ? je réplique aussitôt.

Il avale une bouchée avec un rictus apparent en répondant :

— Il a un bon coup droit que tu n'as pas.

Je me penche sur la table, les mains à plat et lui lance :

— Tu paries ?

Chapitre 8

Greg

— Je te rappelle quand même que je pratique la boxe avec Connor depuis deux ans ! s'exclame Livie.

Je pouffe de rire en avalant une nouvelle bouchée de ses lasagnes. Elles sont tellement bonnes que je crois que je vais lécher le plat, mais ça m'a toujours amusé de la provoquer. Je secoue la tête et réponds :

— Et tu fais quoi ? Cinquante kilos toute mouillée ? Hors grossesse bien sûr.

Ouh, ça doit être plus vu sa façon de se renfrogner. Ethan se contente de nous observer en riant et Livie se tourne vers lui en le fusillant du regard :

— Quoi ? T'as quelque chose à dire ? Je ne suis pas grosse !

Bon, j'ai p'têtre un peu déconné. Livie a toujours été vite vexée dès qu'il s'agit de son poids. Elle n'est pas très grande et a de jolies formes. Elle ne fait pas la taille mannequin, mais ce n'est pas ça qui la rend moins jolie. La preuve, même avec ses sweats énormes, je devais sans arrêt la fliquer, car quoi qu'elle portait, elle attirait tout de même l'attention.

Je comprends vite que je l'ai vexée et avec les hormones en plus, elle a tendance à partir au quart de tour dès qu'un truc la chiffonne. Je suis bien content en fait que ça soit Ethan qui partage sa vie aujourd'hui, je ne suis pas sûr que ça se passerait aussi bien avec moi si elle me parlait comme ça.

— Baisse d'un ton, Livie, les hormones n'excusent pas tout, dit-il simplement en ouvrant le frigo pour se servir une bière.

Ah donc, je ne suis pas le seul à l'avoir remarqué.

— Vous m'énervez tous les deux, répond Livie. À chaque fois qu'on se retrouve tous les trois, j'ai l'impression de redevenir une gamine. J'ai vingt et un ans, arrêtez de vous foutre de ma gueule ou de me prendre de haut.

Ethan s'adosse au frigo derrière elle et rit discrètement. Je sens que ça va encore me retomber dessus.

— Attendez que j'aie accouché, et je vous prends tous les deux sur un ring, conclut-elle.

— J'aimerais bien voir ça, je lui réponds en la regardant se diriger vers l'entrée.

Elle me tire la langue avant de refermer la porte. Je lève les yeux au ciel.

— C'est vrai que c'est digne d'une adulte comme réaction, je conclus à mon tour.

Ethan secoue la tête.

— En même temps, elle n'a pas tout à fait tort.

Je débarrasse la table en lui disant :

— Toi, tu n'es pas neutre, elle te tient par les couilles.

— Elle ne me tient pas par les couilles ! s'exclame-t-il.

J'éclate de rire, s'il ne s'en rend même pas compte, il est déjà foutu.

J'empile comme je peux le bordel dans l'évier. Il va vraiment falloir que je m'y colle. Ethan hausse les sourcils en me voyant faire et me dit :

— T'es au courant que la vaisselle ne se fait pas toute seule ?

Je soupire, en fait c'était sympa que Livie vive avec moi. Quand je rentrais du boulot, c'était toujours propre et bien rangé.

— Il faut que je me trouve une nana.

Ethan éclate de rire, le vrai, celui qui dit qu'il comprend parfaitement où je veux en venir.

— Et... Jenny ? me demande-t-il en buvant une gorgée de sa bière.

Jenny... putain, si elle continue mes couilles vont devenir bleues.

— Elle m'emmerde.

Ethan ne répond pas et m'observe. Je lève les yeux au ciel et m'adosse à l'évier en croisant les bras.

— Elle veut parler, parler et encore parler et en attendant, on baise pas !

Ethan garde un petit sourire en coin, pourtant, il baisse son regard un instant et dit :

— Écoute Greg, Jenny… je l'aime bien. Je ne te juge pas, mais… ne lui fais pas de mal. Ce n'est pas facile pour elle en ce moment.

Je l'observe me demandant si c'est une blague.

— Et de quoi tu as peur au juste ? Je n'ai jamais traité une femme comme tu l'as fait et je te laisse tranquille avec ma sœur maintenant, tu ferais mieux de me remercier.

Il grogne en se concentrant sur sa bière. Il sait que je n'ai pas tort. Il n'a pas toujours été honnête avec les filles qu'il a ramenées chez lui. Il arrivait assez souvent que je les retrouve sur le palier, à peine rhabillées, et le visage déconfit quand je venais lui rendre visite. Alors qu'il me fasse la leçon, j'ai un peu de mal. Même si je sais qu'il n'a pas totalement tort.

Jenny parle beaucoup. Elle se sent impuissante face à la maladie de sa mère et je fais en sorte de l'accompagner comme je peux. Et Killian ne lui rend pas la tâche facile. J'ai un peu de mal à comprendre d'ailleurs. Son frère semble sans arrêt lui en vouloir pour je ne sais quoi, mais elle refuse d'en parler. Et puis, si au début mon but était de la mettre dans mon lit, aujourd'hui je dois bien avouer que je l'apprécie beaucoup. Je ne sais pas trop ce que va donner cette histoire, mais je ne fais plus de projets. Plus depuis ce qui s'est passé avec Will. J'attends le moment où la foudre va me tomber dessus pour ce que j'ai fait. J'ai tué un homme. J'ai forcé ma sœur à cacher son corps. Je brulerai en enfer pour ça, alors oui il n'a pas tort, je ne suis pas pour Jenny.

— T'as raison. Elle n'a pas besoin de ça, je réponds en me détournant vers la fenêtre.

Je sens son regard sur moi et décide de changer de sujet.

— Livie m'inquiète, je lui dis. Elle a encore peur que mon père la retrouve. Tu crois qu'elle pourrait... de nouveau s'enfuir ? je lui demande en me tournant vers lui.

Il écarquille les yeux, surpris. Je suppose qu'elle n'a pas osé lui en parler.

— Elle...

Il s'interrompt en baissant les yeux. Je vois la douleur que mes mots ont provoqué quand il prononce tout bas :

— Elle ne... ferait plus ça. Elle m'a promis.

Il n'en est pas convaincu lui-même. Il m'offre un sourire forcé et repose sa bière.

— Bon, j'ai du boulot, on se voit plus tard.

Je le laisse partir, sans oser lui dire que si Livie devait choisir entre tenir sa promesse ou protéger son bébé, à mon avis, le choix serait vite fait.

Après le départ de Livie et d'Ethan, je décide de me vautrer dans le canapé. Et ce n'est pas une façon de parler. Je suis mort. Ce boulot au chantier n'est pas évident, mais je suis incapable de me projeter. J'aimais bien être mon propre patron et j'ai assez de fric de côté pour tenter le coup, mais ne sachant ce qui m'attend pour le moment, je me contente de vivre au jour le jour. Et puis à Cover-Road, j'avais un associé. Me lancer tout seul voudrait dire devoir tout assumer 24/24. À deux ce n'était déjà pas évident, alors en solo... Et puis je suis plutôt habitué aux villas de bord de mer, New York n'est pas vraiment du même acabit.

Mes pensées s'égarent quand on frappe à la porte. Je me lève et pars ouvrir. La frimousse d'un jeune branleur de quatorze ans plein de taches de rousseur me fait face.

— Killian.

Merde. Et moi qui me disait que je devais prendre mes distances avec Jenny. Celui-ci entre dans mon appartement et me pointe du doigt :

— Tu as oublié.

Ok, j'ai oublié quoi au juste ? J'ai la tête en vrac depuis ce matin alors mon cerveau n'est pas vraiment à 100 % de ses capacités. Killian s'aperçoit rapidement que j'essaie en vain de me souvenir de quoi il me parle et croise les bras.

— Qu'on soit clair, Greg. Il va falloir la mériter ma sœur, et pour le moment, tu viens de perdre un tas de points pour aujourd'hui.

Putain, il me chauffe déjà. Mais avec Killian, j'ai vite appris à trouver son point faible. Je me tourne vers la cuisine en disant :

— Une bière ?

Ouais, Jenny me flagellerait sur place si elle savait, je sais. Mais il a quatorze ans et la plupart du temps, il ne se rend même pas compte quand je lui donne une bière sans alcool. J'arrive de cette façon à lui extorquer quelques infos utiles. Je lui tends une bière sans alcool qu'il observe avant de croiser les bras.

— Tu ne m'auras plus. Une vraie ou tu te démerdes quand Jenny va te botter le cul.

Ok, ça a l'air grave. Je lui donne son dû et lui demande :

— Alors qu'est-ce que…

Mes yeux se posent sur le calendrier accroché dans la cuisine, la date d'aujourd'hui entourée du gros marqueur rouge.

— Putain.

— Ouais, comme tu dis, répond Killian.

Chapitre 9

Livie

C'est officiel, mon frère est un crétin.

Jenny essaye de cacher la rancœur qu'elle éprouve. Elle n'a pas pu compter sur lui aujourd'hui alors qu'elle lui avait demandé un coup de main pour l'aider à déménager ses affaires chez sa mère. La fin approche et elle a décidé de finir ses jours hors de l'hôpital. Je lui avais proposé mon aide, mais Greg lui avait certifié qu'il serait présent.

Je crois qu'un truc se passe entre eux. Je n'en suis pas vraiment sûre, mais j'ai remarqué leurs regards appuyés et leurs messes basses. Et là, Greg a tout foutu en l'air.

Je finis de préparer un petit en-cas dans cette immense cuisine pendant que Jenny aide sa mère à s'installer confortablement dans le canapé. Elle est sous oxygène et a du mal à se déplacer seule. La chimio ne l'a pas épargnée. Elle a perdu tous ses cheveux et la femme sévère que j'ai connue semble si frêle et fragile aujourd'hui que je dois bien avouer que j'ai l'impression que ce n'est plus la même.

Avec Madame Meyers, contrairement à ce qu'on pourrait croire, je n'ai pas échangé beaucoup. Elle m'a tout de suite impressionnée bien qu'elle ait toujours été très polie avec moi. Nous nous contentions de nous saluer quand elle venait déposer Killian chez Jenny, jamais plus.

Je me suis souvent demandée si Jenny lui avait donné les véritables raisons qui m'avaient poussée à emménager avec elle, mais je n'ai jamais posé la question. Elles ont toujours eu une relation un peu distante, mais je crois que c'était vis-à-vis de Killian, car le peu qu'elle me parlait d'elle, elle semblait beaucoup l'aimer et sa maladie la rend très triste. Je n'ose imaginer ce qu'elle doit ressentir en voyant sa mère s'éteindre à petit feu. Le décès de maman a été si soudain que j'ai cru mourir en l'apprenant, mais malgré les circonstances, j'en garderai toujours le souvenir d'une femme pleine de vie et souriante.

Je secoue la tête en posant la dernière tasse. Penser à ça en de telles circonstances, ce n'est pas correct. J'attrape le plateau et me rends dans le salon. Mme Meyers me sourit autant qu'elle le peut, essayant de cacher la grimace de douleur qu'elle retient en se redressant. Jenny sursaute et l'aide avant de lui dire :

— Je vais aller te chercher des coussins à l'étage, je reviens.

Elle sort de la pièce alors que sa mère la regarde s'éloigner.

— Jenny m'a dit que vous aimiez le thé, je lui dis en m'installant à ses côtés.

Elle sourit en hochant la tête.

— Merci, Livie. C'est très gentil de ta part.

Je pose une tasse devant elle et me rends compte que nous sommes seules. Pourquoi cette femme m'impressionne-t-elle autant ? Elle me fait signe de l'aider. Je lui donne la tasse dans les mains pour ne pas l'obliger à se baisser et me réinstalle en attendant Jenny. J'entends Mme Myers rire doucement en soufflant sur sa tasse et je me tourne vers elle.

— Je te fais si peur, Livie ?

Je me mords la lèvre. C'est embarrassant qu'elle s'en soit rendu compte. Elle boit une gorgée et me la rend. Je la pose sur la table basse, évitant par la même occasion de répondre.

— Je donne souvent cette impression me dit-elle. Mais je ne mange personne.

— Je suis désolée. Je n'ai jamais voulu paraitre désagréable.

— Oh, je sais, affirme-t-elle. Et il faudrait bien plus pour me fâcher. Greg par contre, je vais lui montrer ce qu'il en coûte de vexer ma Jenny.

Je souris de l'entendre parler de sa fille de la sorte. Mais je reviens vite sur terre en pensant à mon goujat de frère.

— Ne vous en faites pas pour ça, il va payer. J'ai encore quelques tours dans mon sac pour le faire enrager, je lui dis en murmurant comme si c'était un secret.

Elle se met à rire, mais se stoppe aussi vite alors qu'une quinte de toux la prend. Je me rends compte à cet instant, du désespoir de Jenny de ne rien pouvoir faire pour aider sa mère. Elle s'arrête, ferme les yeux et quand elle me regarde de nouveau, me dit :

— Je pense pouvoir me charger moi-même de ton frère.

Elle a beau ne pas être au maximum de ses capacités, elle fait tout pour faire oublier sa maladie et je l'admire beaucoup pour ça. Elle tourne alors son visage vers l'escalier et me dit :

— Va la voir. Elle est bien trop longue pour un simple coussin.

Je hoche la tête comprenant où elle veut en venir et je monte à l'étage. Arrivée en haut, un long palier s'annonce devant moi. C'est vraiment grand ici.

Je regarde autour de moi ne sachant par où Jenny est allée et décide de prendre à droite. Le long des murs, beaucoup de cadres sont accrochés. J'y découvre une version de Jenny plus jeune et je dois bien avouer qu'elle me semble bien différente d'aujourd'hui. Jean déchiré et chemise débraillée. Voici donc la Jenny adolescente. Je continue mes recherches quand je m'arrête devant un cadre avec Jenny et Killian. Jenny le tient dans ses bras alors qu'il n'est qu'un bébé. Elle n'a pas l'air à l'aise et son sourire forcé indique clairement qu'elle préférerait être n'importe où que devant cet objectif.

— Je lui ai dit de l'enlever, je déteste cette photo.

Je me retourne et découvre Jenny, les yeux rougis, un coussin entre les mains. Je ne lui fais pas remarquer, ne voulant l'embarrasser.

— Killian m'a raconté que c'était difficile entre vous au début. Tu n'as pas à avoir honte Jenny, l'important c'est que tu sois là pour lui aujourd'hui.

Elle hausse les épaules en baissant les yeux.

— Quelle mère je crois être ? Je le détestais, c'est ça la vérité. Je l'ai longtemps détesté. Parfois, j'arrivais même à me convaincre qu'il n'existait pas.

Ses mots sont durs, mais je ne peux que la comprendre. Killian reste le fruit de son viol alors qu'elle n'avait que quinze ans. Un résultat qui n'a fait que lui rappeler ce qu'on lui avait fait.

— Tu devrais arrêter de penser à cette époque et te concentrer sur le présent Jenny. Tout ça est loin dorénavant.

Elle relève les yeux, sourire en coin.

— Et c'est toi qui dit ça ?

Elle n'a pas tort. Je me sens trop souvent prisonnière de mes souvenirs. Jenny m'invite à entrer dans une chambre qui, je suppose, devait être la sienne lorsqu'elle vivait encore ici. Elle se laisse tomber de tout son long dans le lit et me fait signe de la rejoindre. Je fais de même et quand mes yeux rencontrent le plafond, je pouffe de rire.

— Qui fait ça ?

— Toi, tu avais tes étoiles. Moi, j'avais Robbie.

J'observe le poster grandeur nature de Robbie Williams juste au-dessus de nous. Mais au fond, elle dit vrai. Je crois que dans nos moments où rien ne semble plus nous donner envie d'avancer, nous avons tous besoin de quelque chose pour nous faire voir la vie différemment. Moi, je sortais par ma fenêtre, rejoignant mes étoiles et Jenny... et bien, on dirait bien que c'est Robbie qui a tenu ce rôle.

— Tu as beaucoup changé, je lui dis.

Elle tourne la tête vers moi en fronçant les sourcils. Je fais un signe de main vers le couloir en ajoutant :

— C'était une autre Jenny. Je ne t'imaginais pas comme ça.

Ses yeux se perdent dans le vide. J'ai toujours cru que Jenny avait laissé ses blessures derrière elle, mais ces derniers temps j'ai l'impression que l'état de sa mère refait émerger des souvenirs oubliés, ou presque.

— Je dois me montrer convenable. Non, irréprochable. Pour Killian.

— Si tu veux mon avis, tu es trop dure avec toi-même, je lui réponds. Killian t'aime, il est juste déboussolé par tout ça.

Je crois qu'elle avait besoin de l'entendre. On se décide à redescendre et en arrivant en bas, on trouve Mme Myers face à un Greg, blanc comme un linge, à côté de Killian qui se retient visiblement de rire.

— Vous rigolez ? lui demande mon frère.

Mme Myers le regarde en répondant :

— Est-ce que j'ai l'air de plaisanter ? Allez, bouge tes fesses et viens m'aider.

Jenny s'avance, non sans cacher que ce que Greg lui inspire.

— Qu'est-ce qui se passe ?

Mme Myers se tourne vers sa fille et lui répond :

— Une envie pressante et Greg s'est gentiment proposé.

J'éclate de rire avant de m'interrompre sous le regard meurtrier de mon frère. Mme Myers m'envoie un clin d'œil en ajoutant :

— Tu vois, moi aussi j'ai quelques tours dans mon sac.

Je me penche vers Jenny et lui murmure :

— Je ne te l'ai jamais dit Jenny, mais, vraiment, ta mère, je l'adore !

*

J'ai passé une après-midi bien plus joyeuse que je ne l'aurais pensé. Et moi qui avais toujours pris la mère de Jenny pour une personne aussi stricte que ses sourires et ses tenues vestimentaires très collet monté. Je me suis largement trompée ! J'ai même eu un peu pitié pour mon frère qui a dû supporter chaque lubie de cette vieille dame qui s'est retrouvée à avoir des envies gourmandes, l'envoyant aux quatre coins de la ville pour se faire pardonner. Jenny en a rajouté une couche et il n'a même pas essayé de contredire l'une ou l'autre Meyers. Bien fait pour lui, ça lui apprendra.

J'ai reçu un message d'Ethan en fin d'après-midi me disant qu'il travaillait pour le vernissage et qu'il rencontrait quelques problèmes. Je me suis donc décidée à rentrer un peu plus tôt pour le voir avant de commencer mon service de ce soir. Quand je pénètre dans la galerie, la porte est ouverte, mais personne à l'horizon.

— Ethan ?

Il ne répond pas, pourtant j'entends sa voix et me dirige vers l'étage où se trouve son bureau. Je l'aperçois rapidement de dos, face à la fenêtre. Il se cogne le front par à-coups sur celle-ci, les épaules tendues, son téléphone collé à l'oreille.

— Jess, juste un p'tit coup de main. Je sais, je sais, mais là je vais buter quelqu'un si tu ne m'aides pas.

Tiens, première nouvelle, il a gardé le contact avec Jess. Je croise les bras en l'observant alors qu'il n'a pas remarqué ma présence.

— Non, je ne veux pas te réengager, je veux juste que tu me files un coup de main, tu… Putain Jess, t'imagines la tête de Livie si…

— Si quoi ? je lui demande.

Il se retourne avec la tête du type qui vient de se faire prendre. Regardez-moi ça. Je tends ma paume pour lui faire signe de me donner le téléphone et il met quelques secondes avant de se décider. Je porte l'appareil à mon oreille et m'installe sur le siège face au bureau.

— Salut, Jess.

— Livie ! Ça va, ma poule ?

— Très bien et toi ?

— Et bien, tant qu'on en parle, dis à ton mec que soit il me réengage, soit il peut se gratter le cul pour son coup de main.

Vu sa façon de prononcer cette phrase, je l'imagine facilement à faire des guillemets avec ses doigts, tout en levant les yeux au ciel.

— Qu'est-ce qui se passe ? je demande à Jess tout en regardant Ethan s'assoir à son bureau en se prenant la tête dans les mains.

Il a l'air épuisé, mais comme il me parle très peu de l'avancée de son travail, je ne comprends vraiment pas ce qui le mine autant.

— Il a contacté une agence pour engager des hôtesses pour le vernissage et visiblement ils l'ont planté. Je pourrais lui sauver le coup et il le sait, personne ne me résiste ! Sauf que… je bosse plus pour lui !

— Je vois, je réponds en prenant conscience de l'amertume dans la voix de Jess.

— Oh que oui ! Allez Liv, promets-lui n'importe quoi, mais qu'il me reprenne ! Je me fais chier à Cover-Road et j'arrive pas à garder un boulot. Y'a qu'Ethan qui me supporte.

Je pouffe de rire. Au moins elle en a conscience.

— Je veux bien Jess, mais je ne suis pas sûre qu'il soit facile à convaincre.

Ethan secoue la tête me faisant bien comprendre que Jess à New York n'est pas une option envisageable pour lui.

— Livie, je vais t'enseigner un truc sur les mecs. À partir du moment où t'écartes les cuisses, il ne pourra rien te refuser !

Je me sens rougir à vue d'œil, quand un fou rire me prend. Ethan lève les yeux au ciel en disant :

— Je ne suis pas sûr de vouloir savoir.

— Pourtant ça devrait t'intéresser, je lui réponds.

Chapitre 10

Ethan

Les joues écarlates, avec cette petite robe d'été mettant parfaitement son ventre en valeur, je tente de maintenir mon regard sur son visage et je vous jure que c'est bien difficile. Ses deux merveilles me font de l'œil dans un décolleté bien trop ajouré, criant à gorge déployée, « *Libérées ! Délivrées !* » Livie, sourire en coin, ne me quitte pas des yeux et croise ses jambes en prenant tout son temps alors que je dois essayer de me concentrer et trouver une solution pour mon vernissage.

Putain, c'est pour ça que j'ai besoin d'une assistante !

Moi, je fais les photos, je travaille l'agencement et le côté technique. La paperasse, les coups de fil et les détails subsidiaires, ce n'est pas mon truc. Jess a toujours joué parfaitement ce rôle et je pensais qu'elle pourrait me rendre ce service. Ouais, sauf qu'elle avait une autre idée en tête. Pas de coup de main si je ne la réengage pas. Non, mais vous voyez le tableau là ?

Livie et Jess.

Jess, que j'ai baisé pendant deux ans dans tous les coins inimaginables de ma galerie de Cover-Road.

Entre autres.

Livie, qui m'a fait une syncope quand elle l'a appris. D'accord, elle a tourné la page, mais franchement, plus Jess se trouve loin de ma Livie, mieux je me porterai. Jess reste Jess. Miss nombril du monde. Elle ne voit qu'elle, et même si j'ai fini par comprendre qu'elle tenait tout de même réellement à Livie contrairement à ce que je pensais, ça n'empêche que Miss univers n'obtiendra jamais ma totale confiance.

Donc, pourquoi Livie me regarde-t-elle de cette façon en raccrochant le téléphone et le pose devant elle en battant des cils ? Elle devrait être ravie que j'aie tenu tête à la harpie, non ? Je dois rêver. Elle se penche au-dessus du bureau, s'y accoude exagérément avec une petite moue qui me fait oublier tous mes problèmes.

Purée, ses nibards vont finir par exploser à ce train-là. J'incline la tête pour mieux admirer la vue, alors que mes lèvres s'étirent toutes seules en distinguant les dentelles de son soutien-gorge débordant de sa robe.

— Le rouge te va comme un gant, ma puce.

Elle se met à rire et quand je relève les yeux, j'aperçois deux prunelles dilatées m'observant avec convoitise. Mon regard descend sur ses jolies lèvres pulpeuses qu'elle lèche doucement d'un coup de langue expert.

— Arrête ça Liv, ou dans trois secondes et demie tu me suces sous mon bureau.

Putain.

De.

Merde.

Le filtre.

Je relève les yeux instantanément sur Livie en me rendant compte de ma bourde. Elle me regarde comme si une deuxième tête venait de pousser et je déglutis difficilement en me disant que j'ai déconné.

Je fais toujours attention avec Livie. Après tout ce qu'elle a vécu, je ne veux pas qu'elle pense que je lui manque de respect. J'ai déjà mis du temps à me permettre certaines choses avec elle, de peur qu'elle ne le supporte pas. Mais quand je la vois éclater de rire, je respire à nouveau en la rejoignant, tandis qu'elle retombe contre son dossier.

— M. Williams ! Quel vocabulaire !

Mon rire s'estompe doucement alors que ses bras croisés font remonter sa poitrine délicieuse.

— Je suis censé m'excuser ? je lui demande.

Elle se lève, contournant le bureau tout en laissant son index glisser sur le bois de la surface. Son déhanchement trahissant clairement que nous allons vite en venir aux choses sérieuses. Quand elle s'arrête à côté de moi, je tourne le fauteuil pour me retrouver face à elle et passe mes mains derrière ses cuisses.

— Pourquoi tu ne veux pas la réengager? me demande-t-elle.

Putain. Jess. Je l'avais complètement oubliée.

— T'es sérieuse Liv ? Tu tiens réellement à ce qu'elle bosse pour moi ?

Je ne vais quand même pas lui rappeler les raisons qui me rendent si réticent tout de même. Elle sourit plus largement et se penche vers moi, me retrouvant face à face avec cette poitrine qui me hurle d'y glisser ma queue sans attendre. Ma gorge est sèche, mon cœur au bord de l'explosion et mon souffle haletant. Mon cerveau teste une dernière tentative pour rester connecté alors que cela s'avère de plus en plus difficile.

— Ethan, il y a une chose que tu as l'air de ne pas comprendre et que je vais devoir t'expliquer.

Elle pose son index sous mon menton, me forçant à la regarder malgré mon grognement de contestation.

— Dans un couple, il y a un détail primordial à respecter pour que ça fonctionne. Ça s'appelle la confiance. La confiance. C'est ce qui me pousse à te dire aujourd'hui que si tu as besoin de Jess pour t'aider, tu peux la réengager. Tu as toute ma confiance. Et... c'est pour cette même raison que tu n'as rien à craindre en ce qui concerne Cédric.

Tant de sagesse dans un moment pareil ?

— Tu l'as embrassé, je lui rappelle tout de même, amer à ce souvenir.

Quand elle lève ses deux sourcils, je me rends compte de ma connerie. Ouais, j'ai peut-être fait pire que ça avec

Jess. Je souffle et me recule dans mon siège pour réussir à réfléchir clairement.

La vérité, c'est que dans ma vie il n'y a jamais eu que Livie. Elle s'est introduite en moi et n'en est jamais partie avant même que je me décide à l'embrasser. J'ai lutté, lutté et encore lutté contre cette attirance durant des années. J'avais 13 ans quand j'ai réalisé pourquoi j'étais incapable de me la sortir de ma tête. À mettre des mots sur des émotions dont je ne connaissais absolument rien. Et lorsqu'enfin j'ai assouvi ce besoin, cette obsession terrifiante de pouvoir gouter ses lèvres, j'avais 19 ans. Faites le compte si vous voulez comprendre. 6 ans. 6 ans à me détester. À devoir faire comme si Livie ne représenterait rien de plus pour moi que la sœur de mon meilleur ami. Mon frère. Si j'ai tenu aussi longtemps, ce n'est pas seulement pour cette lubie ridicule de Greg de la protéger soi-disant. Non, il est et restera mon frère. Celui qui a été là pour moi dans les moments troubles de ma vie. Je ne voulais pas trahir cette confiance qu'il m'accordait. Alors j'ai résisté, encore et encore, en me répétant que ça finirait par me passer. Et j'ai baisé plus que de raison, en me disant qu'un jour peut-être une fille me ferait assez tourner la tête pour me permettre de l'oublier, de la sortir de moi. Mais ce n'est jamais arrivé. Ça a toujours été Livie. Et ça le sera toujours. Cette vérité, nous la connaissons tous les deux. Nous avons entremêlé nos vies, nos âmes et en le réalisant une fois de plus, mes épaules s'allègent d'un poids que je portais depuis ce matin. Depuis que Greg avait suggéré que Livie s'enfuirait sans moi si Franck la retrouvait.

Je pose une main sur son ventre, bien loin de notre conversation d'origine et lui dis :

— Je te fais confiance ma puce.

Mais pas du tout à Cédric.

Elle caresse doucement les mèches de mes cheveux comme elle sait si bien le faire, mais je garde mon regard fixé sur ce ventre, renfermant mon trésor inestimable. Le résultat de notre amour.

— Livie, si jamais il le fallait, si Franck…

Ses doigts se crispent et je relève les yeux vers elle.

— Je veux que tu penses d'abord au bébé, d'accord ? Je ne t'en voudrais pas. Je te retrouverai toujours.

— Je ne partirai plus sans toi Ethan, me dit-elle.

Je me lève et prends son visage dans mes mains, mon regard plongé dans le sien pour lui faire comprendre que je suis très sérieux.

— S'il le faut, si les choses devaient ne pas se passer comme prévu, je veux que tu penses au bébé avant tout, tu as compris ?

Ses yeux deviennent vitreux et elle baisse la tête sans répondre. L'ombre de Franck est toujours là, et j'ai beau avoir assuré à James que je dirais tout à Livie seulement quand elle aurait accouché pour ne pas bouleverser cette grossesse, l'éventualité que les évènements nous échappent n'est pas à négliger. Je la prends dans mes bras et pose une main dans ses cheveux en fermant les yeux.

— Je ne veux pas vous perdre, ni l'un ni l'autre, Livie. Je te le demande, je vous retrouverai, même si je dois y passer toute ma vie.

Elle me serre contre elle, ses doigts crispés sur mes bras. Elle sait que si cela devait arriver, elle devra penser au bébé. L'obsession de Franck pour Livie serait trop dangereuse. Si sa colère, le jour où il a compris pour Livie et moi, l'a poussé à la tabasser, l'entrainant vers des extrémités qui me tordent encore le bide, alors je n'ose imaginer l'effet que cette grossesse engendrerait chez lui.

— J'y ai repensé tu sais, me dit-elle.

— Repensé à quoi ? je lui demande.

Elle s'écarte de moi.

— Tu te rappelles, avant que tu me convainques de revoir le Dr Harris, tu m'as dit que… que porter plainte pourrait me libérer.

Je me laisse tomber sur ma chaise, parce que celle-là, je ne l'avais vraiment pas vue venir. Livie était dans un tel état à l'époque que j'ai vite compris qu'elle n'était pas prête à cette éventualité. Elle s'était effondrée face à moi, se brisant devant mes yeux, me rendant encore plus impuissant que je ne l'étais déjà.

— C'est vrai ? je lui demande.

Elle hoche la tête et ajoute :

— Mais même si on me croit, et j'ai bien dit si, car ce sera sa parole contre la mienne Ethan, je n'ai aucune preuve contre lui, et il finira par sortir un jour ou l'autre. Ce jour-là, il se vengera. C'est sa façon de procéder.

Il est impossible que sa parole soit mise en doute après la plainte des parents de la petite Kim, mais j'ai peur de sa réaction lorsqu'elle en prendra connaissance, car elle finira par l'apprendre. Et le médecin a bien appuyé sur le fait que Livie devait se reposer et éviter le stress. Même si cette grossesse se passe à merveille, elle est très surveillée à cause de ses antécédents et il est hors de question de mettre en jeu la vie de Livie ou du bébé. Je lui dirai quand tout risque sera écarté. Je ne sais pas encore comment, mais je lui dirai, moi-même, en temps voulu.

— Si tu décides de le faire Livie, je serai là, tout comme Greg, tout comme Jenny, Hayden, on sera tous présent pour te soutenir. Et pour le reste, on avisera. Mais sache que si tu le fais, tu auras toute mon admiration. Tu auras enfin l'occasion de lui montrer que tu n'es plus la petite Livie. Que tu as grandi. Prouve-lui que tu n'as plus peur de lui.

Elle esquisse un faible sourire et répond :

— Je peux essayer en tout cas.

Je me relève et dépose doucement mes lèvres sur les siennes. Mes baisers lui révélant combien je suis fier de son parcours. Jamais je n'aurais pensé qu'elle m'en reparlerait d'elle-même. Je m'attendais à une Livie qui se contenterait de se cacher tant qu'elle le pourrait et me voilà face à une Livie qui a pris le temps de se reconstruire. Qui gardera toujours des blessures indélébiles de son passé mais qui, contrairement à ce que je pensais, jour après jour ôte les barrières qui lui ont permis de ne pas sombrer pour qu'enfin, elle puisse se sentir véritablement libre.

Libre de son bourreau.

Libre de vivre.

Libre d'aimer.

Ses lèvres si douces suivent le rythme des miennes dans une symbiose parfaite, parce que c'est ainsi. Nous sommes parfaits, parfaits l'un pour l'autre. Nos corps ne pouvant mentir, son cœur résonne en écho au mien, battant si fort alors que je la serre plus fort contre moi. Ses belles courbes font parcourir un courant électrique dans mes doigts accélérant le besoin de sentir sa peau frémissante contre la mienne. Mes baisers se promènent sur sa mâchoire, tandis que je trouve rapidement le pan de sa robe que je remonte pour prendre ses fesses entre mes mains. Quand je la plaque contre moi empoignant ce joli postérieur qui est à moi et rien qu'à moi, je ne peux retenir mon sourire pendant que mes lèvres descendent le long de son épaule.

— On ne l'a jamais fait ici, ma puce.

Quand le contact de ses mains remonte sous mon tee-shirt, ma respiration se bloque une seconde avant de reprendre. Si la toucher a toujours été une sensation qui m'a rendu dingue dès la première fois qu'elle m'a permis de le faire, sentir ses caresses en a été tout aussi troublant. Elle est une extension de moi, nos corps ainsi liés, me donnant enfin la sensation d'avoir trouvé cette partie manquante. Avec elle, je suis moi, pas de faux-semblant, je me sens entier. Nos deux parties de nos âmes, se complétant parfaitement.

— On devrait peut-être y remédier, me chuchote-t-elle alors que sa langue passe sur le lobe de mon oreille.

On peut dire désormais que j'ai réussi. Livie s'est totalement libérée de ses entraves en matière de sexe. Et je serai le seul à en profiter, elle n'est pas belle la vie ? Ma queue, durcie à l'extrême commence à devenir impatiente, tandis que j'attrape la fermeture de sa robe et la baisse en m'écartant d'elle. Quand je fais glisser les bretelles le long de ses bras, j'admire la danse du tissu qui tombe avec lenteur jusqu'au sol. Habillée de ce magnifique ensemble à dentelle d'un rouge flamboyant, je me dis que je n'ai rien vu de plus beau. Son sourire illumine toute la pièce, et je soulève mon tee-shirt le jetant un peu trop précipitamment, arrachant à Livie un rire. Ce rire. Un son mélodieux, celui qui m'a trop souvent fait tourner la tête. Un rire. Juste un rire qui me donne envie de l'aimer encore plus.

Je reprends son visage entre mes mains, et cette fois la dévore totalement, l'obligeant à reculer jusqu'à ce qu'elle ne puisse plus, coincée contre le mur. Ses doigts s'emparent des boutons de mon jean qu'elle défait avec rapidité et adresse, tandis que je pourrais lécher ses jolies lèvres durant des heures. Pourtant quand elle s'arrache à notre baiser et qu'elle s'agenouille à mes pieds, je me dis que je me laisserais bien tenter par une autre alternative. Elle baisse d'un geste mon jean et mon boxer, me libérant devant elle. Ses yeux se fixent aux miens quand elle me prend dans sa main avec ce petit sourire en coin.

— Alors, comment tu as dit déjà, tu voulais que je te quoi ?

Ce n'est pas vrai, elle ne va pas me faire ça ! Pas maintenant !

— Liv...

Son sourire ne disparait pas, bien au contraire quand elle passe son pouce doucement sur mon gland.

— Bordel...

Je pose mes mains à plat face au mur devant moi, tandis que je la regarde jouer avec ma queue.

Bon, je crois que Greg avait raison, elle me tient réellement par les couilles... ou par la queue.

— Entier Ethan, arrête de prendre des pincettes avec moi ou je te jure que tu vas me supplier.

Entier. Ce mot. Celui qu'elle a prononcé pour me faire comprendre qu'elle acceptait toutes ces parties de moi, celles que je retenais pour elle.

— C'est toi qui vas me supplier si ma bite n'est pas dans ta bouche dans la seconde.

Elle éclate de rire en balançant sa tête en arrière, cette fille va réellement me rendre dingue. Complètement marteau. Quand elle revient à elle et que ma queue est toujours trop loin de ses lèvres, je prends les choses en main, agrippe ses cheveux et lui dis :

— Suce-moi.

Si c'est ça qu'elle veut, alors ok ! Son sourire s'élargit, ses yeux se mettent à pétiller et elle entrouvre ses lèvres avant que je m'enfonce entre celles-ci.

— Bordel de merde.

Livie a une bouche tout droit sortie du paradis. Sa chaleur me faisant instantanément tout oublier alors que je me retire, la tenant fermement pour l'empêcher de bouger. Elle est à ma merci et, même si pendant un instant je me déteste de lui faire ça, de voir ses joues rosies et son excitation transparaitre dans ses iris brillants, je comprends que je n'ai pas de crainte à avoir. J'ai été patient avec elle et aujourd'hui, elle me veut moi, entier, pas la version édulcorée. Une partie que je suis prêt à lui donner.

Elle repose ses mains sur ses genoux, m'offrant cette autorisation quand je me renfonce en elle. La douceur de ses lèvres, la caresse de sa langue ôte toute retenue et je baise cette bouche sans quitter son regard de lagon dans lequel je me noie sans crainte. Cette couleur unique que j'ai remarquée dès notre première rencontre. Ses yeux magnifiques qui sont les plus beaux que je n'ai jamais vus. Je me laisse aller, la pénétrant tandis que mes grognements de plaisir surgissent face aux sensations qu'elle me procure, rompant le silence de la pièce. Ma deuxième main rejoint son visage, mon pouce caressant la courbe de sa mâchoire. Un courant me parcourt et je me recule, empoignant mon membre, et fais un pas en arrière, bien décidé à faire durer le plaisir.

— Lève-toi et déshabille-toi.

Elle a l'air surprise, mais ne tente pas de discuter tandis que je me branle en profitant de cette vision de Livie. Elle ôte son soutien-gorge, le laissant tomber à ses pieds et je lui fais un signe de main vers le dernier tissu qui l'habille.

— Ta culotte, dépêche-toi Livie.

Elle l'enlève et je lui attrape le bras, la soulève, avant de me tourner et la poser sur le bureau. Quand elle comprend où je veux en venir, elle s'allonge sur celui-ci, ses boucles dorées entourant parfaitement son visage angélique. Elle me regarde dans l'attente et je souris de plus belle, me branlant de plus en plus vite devant ce spectacle.

Elle pose ses talons sur le bord du bureau et j'écarte ses cuisses. Quand mon pouce effleure à peine son clitoris, elle se cambre, haletant bruyamment. J'accélère le rythme et sans crier gare, je me déverse sur son ventre, ma semence se répandant sur sa peau laiteuse. Putain, qu'y a-t-il de plus bandant que ça ?

— Tu n'es qu'un pervers Ethan, me susurre-t-elle entre deux baisers.

Je glisse ma main sur l'intérieur de sa cuisse en descendant mes lèvres dans son cou.

— Et t'adores ça, Livie.

Elle ne répond pas, me le confirmant sans prononcer une seule parole. Quand je me retrouve face à sa poitrine, plus que généreuse, un soupir m'échappe.

— Tes seins, ils sont sublimes.

Elle pouffe de rire, mais se stoppe net à l'instant où j'en attrape un dans ma paume et aspire son téton entre mes dents. Non seulement ils sont superbes, mais Livie est devenue particulièrement sensible depuis cette grossesse. Un petit coup de langue lui faisant oublier son propre nom. Ses mains remontent de mes bras à mes épaules, jusqu'à mon cuir chevelu qu'elle agrippe avec force, m'enfonçant le visage droit au paradis.

— Oh mon Dieu, Ethan !

Que voulez-vous, il parait que ma langue suffit à l'envoyer directement vers les étoiles…

Ma langue tournoie sur son aréole alors qu'elle ferme les yeux, son visage renversé en arrière en proie à toutes ses émotions. Quand je la pénètre d'un doigt, ses halètements s'intensifient et j'accélère le rythme, sa moiteur trahissant son besoin pressant de me sentir en elle.

— Tu me veux, Liv ?

Elle m'offre deux iris luisants tandis que je descends mes baisers sur ce magnifique ventre.

— Il faut vraiment que je te le dise ?

— Dis-le ma puce, je lui réponds en déposant un autre baiser juste au-dessus de son nombril.

Elle s'accoude d'un bras sur le bureau et m'attrape par la nuque en m'ordonnant :

— Prends-moi, maintenant ou je vais devenir folle.

Je pouffe de rire et me redresse avant de la saisir par les hanches et la ramener à moi. Quand j'entre en elle, c'est une nouvelle vague. Non, un vrai tsunami. Ses mains agrippent les miennes, alors que je ressors d'elle doucement, et m'enfonce à nouveau. Je ne retiens plus rien et me penche sur elle, posant mon front contre le sien tandis que je prends le rythme de nos corps s'emboitant à la perfection. Ses yeux se fixent aux miens quand mes lèvres rejoignent les siennes. Le plaisir que je ressens monte, monte toujours plus loin, toujours plus haut et je lui murmure :

— Je t'aime, je t'aime tellement, Livie.

Parce que c'est important, le fait qu'elle comprenne que je ne suis qu'à elle et qu'elle n'est qu'à moi.

Ses mains parcourent mon dos, tandis qu'elle se cambre de plus en plus, ses jambes m'entourant. Je me délecte de cette vision de son visage, exprimant son orgasme qui ne va plus tarder quand tout son corps se met à trembler. Mon nom franchit ses lèvres alors que je m'enfonce plus vite en elle sans la quitter des yeux. Je sens que je ne suis plus loin et je passe un bras autour de sa taille pour la redresser légèrement. J'agrippe sa nuque avant de plaquer mes lèvres contre les siennes. Nos dents s'entrechoquent sous l'intensité de ce baiser, je lui assène des coups de reins qui finissent par m'anéantir et me libère en elle, dans un râle de plaisir.

Chapitre 11

Livie

Je reprends doucement mon souffle et un rire m'échappe. Ethan se retire de moi et attrape mon visage entre ses mains, alors que je suis toujours assise sur le bord du bureau.

— Waouh ! je lâche.

Il se met à rire en répondant :

— Ouais, on me le dit souvent.

Je lui offre une belle claque sur l'épaule, mais malgré cette arrogance, mon sourire refuse de disparaitre.

— Et comment dois-je le prendre ?

Il se mord la lèvre en comprenant où je veux en venir.

— TU me le dis souvent, affirme-t-il pour se rattraper

— Bien essayé, je lui réponds.

Je remets mes vêtements quand je me rends compte que le temps a filé.

— Merde, et voilà, maintenant je suis en retard.

Ethan me jette un coup d'œil en me toisant de bas en haut.

— Je suis tenté de te dire d'y aller comme ça. T'auras même pas besoin de te trouver une excuse, c'est assez facile à deviner.

Je lève les yeux au ciel.

— Je dois prendre une douche.

J'attrape mon sac et envoie un message à Fred en ressortant de la galerie pour le prévenir que je serai en retard. Ethan m'accompagne jusqu'à l'appartement. Je file dans la salle de bain et me rafraichit à grande vitesse avant de me rendre dans la chambre pour revêtir ma tenue. Je retrouve Ethan assis sur le lit, son portable dans la main, fixant son écran, les yeux écarquillés.

— Qu'est-ce qu'il y a ?

Il secoue la tête en rangeant son téléphone.

— Rien.

Je vois bien qu'il ne me dit pas tout, alors que son rictus est figé et qu'il se retient de rire. Mais là, je n'ai vraiment pas le temps et me dépêche pour ne pas mettre Fred plus en rogne.

Tiens d'ailleurs, j'ai peut-être une idée pour lui faire oublier mon retard.

— Tu m'accompagnes ? je lui demande en enfilant mes chaussures.

Vu sa tête, ma question le surprend. Il ne répond pas et me fixe, alors j'insiste.

— Je crois que tu dois des excuses à Fred, Ethan. Tu es au courant que j'ai eu une retenue de salaire à cause de tes conneries ?

— Pourquoi ? s'étonne-t-il.

— Parce que tu as cassé des verres et qu'il a bien fallu que quelqu'un paye ! Et tu devrais aussi remercier Cédric, c'est lui qui a réparé la table que t'avais amochée.

Il n'a pas l'air fier de lui. Un bon point. Je n'ai pas besoin de beaucoup insister pour le convaincre et nous montons en voiture pour nous rendre directement à mon travail.

Arrivée sur le parking, j'ai déjà une demi-heure de retard. Je sens que je vais en prendre plein la poire. Vaut mieux ne pas dire à Ethan que Fred n'est pas dans ses bons jours en ce moment, en espérant que cela aidera à le dérider un peu.

En entrant, Mike nous repère très vite et quand je le vois s'avancer vers nous, prêt à faire son numéro de vigile pour virer Ethan, je m'interpose.

— J'en prends la responsabilité, il est venu parler à Fred.

Mike n'a pas l'air convaincu, mais il nous laisse tout de même entrer avec un regard insistant à mon intention.

— Ne me le fais pas regretter Ethan, je tiens à mon boulot. Un pas de travers et tu rentreras en rampant.

— C'est bon, je sais me tenir.

— Permets-moi d'en douter, je lui réponds simplement.

Je salue Cédric et Alex déjà à leur poste derrière le bar. Cédric s'avance vers moi et s'arrête en voyant Ethan. Puis, il reprend sa marche et lui tend la main. Ethan la serre et fait également signe à Alex avant que nous nous dirigions vers les vestiaires. En passant la porte, Ethan pose un bras autour de mes épaules et me chuchote à l'oreille.

— Tu vois que je peux me tenir.

— Et tu veux une médaille peut-être, je lui demande.

Il secoue la tête au moment où Hayley et Andréa sortent des vestiaires en riant. Aïe. Je me doutais qu'ils allaient se croiser, mais pas dans un endroit si confiné. Hayley se fige en voyant Ethan, et celui-ci se contente de l'ignorer en me resserrant contre lui. Il me pousse à accélérer la marche, alors que je fais un signe à mon amie. Mon envie de faire revenir Ethan au bar n'est pas tout à fait innocente pour être honnête. Je me suis dit que si Ethan avait l'occasion de se rendre compte qui était vraiment Hayley, il laisserait de côté ses préjugés la concernant.

Une fois devant le bureau de Fred, je tourne mon regard vers Ethan qui fixe la porte. J'aurais tellement de questions à lui poser. Comprendre pourquoi il semble si réfractaire face à Hayley. Je sais que ça a été difficile pour lui, je l'ai vu, mais Hayley…

Je secoue la tête en me répétant d'y aller pas à pas et frappe à la porte. Quand Fred nous invite à entrer, nous pénétrons tous les deux à l'intérieur et le découvrons installé à son bureau. Il n'a pas l'air ravi de voir Ethan alors je prends les devants.

— Je suis en retard, je sais et j'en suis désolée. Ethan est venu s'excuser pour la casse et donc, je vous laisse, vous avez surement un tas de trucs à vous envoyer à la figure.

Je fais demi-tour aussi vite, mais m'arrête nette.

— Livie…, prononce Fred d'un ton tranchant.

Et merde. Je me retourne et il se lève en disant :

— Demain, tu feras la fermeture.

— C'était mon jour de repos ! je m'insurge.

Il m'offre un sourire narquois en répondant :

— Comme c'est dommage. La prochaine fois, t'arriveras à l'heure.

Fred n'est déjà pas du genre très chaleureux, mais il devient carrément invivable ces derniers temps et il me tape sur le système. Sauf que c'est mon patron, alors je ravale ma bile au moment où Ethan intervient.

— Fred, elle est enceinte. Elle a besoin de se reposer, tu ne vas pas la faire chier pour une fois qu'elle arrive en retard.

— Parce que t'as des ordres à me donner toi maintenant ? lui répond-il d'un ton sec.

Ethan serre la mâchoire. Bon, en fait, j'aurais peut-être mieux fait de le prévenir. Il s'avance d'un pas vers Fred, alors que je prie en silence que ça ne dérape pas.

— Si elle accouche dans ton bar, t'auras l'air fin. Et si ça arrive parce que tu joues au con, c'est pas trois verres et une table qui en feront les frais.

Fred se met à rire en faisant un signe à Ethan de s'assoir.

— Ça m'emmerderait de tout devoir nettoyer. T'es au courant que ça va être une vraie boucherie ?

Oh non, s'il vous plait pas de détails, je flippe déjà assez comme ça.

— Bon je vous laisse, je réponds en prenant la sortie.

Je me réfugie dans les vestiaires. Je n'ai pas dit à Ethan que la semaine dernière j'avais fait une bêtise, le genre vraiment vraiment stupide. J'ai été voir des vidéos d'accouchements sur le Net. Il y avait du sang partout et… oh, mon Dieu, c'était horrible ! J'ai bien envie d'en parler avec Jenny, mais je n'ai pas osé. Je ne sais pas quel souvenir elle en garde et je ne veux pas raviver des moments difficiles pour elle.

Je me débarrasse de mes pensées superflues et pars commencer mon service. À peine ai-je mis un pied dans la salle que je vois Hayley à l'autre bout me scruter avec insistance. Pour dire vrai, je me pose des questions. Pourquoi Hayley n'a-t-elle pas trouvé utile de venir me parler avant qu'Ethan ne s'énerve lorsqu'il l'a appris ? Elle se doutait qu'il ne l'avait pas reconnue et, à chaque fois qu'il était dans les parages, elle s'éloignait de moi, comme si j'avais la peste. Peut-être que si tout ce monde avait parlé comme toute personne civilisée, cela aurait été moins explosif. Maintenant me voilà prise entre ces deux-là à ne pas savoir que faire. Même Greg a décidé de laisser tomber alors c'est dire...

Je mets un peu d'ordre derrière le bar, repoussant le moment de me retrouver face à Hayley et ses questions. Cédric s'approche de moi et demande :

— Il est parti faire sa révérence ?

Je pouffe de rire en continuant mon rangement.

— Je pense qu'on peut dire ça comme ça.

Cédric me donne un coup de main et nous ne parlons plus pendant quelques minutes avant que je lui demande :

— Alors... il se passe un truc avec Hayley ?

Il m'offre un sourire joueur en répondant :

— Jalouse ?

— Cédric..., je le réprimande.

En vérité, je ne sais pas quoi en penser. Depuis la dernière fois où j'ai cru comprendre qu'il se passait peut-être quelque chose entre eux, je me suis dit que c'était une bonne chose pour moi. Sauf qu'il y a deux jours, j'ai surpris Cédric avec Amy dans les vestiaires. Amy. La langue de vipère. La fille qui travaillait avec Will et que j'évite tant que je le peux. Ils parlaient tout bas dans un coin au moment où j'allais entrer. Je ne pense pas qu'ils se soient rendus compte de ma présence et je suis repartie aussi vite. Le truc, c'est que je ne crois pas les avoir déjà vus, ne serait-ce que discuter sur notre lieu de travail, alors j'ai trouvé ça bizarre. Et depuis, rien n'a changé. Ils se contentent de se saluer, sans plus. Je me demande si Cédric est au courant de qui est Amy, mais je n'ai pas vraiment envie de m'en mêler. Amy connait trop de choses sur moi qui pourraient s'avérer dangereuses.

Cédric hausse les épaules en répondant :

— T'es trop curieuse.

Ok. Je crois que mon besoin d'en savoir un peu plus va s'arrêter là. Ethan franchit la porte au même moment, avec Fred qui rit devant la mine renfrognée de ce dernier. Au moins, Fred a retrouvé sa bonne humeur, c'est déjà ça.

— On dirait que ça va mieux, je leur confie.

Ethan râle en secouant la tête alors que Fred passe derrière le bar en attrapant un tablier.

— On a trouvé un arrangement.

Quand il le tend à Ethan, je commence à comprendre.

— Oh...

Ethan l'arrache des mains de Fred en me pointant du doigt :

— Toi, tu m'en devras une.

— C'est ça et en plus, ça va être de ma faute ! je m'insurge devant sa mauvaise foi.

Fred se tourne vers moi et me dit :

— Ok, voici ta nouvelle serveuse à former Livie, bon courage.

Ne ris pas Livie, ne ris pas.

Fred se fout totalement de la casse vu que je lui ai déjà remboursé, ce qui veut dire que c'est sa façon de bien lui faire passer le message. Cédric décide d'en rajouter une couche :

— Ta serveuse n'est pas aux couleurs du bar, Fred.

— Ouvre encore ta gueule toi et je te fais bouffer ce putain de tablier, réplique Ethan.

Fred frotte sa main sur son bouc, réfléchissant sérieusement à la question.

— C'est vrai, Cédric, va lui chercher une chemise dans la réserve.

Pauvre Ethan. J'ai presque pitié pour lui. Au Barock, il n'y a pas de serveur. Uniquement des serveuses. Alors une fois qu'il a revêtu une chemise qui normalement est destinée au barman - mais au moins il n'a pas eu à mettre la jupe règlementaire - j'ai dû lui montrer les ficelles de mon métier, et aujourd'hui, nous avons pu voir une horde de femmes toutes de rose vêtues fêtant un enterrement de vie de jeunes filles. Autant dire qu'Ethan en a pris pour son grade. À lui de supporter les mains baladeuses pour une fois. Personnellement, j'arrive toujours à éconduire les messieurs avec tact et diplomatie et pour les plus insistants, Mike s'occupe de leur rappeler les bonnes manières.

Je pouffe de rire en attendant mes consommations au bar, les yeux rivés sur Ethan qui essaie de se dépêtrer d'une femme déjà bien imbibée qui tente de l'attraper par la taille. Je devrais être jalouse, non ? Pourtant, je dois bien avouer que depuis que nous avons mis tant de choses à plat, ma confiance s'est renforcée d'autant plus. Ce qui m'a poussée à faire comprendre à Ethan tout à l'heure que s'il souhaitait réengager Jess, cela ne me posait pas de problème. Et puis Ethan et moi, c'est depuis toujours. Il m'a avoué n'avoir rien ressenti de comparable pour aucune autre et si je suis sûre d'une chose, c'est qu'il ne me ferait jamais souffrir. Nos sentiments sont bien au-dessus de tout ça. Quand, en plus, il a émis l'éventualité que je doive partir pour le bébé, et qu'il m'a assuré qu'il ne m'en voudrait pas, j'ai pleinement réalisé qu'aucun homme ne lui arriverait jamais à la cheville. L'histoire de ma vie. Je me souviens lui avoir dit ses mots lors de notre jogging, quand il se demandait ce que j'avais bien pu me tatouer sur l'omoplate. Il ne savait pas qu'il s'agissait de son prénom et je n'ai pas osé lui dire. Alors je lui ai simplement avoué la vérité.

L'histoire de ma vie.

Mon Ethan.

Mon ciel étoilé.

— Dix dollars qu'elle arrive à l'emballer.

Je me tourne vers le bar et aperçois Alex se pencher vers Cédric en observant l'attraction du jour.

— Tenu, répond Cédric en lui serrant la main.

Je jette un coup d'œil vers Ethan et vois la presque charmante femme se raccrochant au cou d'Ethan qui essaie de la faire reculer. Je me retourne de nouveau vers les deux barmans.

— Vingt dollars qu'elle n'y arrive pas.

Les deux comparses se jettent un coup d'œil et secouent la tête en même temps.

— Elle s'acharne, elle y arrivera, renchérit Alex.

— Je suis d'accord, ajoute Cédric.

— J'ai déjà gagné, je leur réponds en prenant mon plateau rempli de mes consommations.

Je me rends directement à la table en question et pose les boissons alors qu'Ethan tente de faire reculer la cliente qui a bien du mal à tenir debout.

— On dirait que vous vous amusez bien, j'interpelle la fille habillée d'une fausse robe de mariée.

— Oh oui ! s'exclame-t-elle en attrapant son verre, ce bar est super sympa ! Et en plus on a un beau serveur !

Je soupire de manière tragique avant d'ajouter :

— Oui. Dommage qu'il soit gay.

La mariée recrache illico sa gorgée sur la table alors que tous les visages se tournent vers moi. Je hausse les épaules et pointe du doigt Mike à l'autre bout du bar qui nous observe avec cet air sévère qui ne le quitte jamais.

— C'est son mec là-bas, je serais vous, je ferais gaffe. Il est très possessif.

Quand toute la tablée tourne le visage vers le vigile. Celui-ci fronce d'autant plus ses sourcils, renforçant mes dires.

— Merde, dit la femme à ma droite avant de crier à l'intention de la fausse blonde toujours accrochée à Ethan, Abby ! Arrête ! Il est gay !

Je me pince les lèvres alors que la pièce vient de devenir bien silencieuse jusqu'à ce que j'entende Cédric et Alex éclater de rire et ça n'a rien de discret, ce qui attire tous les regards vers eux. Ethan m'observe les yeux écarquillés et la bouche grande ouverte.

Je hausse les épaules et m'éloigne :

— Dommage... je vous comprends.

Je retourne vers le bar en voyant la femme reprendre sa place sur son siège dépitée et m'arrête devant Cédric et Alex en tendant la main.

— Vous me devez 20 dollars.

Chapitre 12

Ethan

— T'as dit que j'étais gay !

— Et j'ai gagné 40 dollars, ça valait le coup, me répond Livie en rangeant ses affaires dans son vestiaire.

Je n'en reviens pas. Je viens de passer la pire soirée de ma vie. La pire de toutes. Je vous jure. Une torture.

— Mais t'as dit que j'étais gay !

Putain, mais elle est dingue ? Elle a besoin que je lui prouve que je suis loin d'être gay ? Elle fait claquer la porte de son casier et se tourne vers moi en répondant :

— Oh arrête, c'était une blague, elle t'a laissé tranquille comme ça et moi ça m'a remboursé ta casse. Tout le monde y a gagné.

Je croise les bras.

— T'étais jalouse.

Elle émet un rire en disant :

— Je n'avais pas envie de la voir enfoncer sa langue dans ta bouche. Si t'appelles ça être jalouse, alors oui, je suis jalouse.

— Je ne l'aurais pas laissé faire.

— Cédric et Alex avaient parié qu'elle y arriverait et t'étais plutôt mal parti.

Je pouffe de rire et nous prenons le chemin pour enfin quitter cet endroit. Putain, Livie a toute mon admiration ce soir. Je n'ose imaginer si…

— Et les mecs, ils sont aussi entreprenants ?

Elle se met à rire en me jetant un coup d'œil.

— Non. Et si ça arrive, Mike intervient, mais je crois qu'il avait décidé de te laisser te débrouiller tout seul ce soir.

Génial.

Bon au moins maintenant, j'ai payé ma dette. En revenant dans la salle, il reste encore quelques clients alors que la fermeture ne va plus tarder. Fred s'avance vers moi et me tend la main :

— Bravo, je ne pensais vraiment pas que tu tiendrais jusqu'au bout.

Je la lui serre en répondant :

— Je te jure que je ne ferai plus un seul bobo à ton bar Fred, ne me refais plus jamais ça.

Il éclate de rire, me rendant une tape sur l'épaule.

— Allez viens boire un verre, tu mérites un remontant.

Ouais, ce n'est pas de refus.

Je m'installe sur un tabouret, Livie à mes côtés et jette un coup d'œil autour de moi. Hayley se tient à bonne distance et me regarde comme si j'allais la bouffer. J'ai bien fait en sorte de l'ignorer toute la soirée, ce qui a plutôt bien marché. Je la dévisage lui faisant comprendre ce qu'elle m'inspire. Je sais qu'elle ne lui a rien dit. Si Livie était au courant, ça fait longtemps qu'elle m'en aurait parlé. Donc cela me confirme qu'elle ne joue pas franc jeu. J'avais bien vu qu'un truc clochait depuis qu'elle avait rejoint l'équipe du bar. Elle était sans cesse nerveuse en ma présence et sa copine, la blonde, Andréa je crois, semblait m'en vouloir pour une chose que j'ignorais totalement. Si Greg n'avait pas été là pour éclaircir ma lanterne, je serais surement encore dans le flou. Mais ma position est claire et je ne vais pas changer d'avis.

Je reviens à moi quand Fred pose une bière devant moi :

— Si t'as un problème avec Hayley, vous réglez vos comptes ailleurs, me rappelle-t-il.

Je hoche la tête comprenant que mon expression en la dévisageant n'est pas passée inaperçue et prends mon verre.

— J'ai aucun problème.

*

Je me réveille le lendemain, seul. Je me retourne sur le dos, observant le plafond. Hier soir, Livie a tenté de me parler d'Hayley. Encore. Et comme d'habitude, j'ai ignoré ses questions, mais cela commence à peser entre nous et je n'aime pas ça. Je devrais lui dire, mais je connais assez bien Livie pour deviner qu'elle va s'entêter à me faire changer d'avis et j'ai peur que ça soit bien pire quand elle saura.

Bref, une voie de garage.

Je me lève et m'arrête net en entrant dans la salle. Elle est allongée sur la banquette et en m'approchant, je me rends compte qu'elle est endormie. L'idée qu'elle ait refait un cauchemar se matérialise même si j'espère me tromper. Depuis la séance avec le Dr Harris où elle m'avait tout avoué, elle n'en avait pas refait et je pensais que c'était derrière nous. Pourtant, en la voyant ainsi, ma crainte se réveille.

Je me plaque dans son dos et la serre dans mes bras tandis qu'elle émerge doucement. Elle se tourne vers moi en souriant. Peut-être que je me trompe, mais j'ai besoin de savoir.

— Tu as fait un cauchemar ?

Elle secoue la tête aussi vite en me rassurant :

— Non. Je n'en fais plus, Ethan.

Je suis soulagé et dépose un baiser sur son épaule avant de lui demander :

— Alors qu'est-ce que tu fais là ?

Sa main rejoint son ventre et elle m'explique :

— Ton bébé m'a réveillée à 6 heures. J'ai voulu me reposer un peu et j'ai fini par me rendormir.

Bon, me voilà complètement rassuré. Je dépose un baiser sur son ventre en murmurant tout près :

— Coucou là-dedans.

Quand un coup me répond, déformant le ventre de Livie, je ris, les yeux aimantés vers la petite bosse.

— C'est un peu flippant tout de même.

— Non, l'accouchement, ça, ça va être flippant, me contredit-elle.

Quand je remonte mon visage vers elle, elle observe son ventre sans sourire.

— Tu as peur ? je la questionne.

— Pas toi ? me demande-t-elle.

— Ne réponds pas à ma question par une autre question, tu as peur Livie ?

Elle ose enfin me regarder et expire doucement en disant :

— Peut-être un peu, avoue-t-elle.

— Ça se passera bien, Livie. Ne t'en fais pas.

À vrai dire, je ne sais pas vraiment comment la rassurer. Moi-même, je suis loin d'être à l'aise avec cette idée, mais Livie ne sera ni la première ni la dernière femme à accoucher, donc ça se passera bien. Un point c'est tout. La réflexion de Fred m'a interpellé d'ailleurs hier, mais il a vite dévié le sujet en reprenant son air bougon avant qu'on ne trouve son arrangement.

Après avoir pris un petit déjeuner consistant, Livie me dit qu'elle part voir Jenny. Je lui propose de la rejoindre plus tard et passe chez Greg après avoir trouvé une offrande. Quand il m'ouvre, ses cernes apparents lui donnent une allure vraiment effrayante. Il me grogne d'entrer avant de se laisser retomber dans son canapé. Je m'installe sur le fauteuil face à lui et demande :

— Ça va ?

Allongé de tout son long, son bras posé sur ses yeux, il répond :

— Je pète la forme, ça ne se voit pas ?

Je ne réponds pas à son sarcasme et il soulève son bras, avant de tourner son visage vers moi.

— Je dors mal, Jenny et sa mère m'en font baver et… le Dr Harris ne me lâche pas. Je rêve d'un mois entier sur une île déserte.

— Tu veux en parler ?

Il se redresse pour s'assoir et laisse tomber sa tête contre le dossier en fixant le plafond.

— Il veut me faire entrer dans une espèce de protocole. Je lui ai dit non, mais il insiste. Hier, je lui ai dit d'aller se faire foutre, et il a répondu que Livie avait au moins l'amabilité de claquer la porte avant de l'insulter.

On peut dire que ce Dr Harris a une bonne répartie qui doit lui être utile avec un cas comme Greg. Celui-ci relève son visage vers moi et me fait un signe de main.

— Bref, ça passera. Qu'est-ce que tu voulais ?

— Je n'ai pas le droit de te rendre visite sans raison ? je lui réponds.

Il se met à rire et pointe le sachet de beignets posé sur la table basse.

— Quand Livie vient avec un plat de lasagnes, elle a un truc à me demander. Toi, tu ramènes le petit-dej, donc tu as aussi un truc à me demander.

Pas bête le Greg.

J'essaie de me détendre alors qu'il attrape un beignet qu'il mord avec gourmandise et m'observe en mâchant bruyamment.

— J'ai demandé à Livie de m'épouser.

Greg qui était sur le point d'avaler se met à tousser et se lève en se tapant le torse pour s'empêcher de s'étouffer. Je me renfrogne en lui disant :

— Ouais, bon, t'es pas obligé d'en faire tout un cirque.

— Tu lui... non, t'es sérieux ? me répond-il visiblement choqué.

Je hoche la tête simplement en essayant de ne pas repenser au fait qu'elle m'a jeté bonnement et simplement, et que depuis je traine une trouille pas possible à l'idée qu'elle puisse de nouveau refuser. Je sors de ma poche le petit écrin qui ne me quitte jamais au cas où je trouverais le moment parfait. Quand je l'ouvre et que je montre la bague à Greg, il pouffe de rire en relevant les yeux vers moi.

— C'est gentil d'avoir pensé à moi, mais ce n'est pas plutôt à ma sœur que t'es censé la donner ?

Je ris en secouant la tête, avant de me reprendre.

— Elle m'a dit non.

Il grimace en comprenant la situation tandis que j'essaie de ne pas montrer mon amertume.

— Elle t'a vraiment dit non ?

— Parfaitement. J'étais à genoux devant elle et elle s'est foutue de ma gueule avant de me dire non.

— Ouch... dur.

— Comme tu dis.

Un silence s'installe quand j'ajoute tout bas :

— Elle a dit qu'elle ne voulait pas ressembler à une princesse.

Je vois tout le corps de Greg se tendre. Si beaucoup de petites filles doivent apprécier ce surnom, pour nous trois cela représentera toujours autre chose.

La douleur, la tromperie, le mal, Franck.

Il se rassoit face à moi et je l'observe alors que j'aimerais pendant un instant oublier tout ce qui nous définit. Ce passé qui fera toujours parmi de nous.

Le silence qui s'installe traduit parfaitement que nous partageons les mêmes pensées sur cette horrible vérité.

— Tu sais que c'était pour te faire chier que je t'ai sorti ça ? T'es pas obligé de l'épouser, m'indique-t-il pour rendre cette conversation plus légère.

— Je veux qu'elle devienne ma femme, officiellement.

— Et depuis quand ? réplique-t-il étonné.

Je souris en observant la bague que j'ai mis tant de temps à choisir pour elle. Je voulais qu'elle soit parfaite et j'ai écumé de nombreuses bijouteries avant de trouver ce que je cherchais.

— Depuis que j'ai réalisé que Livie était toute ma vie.

Je fixe Greg qui me regarde les yeux écarquillés. Il se lève d'un bond et s'exclame :

— OK, je crois qu'on a tous les deux besoin d'un remontant.

Il sort une bouteille d'un placard et deux verres qu'il pose sur la table devant nous. Il m'en serre un et après une gorgée je lui dis :

— Je voulais lui offrir la bague pour son anniversaire, mais j'ai besoin d'être sûr de mon coup cette fois-ci.

Il met un certain temps pour me répondre, mais finit par le faire, les yeux rivés sur son verre.

— Le mariage... c'est qu'une vaste fumisterie. Je suis désolé de te dire ça, mais je la comprends sur ce point.

Il garde son regard hypnotisé sur son verre et je devine que l'idée qu'ont Greg et Livie du mariage est l'image que leurs parents leur ont laissée. Si Samantha aimait sincèrement son mari, malheureusement les agissements de ce dernier ont vite détruit l'illusion du mariage parfait qu'ils véhiculaient.

Il souffle en reposant son verre sur la table et continue :

— Maman... Maman aura passé sa vie avec un connard qui violait sa fille dès qu'elle avait le dos tourné. Elle a vécu dans un véritable mensonge toutes ces années. Si je croyais avoir mal le jour... le jour de l'accident, quand j'ai réalisé ça...

Il ferme les yeux en laissant tomber sa tête, une de ses mains saisissant ses cheveux avec vigueur. Je n'ai pas de mots pour l'aider, parce qu'il ne fait qu'énoncer la vérité. Samantha ne méritait pas ça. Personne ne le mérite. Son existence entière n'a été qu'une vie de fausses apparences et aujourd'hui, elle n'est plus là pour voir combien sa fille a eu le courage de se reconstruire. Voir ses enfants qu'elle aimait tant ne pas se laisser sombrer et avoir repris les rênes de leurs vies. Mais à cet instant, mon ventre se tord. Je suis responsable de cette perte et, même si je tente de me dire que je n'ai rien prémédité, la vérité reste qu'avoir fait irruption dans leurs vies aura ôté la chance à Livie et

Greg de pouvoir partager de nombreux moments avec leur mère.

— Je suis désolé. J'aurais aimé qu'elle soit là pour partager nos vies aujourd'hui.

Inconscient de la pertinence de mes excuses, il s'autorise un sourire. Je lui rends en me rendant compte combien je ne pourrai jamais me racheter pour ma faute.

Chapitre 13

Livie

Mon père est le genre d'homme à qui on donnerait le bon Dieu sans confession pour reprendre cette expression étrange. Parce qu'il respire la confiance, la gentillesse et j'en passe. Il est ce genre de personne et maintenant qu'il fait figure de pauvre veuf endeuillé, en plus, tout le monde semble compatir à sa perte. Cet homme qui se retrouve aujourd'hui à devoir élever une adolescente qui a toujours eu une réputation de bizarrerie dans cette ville.

Alors quand il m'a annoncé qu'on lui avait enfin offert la promotion qu'il convoite depuis des années, je me suis dit que le karma avait des critères assez discutables. Et me voilà à jouer le rôle de la gentille fille accompagnant son père adoré à la soirée organisée afin de fêter l'évènement. Et comme d'habitude, je dois sourire et donner le change. Aujourd'hui, il devient officiellement le responsable de l'agence immobilière où il travaille. M. Kenway a décidé de prendre sa retraite et évidemment, il a laissé les rennes à mon père, son bras droit depuis presque 5 ans.

Alors ce soir, non seulement je préférerais me trouver partout sauf ici, mais en plus j'ai été forcée de porter une robe. J'ai l'impression d'être totalement nue, mais d'après lui, venir en jean-sweat pour ce genre d'événement n'est pas correct.

Et allez, encore un sourire.

Mme Balfort continue de me dire combien j'ai un père formidable et je dois me retenir de l'étrangler. Ce dernier se met à sourire en lui disant qu'il doit beaucoup à maman.

C'est parti pour la partie larmoyante. Pitié, une météorite qu'on en finisse. Plutôt mourir que d'assister à ça une fois de plus.

Je me tourne vers mon père et lui chuchote :

— Je reviens, pause pipi.

Il hoche la tête et j'arrive à m'éloigner sans avoir salué une personne de plus et c'est une vraie victoire. Je pars m'enfermer dans les toilettes et m'assois sur le dessus après avoir verrouillé la porte. Mon Dieu, et ça ne fait qu'une heure qu'on est ici ? Je sors mon portable et me rends compte que j'ai un message d'Ethan :

« Ce soir, j'aurai une surprise pour toi. »

« C'est quoi ? »

« Il y en a une qui ne connaît pas le principe d'une surprise. »

Je pouffe de rire et range mon portable au moment où j'entends la porte s'ouvrir :

— Princesse ?

Bon ma pause aura été de courte durée.

— J'arrive !

Je sors des toilettes, me lave les mains pour donner le change et en rejoignant le couloir, je découvre mon père, de mauvaise humeur. Il m'attrape le bras et me dit :

— Soit tu souris, soit ça va chauffer en rentrant.

Il me tire par le bras m'obligeant à trottiner, mais avec ces talons c'est difficile d'assurer en position verticale. Je n'aurais pas dû emprunter ses chaussures à Jess.

— J'arrête pas de sourire, je commence même à avoir des crampes.

Il me fusille du regard. Je soupire. OK. Il va falloir être plus convaincante. De retour dans la grande salle, je me retrouve face à un homme au costume gris lui donnant une apparence très élégante.

— Georges, je te présente ma fille, Livie.

Le Georges en question m'offre un sourire à vous faire cligner des yeux et me tend la main. Je prends un air détendu et lui serre la main.

— Enchantée, monsieur.

Il éclate de rire en refermant sa prise sur mes doigts un peu trop fort ce qui me fait grimacer.

- Appelle-moi par mon prénom, Livie. Je suis ravi de te rencontrer, ton père m'a déjà beaucoup parlé de toi.

Je répondrais bien « pas moi », mais je doute que papa apprécie.

— Alors je suis sûre que tout était faux, je tente tout de même.

Mon père pose une main sur mon épaule qui peut paraitre amicale. Enfin, en apparence, car vu sa façon de la serrer, c'est clairement un avertissement. Georges se met à rire en répondant :

— Je suis persuadé du contraire.

— Georges vient d'arriver à Cover-Road. Il a déjà travaillé dans plusieurs agences de la région et a décidé de faire un arrêt dans notre petite ville, m'indique mon père.

Super, je m'en tape, est-ce qu'au moins il s'en rend compte ?

— Alors bienvenue Georges, j'espère que vous vous plairez ici.

Que voulez-vous ? Quand vous passez votre vie à mentir, cela devient tellement facile… J'ai juste envie de me mettre des baffes.

— J'en suis certain, me répond-il.

*

Cette soirée a duré une éternité et lorsque l'on rentre enfin, je suis ravie de voir que mon père est aussi épuisé que moi. J'enlève mes chaussures qui ont été une véritable torture à porter et commence à remonter l'escalier. Pourtant, quand je sens sa main agripper mon bras, je comprends vite que je ne vais pas pouvoir me défiler aussi rapidement. Je reste immobile, les yeux rivés sur les marches devant moi.

— Tu aurais pu mettre un peu plus du tien ce soir, me dit-il.

— J'ai souri, j'ai rendu la politesse, qu'est-ce que j'étais censée faire d'autre ?

Je ne devrais pas lui répondre de cette façon. Je sais qu'il n'aime pas ça, mais parfois je me sens si sale de le laisser contrôler ma vie et... mon corps, que c'est ma façon de ne pas devenir folle et de me dire que je ne suis pas totalement perdue.

Il me tire violemment en arrière et je manque la dernière marche me faisant trébucher sur le sol. Je ferme les yeux une seconde en me répétant que je dois me calmer. Tout ce cirque a tendance à me mettre hors de moi, mais l'énerver ne m'apportera rien de bon.

Je me relève et trouve son regard dont la colère est facilement reconnaissable.

— Excuse-moi papa. Je suis simplement fatiguée. Je vais aller me coucher et ça ira mieux.

Quand son sourire nait à la commissure de ses lèvres, je comprends que de me voir ramper à ses pieds lui plait.

— Va me servir un verre.

Je ne tente pas d'insister pour aller directement rejoindre ma chambre, et pars dans la cuisine pour lui donner ce qu'il demande. J'ouvre le placard pour en sortir un verre quand je sens son corps se coller au mien dans mon dos. Le verre que je tenais dans ma main glisse de mes doigts et éclate sur le sol tandis qu'il écarte mes cheveux de mon épaule, sans prêter attention à la casse.

— La robe de ta mère te va très bien.

Je ferme les yeux. Je ne sais pas si je suis censée le remercier ou pas. Mon esprit commence à vouloir s'échapper alors que je sens son érection qu'il frotte contre mes fesses me donnant la nausée. Son nez passe sur mon cou quand ses mains remontent les pans de ma robe sur ma taille.

— Elle adorait cette robe, se croit-il obligé de me rappeler.

Je serre les poings sur le plan de travail devant moi quand il me saisit la nuque et plaque mon visage violemment sur la surface.

— Je les ai vus. Ils te regardaient. Mais ils ne savent pas. Ils ne savent pas que tu es à moi.

Ma joue comprimée contre le bois froid, je retiens les larmes qui perlent alors que ma respiration commence à se bloquer. Quand il tire le tissu de ma culotte, un sanglot retentit dans ma gorge. Il rit et j'entends le son de sa braguette qu'il abaisse. Comme si j'allais essayer de lui échapper. Pourtant, il sait que je ne le ferai pas, que je vais encore le laisser faire. Comme je l'ai toujours laissé faire.

Je me mets à compter dans ma tête quand le son qui me retourne les tripes résonne dans la pièce. Il jette l'emballage du préservatif juste à côté de mon visage comme pour m'avertir et quelques secondes plus tard, je retiens mon cri de douleur alors qu'il me brise une fois de plus. Il me redresse la tête et pose sa main sur ma bouche en crachant à mon oreille :

— Sois gentille, Princesse.

Une phrase qui accélère mes sanglots. Une phrase qu'il me répète encore et encore et encore depuis la première fois où il a fait irruption dans ma chambre d'enfant. Où il m'a brisée à tout jamais.

Mes yeux se brouillent tandis que je ne distingue plus rien, trop submergée par mes larmes. Je serre les paupières et m'évade. Je pense à Ethan, à ses beaux iris émeraude qui semblent tout droit sortis d'un joyau des plus précieux. Il m'a préparé une surprise. Je dois me concentrer sur ça. Je dois tenir le coup encore cette fois. S'imagine-t-il qu'à cette heure, alors qu'il m'attend peut-être impatiemment allongé dans la clairière, je suis en train de… Je me dégoute, me dégoute tellement. Quand il desserre sa prise, je garde mes mains posées à plat devant moi et le sens sortir de moi. Un dernier sanglot m'échappe et sans un mot, il quitte la pièce, c'est le moment où je m'autorise enfin à m'écrouler sur le sol.

Agenouillée sur le carrelage froid, je laisse cette douleur, cette souffrance sortir de moi. C'est la seule chose qui arrive à me soulager d'une toute petite partie. Je sens mon portable vibrer dans ma poche, je relève les yeux pour m'assurer que mon père est bien remonté et une fois sûre, je sors mon téléphone.

« La surprise est prête, ne tarde pas trop ma puce »

Je fixe mon téléphone et lui réponds

« Je suis désolée, je ne viendrai pas ce soir »

« Pourquoi ? »

« Je suis désolée, je ne me sens pas très bien. Je dois couver quelque chose »

Il ne répond pas tout de suite.

« D'accord »

Quand je comprends combien je l'ai déçu, cela n'arrange rien à mon cœur réduit à l'état de lambeau.

Chapitre 14

Ethan

« Si tu ne te pointes pas cette fois, je te jure que je viens te chercher »

« Non, promis. Il vient de partir se coucher, je ne vais pas tarder ».

La semaine dernière, j'avais préparé une surprise à Livie, mais elle n'est pas venue. Elle était souffrante et j'ai tenté de cacher comme j'ai pu ma déception. Donc ce soir, je réitère l'expérience en espérant que ce que j'ai préparé lui plaira.

Je me demande un instant si je n'en fais pas trop. Les petites amies, ça n'a jamais été mon truc, alors je découvre un peu comment m'y prendre.

Les surprises, les filles aiment ça, non ?

Putain, elle va détester ou me trouver gnangnan si ça se trouve. Je suis à deux doigts de tout remballer quand j'entends des pas derrière moi. Je me retourne et aperçois

Livie franchir la barrière de notre clairière. Oui c'est la nôtre, notre havre de paix. Elle se met à sourire et avance alors que mon cœur s'accélère et que mes mains deviennent moites. Je frotte mes paumes sur mon jean en essayant de lui cacher ma gêne. Quand elle s'arrête à côté de moi, elle observe ma surprise sur le sol en demandant :

— C'est quoi tout ça ?

J'ai installé une jolie nappe sous notre chêne et ai préparé un petit pique-nique. C'est une belle surprise, non ? Je n'en sais rien.

— Je pensais que ça pourrait te faire plaisir.

Je fixe la nappe alors que je me demande depuis quand je me pose autant de questions ou si j'ai vraiment toujours été comme ça. Elle caresse d'une main mon bras me rappelant à elle et quand mes yeux rencontrent son visage, je suis soulagé d'y voir un sourire se dessiner sur ses lèvres.

— C'est très gentil.

Ok, ça me rassure. Je l'invite à s'assoir et lui désigne les petits sandwichs que j'ai préparés pour l'occasion.

Nous commençons à manger dans un silence un peu gêné. Je ne sais pas vraiment pourquoi, quand elle finit par dire :

— Je suis désolée pour la dernière fois.

Elle baisse les yeux et je me rapproche d'elle en lui demandant :

— Qu'est-ce que tu avais ?

— Je ne me sentais pas très bien, murmure-t-elle doucement.

Parfois Livie se perd dans ses pensées. Je crois que le décès de sa mère est une étape très difficile pour elle et qu'elle a du mal à avancer. Je ne peux que le comprendre, mais me sens si impuissant de ne pas réussir à l'aider. Elle repose son sandwich en soupirant et lève les yeux vers moi. Je n'aime pas quand elle a ce regard. Le vide. Rien ne transparait et je devine la douleur qu'elle y cache. Je lui prends la main pour lui montrer qu'elle n'est pas seule.

— Je suis désolé. Je sais qu'elle te manque.

Elle ferme les paupières une seconde et acquiesce d'un simple mouvement de tête. Je décide de changer ses idées noires et lui dit :

— Ok, je t'ai préparé ça pour t'annoncer une bonne nouvelle.

— Laquelle ? demande-t-elle.

Je souris en lui expliquant :

— Ça y est, j'ai mon appartement.

Greg a fini par me convaincre après qu'il se soit mêlé de ce qui ne le regardait pas, comme d'habitude. Mais voir mon ami se faire planter par un des dealers de ma mère à cause de moi, a fini par me convaincre que j'avais besoin de prendre mes distances avec elle. Je continuerai à lui rendre visite, je ne laisse pas tomber pour autant, mais c'est ce qu'il fallait faire. Quand je lui ai annoncé, je dois dire que j'ai été surpris. Elle a souri en disant que c'était bien. Je ne comprends vraiment pas tout avec elle, pendant un instant… pendant un instant, j'ai cru qu'elle était contente pour moi. Je ne sais pas vraiment quoi en penser. Livie écarquille les yeux et son sourire réapparait.

— C'est vrai ? s'exclame-t-elle.

— Oui, si tu veux, je pourrais te le faire visiter.

Elle reste silencieuse avant d'oser dire :

— On ne risque pas de nous voir ?

Je préfère ne pas relever le fait que j'aimerais arrêter de me cacher et lui dis :

— Il est à la frontière de la ville. C'est calme, et discret, on n'a rien à craindre.

Après avoir fini notre petit en-cas, j'arrive à la convaincre et nous remballons tout avant de nous rendre à ma voiture. Elle grimpe à l'intérieur et quand je prends la direction de chez moi, je me surprends de nouveau à être nerveux. Lorsque j'ouvre la porte, c'est encore pire et je lui dis comme pour m'excuser :

— C'est petit, mais... c'est en attendant.

Ce n'est pas tout à fait vrai. Avec ce que je gagne au garage, je ne vais pas aller loin, mais j'ose espérer réussir un jour à trouver autre chose.

Livie se contente de me sourire et s'avance dans l'entrée. Je referme la porte et la vois pénétrer dans la pièce en observant chaque détail. C'est simpliste. Une petite télévision que j'ai récupérée et que j'ai réussi à réparer, et un vieux sofa qu'un de mes voisins vendait pour une bouchée de pain. Il est pas mal abimé, mais pour l'instant, il y a d'autres priorités. Livie s'avance vers la porte-fenêtre et l'ouvre. Il y a un petit balcon. Juste assez pour admirer une vue qui n'est pas franchement la meilleure de la ville, mais on peut entendre la mer au loin.

J'aime entendre le son des vagues.

— La vue n'est pas top, mais...

— Arrête, me dit-elle en se retournant. C'est très bien, Ethan. Tu te plais ici ?

Je hoche la tête. La tranquillité que j'ai trouvée loin de ma mère n'a pas de prix.

— Je m'y sens bien.

— Alors c'est le principal. Tu as ton vrai chez-toi, tu te rends compte, c'est fantastique !

Elle le dit avec tellement d'entrain qu'elle arrive enfin à me détendre.

— T'as raison et tu sais quoi, on va fêter ça.

Je pars dans la cuisine et en sors du champagne acheté pour l'occasion. Livie me rejoint et j'hésite un instant.

— T'as pas l'âge de boire.

Elle lève les yeux au ciel en me l'arrachant des mains.

— Toi non plus, il me semble.

Ouais, mais j'ai 20 ans. Livie n'en a que 17, c'est important non ?

Elle ouvre la bouteille devant moi et je m'adosse au frigo en l'observant. Elle sort sa langue pour se concentrer et arrive tant bien que mal à faire éclater le bouchon.

— T'as de l'entrainement, dis donc.

— Jess m'apprend un tas de trucs, répond-elle en ouvrant un placard pour en chercher un verre.

Jess. Putain, qu'est-ce que je ne l'aime pas cette fille ! Elle n'a pas intérêt à embarquer Livie dans ses conneries.

L'autre jour, il y avait une fête dans une des maisons de la plage et Jess en faisait partie. Les flics ont débarqué et heureusement qu'elle n'y avait pas emmené Livie. Franck ferait un arrêt cardiaque s'il devait aller chercher Livie au poste. Et elle se retrouverait vite avec Greg sur le dos qui ne lâcherait pas l'affaire comme ça.

— Ah oui, et comme quoi ? je lui demande.

Elle me tend un verre et me répond :

— Vaut mieux pas que tu le saches.

Elle s'assoit sur le plan de travail et sirote ses bulles. Je bois à mon tour me retenant de l'assaillir de questions sur cette fille. Pourtant, ce n'est pas juste, Jess est sa seule amie. Livie est du genre très réservée et, quant aux rumeurs qui trainent à son sujet, je ne suis même pas sûr qu'elle soit au courant.

Hier, j'ai entendu un type raconter que Livie avait été adoptée et que Franck et Samantha avaient eu pitié d'elle, mais qu'elle n'avait jamais réussi à s'intégrer. Du grand n'importe quoi. Je me suis contenté de foutre mon poing dans la gueule du type.

Je décide de ne pas continuer sur cette voie et on discute quelques minutes. Au bout d'un moment, je me rapproche et lui dis :

— Tu pourras venir quand tu veux.

Elle passe ses bras autour de mon cou en répondant :

— C'est tentant.

Je me penche vers elle pour l'embrasser. Je laisse mes mains glisser sur ses cuisses, remontant vers ses hanches, tandis que notre baiser s'intensifie. Ma queue se réveille et l'envie de lui faire une petite visite de ma chambre commence à se profiler. Mais je lui ai promis qu'on irait à son rythme et je le ferai. Alors je tente une approche, espérant aller un peu plus loin ce soir. Quand mes mains remontent sous son sweat, elle ne dit rien. Elle est moins tendue depuis qu'elle a compris que je n'irai pas plus vite que la musique. Elle reste bien plus jeune que moi et n'a jamais eu de relation intime, sa virginité est un vrai défi pour moi. Je veux que sa première fois soit exceptionnelle. Je serai doux et tendre avec elle. Quand je lui ferai l'amour, je sais que ma vie entière ne sera plus du tout la même.

Parce que Livie est la seule fille avec qui je veux partager ça dorénavant.

Mes baisers descendent dans son cou tandis que je glisse mes mains sur son ventre, puis sur son soutien-gorge. Malgré ce tissu qui la recouvre encore, ça m'excite plus que ça n'a jamais été le cas. Mais quand je me rends compte qu'elle est bien trop immobile, je me redresse. Elle n'ose pas me regarder et je lui demande :

— Livie ?

Elle remonte enfin ses yeux vers moi et je lui offre un sourire.

— Ça te dérange ? Que... je te touche... là ?

Elle secoue la tête timidement avant de dire :

— Non, c'est juste... bizarre.

— Pourquoi ?

Elle s'empourpre et murmure.

— Je ressens des trucs bizarres.

J'éclate de rire avant de m'interrompre brusquement devant la mine de Livie qui a l'air de ne plus savoir où se mettre.

— C'est normal, Livie.

Mon Dieu, j'ai vraiment tout à lui apprendre !

Cette idée est plutôt excitante et je lui dis :

— C'est agréable, non ?

— C'est ça qui est bizarre me répond-elle en détournant les yeux.

Je réalise que c'est totalement étranger pour elle de ressentir de l'excitation. Elle ne s'est donc jamais touchée ?

Merde, ne pense pas à ça Ethan. Plus excité tu meurs.

Je lui poserais bien la question, mais j'ai déjà assez gaffé quand j'ai relevé qu'elle était vierge, pas la peine d'en rajouter. Mais la voir si perturbée me fait revenir à moi.

— Très bien, je lui réponds, première leçon, arrête de faire fumer ton cerveau et laisse-moi faire.

Elle n'a pas l'air convaincue. Je lui fais signe que je veux soulever son haut et après un moment d'hésitation, elle acquiesce. Quand je vois le petit chemisier sous son sweat, je souris avant de commencer à le déboutonner.

— Ferme les yeux.

Elle fronce les sourcils et je lui dis :

— Allez, ferme les yeux. Oublie tout et concentre-toi sur ce que tu ressens.

Elle finit par obtempérer quand j'arrive au dernier bouton. Je la rapproche du bord et pose un baiser sur son cou avant de faire courir ma langue sur sa clavicule. Un soupir de consentement lui échappe et je passe mes mains sur ses épaules pour ôter son chemisier. Elle rouvre les yeux paniqués et je lui dis :

— Ferme les yeux. Arrête d'avoir peur.

Elle obtempère, un peu malgré elle. Je dépose mes lèvres sur les siennes alors que j'attrape l'attache de son soutien-gorge pour le dégrafer. Sérieux, il faut que je reste concentré ou je ne vais pas pouvoir m'arrêter, mais Livie est loin d'être prête.

Je le fais glisser le long de ses bras et quand ma main englobe son sein, elle renverse sa tête en arrière. Je dépose mes lèvres dans son cou, le parcourant et pince son téton.

Mes doigts sont affamés et je les passe dans son dos tandis que je descends pour venir lécher d'un geste rapide le bout de son sein.

Mon Dieu, ses seins sont parfaits !

Un hoquet de surprise lui échappe et elle rouvre les yeux. Je souris et attrape son sein dans ma bouche en lui envoyant un clin d'œil. Elle me regarde les yeux écarquillés, les joues écarlates tandis que ma langue roule sur son aréole. Sa respiration rapide m'indique qu'elle apprécie, mais son visage est tellement énigmatique que je me demande bien à quoi elle pense. Cela me perturbe plus que je ne le voudrais et je me redresse.

— Ça va ?

Elle hoche la tête, la bouche béate avant de dire :

— Je ne savais pas qu'on pouvait… qu'on pouvait ressentir… ça.

J'ai hâte de voir sa tête quand je la ferai jouir alors. Çe sera épique sans le moindre doute.

Chapitre 15

Greg

— Je ne peux pas faire ça, j'affirme en me demandant comment je me suis laissé convaincre.

Ethan me donne une tape sur l'épaule en répondant :

— Je n'aimerais pas être à ta place.

Livie, enceinte jusqu'au cou, les mains gantées devant moi, bien décidée à me prouver qu'elle ne se laissera pas démonter.

Quand elle m'a dit de la rejoindre à la salle de sport après le boulot pour me montrer « un truc », je ne m'attendais pas à ce qu'elle me provoque en duel. Je crois qu'elle a vraiment été vexée pour cette histoire de bouffe.

— C'est pas possible, Liv. D'une, je ne frappe pas les femmes et surtout pas ma sœur. De deux, t'es enceinte, et de trois, Ethan me tuerait si j'osais lever la main sur toi.

Ce n'est pas une blague. On a eu cette dispute lorsqu'il m'a convaincu de consulter ce psy fou. Il pense que je pourrais faire du mal à Livie si je ne parviens pas à faire le tri dans ma tête et que je me laisse de nouveau submerger par la colère. Je me demande encore pourquoi il n'a pas émis d'objection d'ailleurs.

— Dis-lui d'arrêter ses conneries, j'ordonne à mon ami qui s'entête à se foutre de ma gueule depuis que je suis arrivé.

— Tu la touches, t'es mort, se contente-t-il de répondre en croisant les bras.

Je grogne. En fait, c'est un coup monté, je suis censé me faire décalquer sans réagir. Livie s'avance vers moi les mains levées au niveau de son menton.

— Interdiction de viser le ventre, le visage si tu veux, mais pas le ventre.

J'écarquille les yeux en me demandant si elle n'a pas perdu l'esprit.

— Tu déconnes ? Tu veux que je te frappe en pleine tête ?

Est-ce qu'elle est au courant que je pourrais la foutre KO avant même qu'elle n'ait le temps de réagir ? C'est officiel, les hormones lui ont noyé le cerveau. Je la trouvais déjà émotionnellement réactive en ce moment, mais là, je crois que je suis en train de rêver.

Elle souffle en baissant les bras et plante ses gants sur ses hanches :

— Tu te dégonfles ?

— Ton cerveau est débranché ? T'es EN-CEIN-TE !

Même sans ça, je suis à peu près sûr que je serais incapable d'oser faire un truc pareil. Livie me fait penser à une brindille que je pourrais briser en deux juste en claquant les doigts.

— Je t'ai déjà envoyée à l'hôpital ! je lui rappelle pour lui éclaircir les idées.

— Ça ne compte pas ! s'acharne-t-elle.

Je me passe une main dans les cheveux et tourne mon visage vers Ethan. Je pige que dalle. Il ne devrait pas être en train de lui dire que c'est du grand n'importe quoi de prendre un tel risque ?

— Bon d'accord, dit-elle en s'avançant vers moi, mais je veux ma vengeance, donc j'ai le droit de choisir ton adversaire.

Alléluia ! Son cerveau a repris le contrôle.

— Ok, je lui réponds, Ethan vient prendre ta branlée.

— En fait..., intervient Livie alors qu'Ethan pouffe de rire, j'ai pensé à quelqu'un d'autre.

Je savais qu'ils avaient tout prévu. Ils ont fait leur coup en douce et ça commence à sentir le roussi.

— Qui ça ?

Livie se retourne vers la porte et Ethan se met à murmurer :

— C'était son idée, juste pour info. Je crois qu'elle va battre le maître ce soir.

Il se recule d'un pas quand je vois un mec à la peau halée s'avancer en se tapant les poings l'un dans l'autre. Il s'approche de Livie et lui sourit en demandant :

— Alors, c'est lui ?

— Greg, je te présente Connor. Connor, voici le goujat dont je t'ai parlé, alias mon frère.

Bon ok, il est impressionnant, mais je ne m'inquiète pas. On ne m'a jamais mis à terre et ce n'est pas aujourd'hui que ça va commencer. Il me tend la main en faisant un signe de menton :

— Salut, qu'est-ce que t'as fait pour lui mettre une idée pareille dans la tête ?

— J'ai critiqué ses lasagnes je réponds en me rendant compte de la bêtise de cette situation.

Livie émet un petit rire et croise les bras sur son ventre en disant :

— Tu oublies le poil à gratter dans mes vêtements, les vers de terre sous l'oreiller, le poisson avarié dans mon armoire, le vinaigre dans le shampooing, les orties dans mon lit, le colorant alimentaire sur mon savon...

Putain, je pouffe de rire, j'avoue je lui en ai fait de belles. Ethan ce traitre, décide d'intervenir :

— Sans parler de la farine dans le sèche-cheveux, les œufs sous ton matelas, le seau d'eau sur la porte, la vaseline sur ta poignée de chambre, oh et une fois il a essayé de te faire boire l'eau des toilettes ! Heureusement pour toi, j'ai eu le temps de changer ta bouteille et il n'a rien vu !

Je me tourne vers Ethan en crachant :

— Sale traître !

Et moi qui croyais qu'elle n'avait même pas vu la différence. Bon j'avoue que j'ai été un peu loin, mais il ne devrait pas y avoir prescription maintenant ?

— Je te rappelle quand même que t'as participé à tout ça !

Ethan éclate de rire en attrapant Livie par la taille avant de prendre son menton et me répond sans la quitter des yeux :

— Je me fais pardonner tous les soirs.

— Pitié..., je les implore.

Livie le pousse en s'écriant :

— Ethan !

Je grimace quand Ethan ajoute, tout en esquivant les coups que Livie tente de lui donner :

— Et les matins, et à quatre heures, et…

— Mais tu vas la fermer ! s'insurge-t-elle en se tournant vers moi. Il plaisante.

Elle me fait rire avec son air sérieux alors qu'elle est aussi rouge que le tee-shirt qu'elle porte. Ethan se plante derrière elle en passant une main sur son ventre et lui murmure quelque chose à l'oreille. Quand elle l'entend, elle lui assène une claque sur la tête sans me quitter des yeux. Son ton qui vire à l'écarlate me donne envie de les remettre à leur place, mais je m'abstiens. Je me tourne vers Connor qui se marre bien de la petite scène et lui dis :

— Combien tu veux pour retenir ma sœur pendant que je m'occupe du crétin ?

Il éclate de rire en répondant :

— Désolé, Livie m'a fait une offre que je n'ai pas pu refuser.

Je lui jette un coup d'œil devant son ton énigmatique et il relève la tête. Je suis son regard et vois Jenny, Killian et Hayden entrer. Génial ! Et en plus, elle a tenu à ce qu'on ait du public. Quand mes yeux rencontrent la chevelure endiablée de ma rouquine préférée, mon sourire s'étire et je me passe la langue sur les lèvres.

Je finirai bien par l'avoir.

On passe beaucoup de temps ensemble, mais elle est bien décidée à me rendre les choses difficiles.

Étrangement, plus le temps passe, plus je dois avouer qu'elle me plaît vraiment. Elle a la tête sur les épaules et un bon caractère qui me donne souvent envie de la plaquer contre un mur pour qu'elle arrête de me remettre en place et lui prouver que je sais exactement comment m'y prendre.

Et puis il y a Mme Meyers. Cette femme est un vrai cas. Elle m'a bien fait comprendre que je devais mériter sa fille et ne lésine pas sur les moyens. Je me suis vite rendu compte que cette vieille folle ne l'était pas tant que ça et de la voir si touchée par la maladie commence à me peser. Je repense beaucoup à ma mère. Cela fait remonter des souvenirs. Je n'étais pas là lors de l'accident, mais quand mon père m'a appelé pour me dire qu'il fallait que je rentre de toute urgence, j'ai vite compris qu'il s'était passé quelque chose. Il m'a demandé de le rejoindre directement à l'hôpital, et lorsque je suis arrivé, il était déjà trop tard. J'ai pu voir ma mère sans vie, son corps écorché par le connard qui l'avait renversée avant de s'enfuir. Tout s'est écroulé ce jour-là. Ma mère. Cette femme qui m'avait bordé, qui m'avait veillé quand j'étais malade. Même si beaucoup de choses ont changé après la naissance de Livie, elle a toujours été là pour moi. Elle m'offrait ce que mon père était incapable de me donner. Elle était la douceur incarnée et lorsque je regarde ma sœur, j'aime voir cette partie qu'elle a laissée en elle. Parce que oui, Livie me fait beaucoup penser à elle. Contrairement à moi, Livie a bel et bien hérité des qualités et de la beauté de notre mère.

Jenny et Hayden saluent Ethan et Livie tandis que Killian s'avance vers moi en me tendant son poing que je frappe.

— Si tu refais le portrait d'Ethan, je t'arrange le coup avec Jen, me murmure-t-il.

J'éclate de rire. Avec tout le temps que je passe avec Jenny, j'ai bien été obligé de me coltiner Killian. Mais je dois dire que j'apprécie plutôt ce gosse avec sa langue bien pendue.

— Je n'ai pas besoin de toi, demi-portion.

Il se tourne un instant vers le petit attroupement devant nous qui discute.

— Ce soir, je te laisse le champ libre si tu le fais. Je pourrais avoir une soudaine envie de dormir chez un pote.

Je le regarde qui me souris d'un air narquois.

— Ok, vendu, je lui réponds en avançant vers le petit groupe. Ethan ! Vingt dollars que tu n'arrives pas à me toucher avant que je te fasse bouffer la poussière.

Chapitre 16

Livie

— Alors sur qui tu paries ? me demande Jenny pendant que mon frère fait son numéro face à Ethan.

Je tourne mon visage vers elle en m'exclamant :

— Tu rigoles ? Ethan !

— Pas sûr… Greg a quelques atouts.

Je me retiens de rire en voyant Greg faire tout un cirque en regardant un peu trop dans notre direction.

— Et… de quels genres d'atouts tu parles ?

Ils me prennent tous pour une demeurée. S'il croit que je n'ai pas compris leur petit manège…

Jenny se racle la gorge, soudain hypnotisée par son chemisier.

— Jenny… il se passe un truc avec mon frère ?

Elle ose enfin me regarder et me dit :

— Je ne suis pas très sûre.

Là, c'est plutôt intrigant comme réponse.

— Tu n'es pas sûre ? je lui demande.

Elle expire doucement en reportant son attention sur les deux hommes. Greg a envoyé son poing vers Ethan, mais celui-ci a réussi à l'esquiver avant de foncer sur lui au moment où Greg était déséquilibré. Killian se met à siffler ce qui me sort une seconde de notre conversation, mais j'y reviens aussi vite quand Jenny finit par me répondre :

— Livie, je ne peux pas en parler avec toi.

— Pourquoi ?

Elle semble nerveuse et observe Killian quelques secondes avant de me dire :

— Je dois être responsable et réfléchie aujourd'hui. Je ne suis plus seule, il y a Killian. Et… c'est ton frère…

Bon, elle doit sûrement se dire que mon avis n'est pas neutre. Je regarde Greg plaquer Ethan sur le sol. Celui-ci ne se laisse pas démonter et le repousse avant de lui attraper le bras et de le retourner dans son dos.

Greg a des défauts, et a commis des actes plus que discutables, mais si je suis sûre d'une chose, c'est qu'il ferait n'importe quoi pour la personne qui arrivera à franchir cette carapace en acier.

— Les blagues, quand on était petit, je savais qu'il les faisait pour se venger.

Je tourne mon visage vers Jenny, mais me rappelle que je ne lui ai jamais parlé de tous ces détails.

— Il voulait simplement compter et mon père… et bien il me prêtait un peu trop d'attention et délaissait Greg. Alors, il a commencé à faire des petites blagues qui sont devenues assez éprouvantes avec le temps. J'ai cru qu'il me détestait à un moment.

Jenny reste silencieuse en me regardant avec insistance.

— Mais un jour, il m'a entendue faire un cauchemar. Il n'a pas hésité une seconde et a essayé de me rassurer. À chaque fois, c'est ce qu'il faisait. À chaque fois que j'ai eu besoin de lui, il a répondu présent.

Devant le silence de Jenny, je me tourne vers elle.

— Greg est Greg. Il a ses problèmes, tout comme j'ai eu les miens. Mais si je sais une chose Jenny, c'est que mon frère a un cœur en or. Quand tu auras besoin de lui, il sera là. Il est ce genre de personne. Celui sur qui tu peux toujours compter au détriment de sa propre personne. Mais je vais te demander une chose Jenny.

— Quoi ? me questionne-t-elle.

— Je sais que tu ne veux pas ébruiter que Killian est ton fils pour ne pas bouleverser sa vie et je le comprends. Je n'en ai même pas parlé à Ethan pour ne pas qu'il fasse de gaffe, mais tu dois être honnête avec mon frère. S'il y a une chose qu'il ne supporte pas, c'est la trahison.

Elle détourne son regard vers Ethan et Greg qui sont face à face, les mains sur les genoux visiblement essoufflés.

— Je l'ai dit à Fred.

— Vraiment ? je lui demande

— Vraiment. Et du jour au lendemain, il a décidé qu'on devait arrêter de se voir.

— L'enfoiré, je crache en comprenant enfin ce qui s'est passé entre ces deux-là.

Jenny se met à rire.

— Je lui ai avoué parce que je voulais que ça devienne sérieux… j'ai raté mon coup.

— Alors, dis-le à Greg. N'attends pas qu'il l'apprenne par quelqu'un d'autre. Il t'en voudrait Jenny.

Elle hoche la tête.

— Tu as raison.

— Achève-le ! s'écrie Killian d'un seul coup.

Mon pauvre Ethan tente de se défaire de la prise de Greg, mais à bien du mal à reprendre le dessus. Il lui dit alors quelque chose et Greg redresse son visage vers Jenny en souriant outrageusement. Ethan en profite pour se jeter sur lui et le plaque sur le sol. Celui-ci déclare forfait et Ethan revient en trottinant vers moi.

— J'ai gagné.

— T'as forcément triché, lance Killian en se rapprochant de nous.

Ethan rit doucement en ignorant la remarque de ce dernier et m'attrape par la taille pour m'embrasser. Je ne suis pas dupe, mais le laisse faire au moment où Greg intervient.

— Et Connor ? Je lui ai fait peur ?

— Il est parti avec Hayden, je lui explique.

Hayden n'a pas franchement apprécié ma façon de faire. Lorsque j'ai croisé Connor un peu par hasard cette semaine, nous avons discuté. Je lui avais annoncé ma grossesse et il avait compris que je ne pouvais plus pratiquer, mais m'a quand même rappelé que cela ne m'empêchait pas de lui rendre visite à l'occasion. J'ai évité de lui dire que ces derniers mois ma vie avait été un véritable chantier et Hayden est rapidement venu dans la conversation. A priori, il y aurait eu un petit quiproquo et l'idée de rassembler tout ce beau monde m'a alors traversé l'esprit.

Greg ricane en disant :

— Ouais, il a surtout compris qu'il n'avait aucune chance !

— Il ne voulait pas te voir pleurer comme une fillette, le contre Ethan.

— Ce n'est pas parce que je t'ai laissé gagner… commence Greg.

— Tu ne m'as pas laissé gagner ! s'insurge Ethan.

Ces deux-là ne changeront jamais. Je devrais me faire à cette idée. Jenny me jette un coup d'œil en pouffant de rire alors qu'ils se chamaillent comme des gamins.

Voyant que Connor et Hayden n'ont pas l'intention de refaire une apparition, nous repartons donc après ce moment fort sympathique. Je rappelle à mon frère que, malgré ça, je ne laisse pas tomber. Je suis bien décidée à lui montrer de quel bois je me chauffe dès que je serai en état. Connor m'a appris quelques petites choses et je suis sûre que je pourrai le surprendre. En tout cas, j'espère. En arrivant sur le parking, Killian monte en voiture et je ne résiste pas à l'envie de dire à Jenny :

— Allez, va panser les blessures de mon frère, mais pas de folie.

Chose que je regrette immédiatement lorsque Greg attrape son paquet d'une main en répondant :

— Oh oui, j'ai très mal là, madame l'infirmière. Je ne serais pas contre un petit massage.

Et voilà, moi qui ne faisais plus de cauchemars, je sens que cette image va me hanter un bon moment.

Jenny lève les yeux au ciel et ignore sa remarque en proposant d'aller tous déjeuner ensemble. Nous rejoignons rapidement un restaurant au bout de la rue où nous nous installons. Jenny nous abandonne pour partir aux toilettes avec Killian et j'en profite pour demander à Greg :

— T'avais l'intention de me parler de Jenny à un moment ?

Bon je suis peut-être un peu curieuse, mais vu sa façon de se mêler de ma vie, j'avais bien le droit aussi à quelques confidences. Il se met à rire, le regard insistant, en gobant un morceau de pain, et nous jette des coups d'œil furtifs tour à tour.

— La blague, et toi p'tit lapin, t'avais l'intention de me le dire quand que...

Il s'interrompt brusquement en sursautant. Ethan le fusille du regard et mon frère se frotte le genou en pouffant de rire.

— Que quoi ? Je l'interroge.

Ethan pose sa main sur ma cuisse en se tournant vers moi. Même s'il me sourit, je peux voir à quel point il est tendu.

— Rien, on commande ? me dit-il au moment où Jenny et Killian reviennent à notre table.

Sa tentative de changer de sujet ne m'échappe pas. J'interroge du regard Ethan qui détourne les yeux en attrapant le menu. Tant pis, je lui en toucherai deux mots plus tard. Greg a l'air d'avoir déjà oublié alors qu'il discute avec Killian qui lui montre quelque chose sur son téléphone. Une vidéo, je crois. Je les observe en me demandant comment j'ai pu mettre tant de temps à comprendre. Bien sûr, à son arrivée à New York, j'avais remarqué qu'il s'entendait bien avec Jenny, mais jamais je n'avais envisagé que les choses aillent plus loin.

Un coup de petit pied me surprend et je sursaute me faisant revenir à la réalité. Les quatre personnes se tournent vers moi surpris par ma réaction et il ne faut pas plus de trois secondes à Ethan pour en comprendre la cause. Il pose une main sur mon ventre en disant :

— C'est déjà un champion, il n'arrête pas de lui mettre des coups de pied, dit-il à l'assemblée.

— Ça se voit que ce n'est pas toi qui te réveilles en pleine nuit car il a décidé que j'avais assez dormi, je rétorque.

Il sourit, simplement, avant de déposer un baiser sur mon épaule. Quand il tourne le visage vers Greg, je me rappelle aussitôt que nous ne sommes pas seuls. La serveuse arrive pour prendre notre commande. Je lui demande une salade, mais Greg râle en levant la tête au plafond.

— Putain, je t'ai dit que c'était pour les escargots, Ethan fait la bouffer ou je m'en charge.

— Elle ne va rien écouter comme d'hab, qu'est-ce qui j'y peux ? lui répond Ethan en commandant une pizza à la serveuse.

— Quand vous aurez fini de faire comme si je n'étais pas là, vous le dites surtout, je réplique.

Jenny pouffe de rire en secouant la tête devant ce spectacle et je croise les bras en fixant les deux hommes de Cro-Magnon pour leur faire comprendre. Ethan ne répond rien tandis que Greg soupire :

— T'as qu'à pas être aussi bornée.

— Bornée ? Moi je suis bornée ? Tu t'es regardé récemment dans une glace, Greg ?

Il m'énerve. Je laisse passer beaucoup de choses à mon frère, trop, sans aucun doute et me voilà encore à le voir me traiter comme une gamine de 4 ans. Mais là, c'est carrément l'hôpital qui se fout de la charité ! Il se renfrogne en répondant :

— Si tu faisais marcher un peu plus ton cerveau, je n'aurais pas à intervenir.

Comment ose-t-il ?

— Mais bien sûr, je te rappelle que j'ai vécu trois ans sans toi et que je m'en suis sortie !

— Ah ouais, carrément Liv. T'as raison, tu t'en es très bien sortie à te camer comme une junkie. T'es un modèle de bonnes décisions.

Ses mots m'étouffent littéralement alors que je n'imaginais pas une minute que mon frère pourrait me ressortir un truc pareil. Il sait ce qui m'a poussée à en venir à me droguer. Je pensais qu'il l'avait compris, mais visiblement, il ne m'avoue pas tout. Je commence à bouillir de l'intérieur. Mes poings se serrent sur mes genoux tandis que mon corps me hurle d'exploser.

— Greg ! le reprend Ethan.

Sa tête s'affaisse quand la main d'Ethan se pose dans mon dos. Je me lève en jetant ma serviette dans mon assiette.

— Je t'ai pardonné beaucoup de choses, Greg. Même de m'avoir dit que papa m'avait baisée et pourtant, je peux te jurer que ça me reste toujours en travers de la gorge. Alors tu sais quoi ? Va te faire foutre !

Je m'éclipse sans attendre une minute de plus et sors à l'extérieur. Ma colère m'étouffe et je retiens mes larmes. Hors de question de pleurer pour lui. J'aime mon frère, mais je suis fatiguée de tout laisser passer. Il a de la chance que je ne lui ai pas rappelé la mort de Will dans ce restaurant bondé. Encore que, il m'aurait sûrement jeté à la figure que ça aussi c'était ma faute.

— Liv !

En longeant la rue sans trop savoir quelle direction prendre, j'entends Ethan m'appeler, mais ne réponds pas. Quand je sens sa main agripper mon bras, pourtant, je comprends que je ne vais pas avoir le choix.

— Liv… il n'aurait pas dû, mais tu sais comment il est…

— Et donc, je suis censée faire quoi ? Toujours le laisser faire ?

— Calme-toi Livie, tu t'énerves pour rien tu…

Je me mets à rire en reculant d'un pas.

— Je m'énerve pour rien ? Tu es d'accord avec lui ?

Il me fixe quelques secondes alors que je me demande si une bonne baffe lui remettrait les idées en place.

— Je n'étais pas une junkie, je lui affirme en prenant conscience que c'est ce à quoi il pense à cet instant.

Il passe une main dans ses cheveux et soupire en me fixant. Je peux voir qu'il se retient de parler. Il est en parfait accord avec mon frère.

Je me retourne en reprenant ma route et lui dit :

— Tu peux lui dire que ma salade, vous pouvez vous la foutre au cul tous les deux !

Je m'étonne moi-même de mon langage, mais Greg a toujours eu le don de me faire sortir de mes gonds, et aujourd'hui ne fait pas exception à la règle.

— Putain d'hormones…, je l'entends lâcher après quelques pas.

Je me fige au milieu du trottoir avant de me retourner. Il se contente de m'observer alors que je me retiens de lui cracher à la figure.

— C'est tellement facile de mettre ça là-dessus, pas vrai ? Tu ne t'es jamais demandé si j'en avais pas juste marre de devoir vous supporter tous les deux ? Je ne suis pas un jouet. J'ai le droit à un peu plus de respect. Je ne vais pas rester à vous regarder parler ou décider pour moi sans broncher. Si c'est pour repartir là-dedans je peux tout de suite rentrer à Cover-Road, papa s'en chargeait très bien. Une salade. On s'engueule juste parce que j'avais commandé une salade. Demande-toi si ça en valait vraiment la peine.

Et je repars ravie de mon discours qui, je le sais, va lui donner à réfléchir.

J'ai traîné un peu avant de recevoir un message de Jenny me demandant si ça allait. Elle m'a proposé de passer chez elle et, après m'être assurée que ni Greg, ni Ethan n'y étaient, j'ai accepté. Aucune envie de les voir pour l'instant l'un comme l'autre. Le pire c'est que je suis à peu près sûre qu'ils vont encore réussir à se trouver une bonne excuse et dire que c'est moi qui me suis emportée pour rien. Ils vont mettre ça sur le compte des hormones et cette idée ne fait rien pour me calmer.

Quand j'arrive, Jenny est seule à mon grand soulagement. Elle a préparé du café et des petits gâteaux sur la table basse en m'attendant, ce qui me redonne le sourire. Je m'installe à côté d'elle en me demandant ce qu'elle pense de tout ça. L'avis de Jenny a toujours été important pour moi. Parce que c'est une personne que j'apprécie beaucoup et que, contrairement à beaucoup de monde, elle a souvent fait en sorte que je fasse mes propres choix en m'aidant simplement à faire le tri dans mes idées. Et là, j'ai vraiment besoin qu'elle me rassure.

— Dis-moi que je ne suis pas folle, Jenny, je la supplie.

Elle rit doucement en me tendant la petite boîte de gâteau. Avec tout ça je n'ai même pas mangé et mon ventre grogne bruyamment à la vue de ces trésors sucrés. J'en attrape un et Jenny m'indique :

— Je me demandais combien de temps ça prendrait. Ce n'est pas trop tôt !

Je ris face à son affirmation et lui dit :

— Ils sont ridicules. Dès qu'ils sont ensemble, j'ai l'impression de n'être jamais partie de Cover-Road. Il n'y en a pas un pour rattraper l'autre. Greg, bon c'est déjà un cas, mais Ethan ne fait rien pour arranger quoi que ce soit. Ils étaient comme ça là-bas tu sais et je n'ai pas envie que ça recommence.

Elle se contente de m'observer en hochant la tête. Je me laisse tomber contre le dossier en croquant dans ma friandise.

— Je veux que les choses changent. J'ai donné toute la patience dont j'étais capable à mon frère, mais là… j'en ai assez. Pourtant… je les adore tous les deux, mais il va falloir qu'ils fassent des efforts.

Je tourne la tête vers Jenny, toujours muette. Elle sourit en buvant son café sans me quitter des yeux. Je pouffe de rire et lui dis :

— Quoi ? Tu n'as pas un avis à me faire partager ?

Elle repose doucement sa tasse et balaye une de ses mèches.

— Je pense que tu n'as plus besoin de moi, Livie. Aujourd'hui, je me demande où est passée la jeune fille que j'ai trouvée au foyer. Tu as fait beaucoup de chemin et j'espère que tu te rends compte combien tu peux être fière de toi.

Je souris simplement en repensant au jour où j'ai rencontré Jenny. J'étais dans un tel état... Jamais je n'aurais pu imaginer que ma vie prendrait un tel tournant. Même si tout n'a pas été rose, je sais que j'ai pris ma vie en main de manière significative.

— Et... heu, je demande nerveuse en y repensant, Killian... a tout entendu ?

Jenny soupire doucement.

— Oui, tout comme une bonne partie du restaurant à mon avis.

Je me déteste à ce moment et me lève en arpentant la pièce. Pourtant, je ne regrette pas un mot de ce que j'ai dit à mon frère. Il a été trop loin et il avait besoin de comprendre combien ses paroles n'étaient pas justifiées. Ce qui est regrettable par contre, c'est que Killian ait assisté à ça.

Jenny se lève et pose une main sur mon épaule.

— Écoute, si ça peut te rassurer, il a envoyé un coup dans les couilles de ton frère quand tu es partie. Il l'apprécie, mais quand il a entendu ce qu'il t'avait dit...

— Où est-il ? je demande.

Bien fait pour Greg ! Cela lui apprendra à me faire des histoires pour des bêtises.

— Chez ma mère. Je suis repassée simplement pour m'assurer que ça allait.

Je souris à Jenny, sa prévenance restera à mes yeux sa plus grande qualité.

*

Après avoir parlé avec Jenny, je suis allée au refuge pour voir Hayden, mais il était absent. Je ne souhaite pas paraître curieuse, mais je tenais à m'assurer qu'il ne me faisait pas la tête après mon petit tour de passe-passe. Je suis donc partie chez la mère de Jenny. Elle était bien là, mais pas de Killian.

Je m'en veux. J'étais énervée et cracher cette vérité à la figure de mon frère aurait dû se faire dans un lieu un peu moins... public. Je repars après avoir partagé une tasse de thé avec Mme Myers sans lui avoir expliqué, pas la peine d'impliquer une personne supplémentaire dans mes conneries. Je sors mon portable et appelle directement Killian. Il répond dès la première sonnerie.

— Killian ? Est-ce qu'on peut se voir ? Je voudrais te parler.

Il reste silencieux quelques secondes et finit par dire.

— Toute seule ?

— Toute seule.

— Ok. Je suis au jardin botanique.

Je raccroche après lui avoir indiqué que j'arrivais. Ça faisait longtemps que je ne m'y étais pas rendue. Avant le retour de Greg et Ethan dans ma vie, nous y allions régulièrement avec Jenny et Killian lorsqu'il rendait visite à sa « sœur ».

Jenny lui racontait que petite, elle y venait souvent avec ses parents, avant que son père n'ait son accident. Il paraît que c'était un fou de jardinage et Jenny pouvait passer des heures à parler de lui. Killian écoutait toujours très attentivement avec une lueur d'admiration dans les yeux. Il adorait Jenny et même si les choses sont devenues compliquées, je ne peux imaginer que tout ça a été balayé.

Je le retrouve assis sur un banc le regard perdu à fixer un point devant lui. Les arbres ont laissé un joli manteau de fleurs sur le sol faisant bruisser mes chaussures à mon approche. Quand il tourne la tête vers moi, je m'installe à ses côtés. Il m'observe un instant avant de se détourner.

— Je suis désolée Killian, je n'aurais jamais dû dire…

— Pourquoi tu t'excuses ? me coupe-t-il.

Parce que j'aurais préféré qu'il ne sache jamais combien le monde pouvait être mauvais et que certaines personnes ne mériteront jamais la confiance qu'on leur accorde. Mais je ne le dis pas.

— T'as pas à t'excuser, mais t'inquiète pas, Greg va avoir mal aux couilles quelques jours.

Je pouffe, mais me reprends aussitôt. Même si c'était mérité, mieux vaut ne pas l'encourager.

— Tu n'avais pas à faire ça. Entre frère et sœur, on se dit souvent des saloperies, c'est normal.

Il arque un sourcil la bouche béate avant de secouer la tête.

— Livie, j'ai entendu ce qu'il t'a dit. De ta bouche. Je ne suis plus un gamin, je peux comprendre, mais… enfin pourquoi il t'a dit ça ? Je l'aimais bien Greg...

Il s'arrête. Cette fois, je m'en veux vraiment. Parce que j'ai remarqué que ces deux-là s'entendaient bien et je pense que c'est une très bonne chose. Autant pour Greg que pour Killian. Je l'observe. D'accord, ce n'est pas un gamin, mais tout de même. Comment pourrais-je lui exposer une telle chose ?

— Mon père n'était pas quelqu'un de bien, je finis par dire.

Killian ne répond pas et balance ses pieds en enfonçant ses mains dans ses poches.

— Comme le mien ?

Je tourne mon visage vers lui. Il hausse les épaules.

— Je ne suis pas débile. Si Jenny refuse autant de m'en parler, c'est qu'il y a une bonne raison.

Je ne trouve rien à redire. Je regarde face à moi en me demandant ce qui se passera lorsque mon fils me posera des questions à son tour. Lorsqu'il voudra connaître ses grands-parents. Je n'ose même pas imaginer. Jenny a bien du courage d'avoir tout de même réussi à trouver les mots.

— Greg... ne voulait pas dire ça. Il était en colère contre moi parce que... parce que je lui avais menti sur une chose très importante. Il me faisait confiance et....

Je m'enlise, merde c'est encore plus difficile que je ne le pensais.

— Bref, je reprends, je lui ai fait beaucoup de mal et... ses paroles ont dépassé ses pensées. On en a discuté et avons décidé de laisser ça derrière nous, je n'aurais pas dû en reparler. Mais... il m'avait énervée.

Il esquisse un sourire en répondant :

— Un peu ouais. T'étais toute rouge, j'ai cru que t'allais exploser.

Je pouffe de rire et il se joint à moi. Ça faisait bien longtemps que ça n'était pas arrivé.

— N'en veut pas à mon frère, il t'aime beaucoup. Mais évite de lui dire que je t'ai raconté ça, par contre.

Il sourit et baisse les yeux vers le sol.

— Je l'aime bien aussi.

Je hoche la tête et nous restons là, à discuter de toute autre chose. Ça fait du bien, quand Killian se lève en regardant sa montre.

— Euh, je suis désolé, Livie, je dois y aller.

— Pas de problème, tu veux que je te dépose ?

Il fait non de la tête et se met à rougir.

— Euh pas la peine je… c'est bon.

Il s'en va. Je me demande ce qui vient de se passer et retourne à ma voiture. Je m'installe au volant quand j'aperçois au loin Killian rejoindre un petit groupe composé de jeunes de son âge. Lorsque je le vois s'adresser à une fille visiblement très nerveux, je souris. Killian a une copine, ou du moins, ça ne saurait tarder.

Je mets le moteur en route lorsque mon téléphone sonne. C'est Hayley qui m'envoie un message. Comme presque à chaque fois, elle me propose de me joindre à eux pour sortir ce soir. Si jusqu'ici j'ai voulu préserver Ethan et m'éviter une crise à ce sujet, aujourd'hui, je décide qu'il est temps qu'il s'y fasse et accepte. Bien, maintenant je dois rentrer pour me préparer et annoncer la nouvelle à Ethan. Qu'il essaye de m'en empêcher et il va vite comprendre de quel bois je me chauffe.

Chapitre 17

Livie

Je tremble, mais je ne suis pas sûre que le froid en soit l'unique cause. Je fixe le petit bout de papier entre mes doigts dont les ongles noircis trahissent mon état pitoyable. Ça fait trois semaines que je suis arrivée à New York. Trois semaines que je mange et dort comme je le peux. Je ne sais pas vraiment ce que j'espérais en m'enfuyant comme je l'ai fait, mais au moins je suis loin de lui. Loin de Greg. Loin d'Ethan. Je me demande souvent comment il l'a appris. Sûrement par mon frère. Est-ce qu'il m'en veut ? Est-ce qu'il a essayé de me rechercher ? Je secoue la tête, refusant d'y réfléchir. Ethan ne doit pas me trouver. S'il me retrouve, Greg le saura et si Greg le sait... Papa me ramènera très vite à la maison. Je ne l'avais jamais vu aussi furieux, mais j'imagine assez que s'il me retrouve, sa colère pourrait être d'autant plus grande.

Hier, le camion de l'aide sociale est passé pour distribuer des couvertures. Une femme, Dina, m'a demandé ce que je faisais ici et pourquoi je n'étais pas chez moi. Je lui ai simplement répondu, que je n'avais plus de chez moi. Elle s'est assise avec moi et m'a posé tout un tas de questions auxquelles je ne voulais pas répondre. Alors je n'ai rien répondu. Quand elle a compris qu'elle n'obtiendrait rien de moi, elle m'a proposé simplement de venir jusqu'au camion avec elle pour soigner mes blessures. J'ai hésité, mais j'ai fini par accepter. J'avais encore des restes de bleus des coups que papa m'avait donnés et des écorchures, qui, elles, sont la cause d'une vie loin d'un foyer.

Vivre dans la rue est plus dur que ce que j'avais imaginé, mais je n'ai pas vraiment eu le choix. Ensuite, elle m'a donné un tract en me disant que si je le souhaitais, je pouvais trouver un endroit où dormir et manger. Elle dit que la rue n'est pas sûre pour une jeune fille. Elle ne doit pas avoir tort, mais je préfère encore affronter ça que de me retrouver face à lui. Elle est repartie en disant que si je me décidais, il me suffirait de dire que je venais de sa part et qu'il n'y aurait aucun problème. Son sourire chaleureux a gonflé mon cœur et quand elle est repartie, les larmes ont coulé. Ça fait si longtemps que plus personne ne me parle. Je tente comme je le peux de ne pas trop me faire remarquer et le peu de personnes que j'ai croisées semblent dégoutées en me voyant dans mes vêtements sales et déchirés.

Je me demande si Ethan a eu le droit à ces regards aussi. Je me rappelle parfaitement la première fois que je l'ai vu. Lui non plus ne faisait pas bonne figure, mais jamais je n'aurais pu le laisser partir alors qu'il semblait avoir si peur. Je chasse mes pensées, j'ai beau me répéter que je ne dois plus y songer, mon cœur est si vide. Il me manque, me manque tellement. Mais comment aurais-je pu lui dire ? Il aurait compris que mon corps, que je lui refusais depuis si longtemps, était déjà à quelqu'un d'autre. Je le laissais faire après tout, alors je sais qu'Ethan m'aurait détestée s'il l'avait appris.

Je me sens sale rien qu'à y repenser et me frotte les mains sur mon jean poussiéreux après m'être décidée. Je range le papier dans ma poche et franchis la grille. Une grande allée s'allonge devant moi et je la remonte alors que mon cœur bat à tout rompre. Quand j'arrive face à la grande porte de cette maison, celle-ci est grande ouverte sur un petit hall où deux femmes discutent derrière un comptoir. Je m'immobilise en prenant plusieurs inspirations pour me donner du courage et remonte la bretelle de mon sac sur mon épaule. Je n'ai pas grand-chose, mais c'est tout ce qu'il me reste. Alors je m'y raccroche, je ne sais pas vraiment pour quelle raison.

— Bonjour, je tente d'une toute petite voix en m'avançant vers les deux femmes.

Deux paires d'yeux se lèvent vers moi et pendant un instant, je me demande si ce n'est pas une erreur d'être venue. La première porte des lunettes qui font grossir ses yeux, lui donnant un air effrayant, malgré son sourire qui essaie d'être rassurant. Elle se penche sur le comptoir en disant :

— Bonjour, comment t'appelles-tu ?

Je regarde autour de moi ne sachant quoi répondre. J'ai toujours fait en sorte de ne jamais donner la moindre information sur moi pour éviter d'être retrouvée alors je me sens d'un seul coup très mal. En comprenant mon embarras, la deuxième, se lève et fait le tour du comptoir pour me rejoindre. Je recule d'un pas, n'ayant aucune envie d'un quelconque contact avec cette personne. En me voyant faire, celle-ci me scrute et je m'éloigne d'un nouveau pas comprenant que c'était une erreur.

— Je suis désolée, je....

Je me retourne pour franchir la porte sans attendre mon reste. Mais un obstacle m'en empêche et je rentre directement dans une personne. Des mains m'agrippent les bras et la sensation d'acide contre ma peau me fait perdre pied. Je me débats, mais la prise se resserre sur moi. J'ai du mal à respirer alors qu'une voix masculine retentit.

— Hey, du calme, du calme !

— Lâchez-moi ! je crie incapable de distinguer quoi que ce soit à travers mes larmes.

L'homme a dû comprendre, car aussitôt il relâche sa prise tandis que je tombe à genoux sur le sol en m'entourant de mes bras, cramponnant le tissu de mon sweat dans mes poings. Les yeux clos, je tente de reprendre simplement mon souffle, me rappelant que papa est loin et qu'ici, il ne peut plus me faire de mal. Je me balance d'avant en arrière essayant de retrouver un semblant de raison et je me mets à fredonner une berceuse que m'a si souvent chantée maman, c'est tout ce qu'il me vient pour le moment.

Autour de moi, c'est le silence et je sais que ces gens m'ont déjà cataloguée dans la catégorie de folle furieuse. Ça me changera de la fille bizarre de Cover-Road. J'aimerais tellement qu'Ethan soit là à cet instant. J'aimerais qu'il me prenne dans ses bras et me dise que tout ira bien. Mais quand je me souviens qu'il doit sûrement me détester, je me mets à pleurer de plus belle. Quel espoir ai-je ? Quel avenir ? Et si partir était la pire décision que j'avais prise ? Mes épaules s'affaissent, impuissantes, en oubliant totalement que je ne suis pas seule.

— Coucou.

Je reviens à moi en entendant une voix. Elle est douce et apaisante. J'ouvre timidement les yeux ne sachant à quoi m'attendre quand une femme à la chevelure rousse me sourit. Je regarde autour de moi et me rends compte que nous sommes seules. J'ai dû perdre pied plus longtemps que je ne l'imaginais. Je reporte mon attention sur la femme face à moi qui s'est installée à même le sol, les jambes croisées en tailleur. Elle a sa main posée à plat sur ses genoux à une distance raisonnable de moi ce qui me rassure immédiatement.

— Je suis désolée, je m'excuse en desserrant mes poings toujours cramponnés à mon sweat-shirt.

Elle se redresse doucement et répond :

— Moi c'est Jenny, et toi c'est quoi ton nom ?

Encore cette question. Je me contente de la fixer, la bouche close. Elle comprend mon hésitation et me dit :

— Si tu souhaites dormir ici, il nous faut ton identité. On ne dira rien à personne, je te le promets.

— Je ne veux pas qu'il me retrouve, je lui réponds le cœur au bord des larmes.

Je crois que la solitude de ces derniers jours me fait divaguer pour lui avouer de cette façon ma plus grande crainte. Ses yeux me regardent avec trop d'insistance et je baisse les miens pour y échapper. Après un long moment de silence, elle finit par se redresser et me dit :

— Allez viens, on verra plus tard pour la paperasse.

Je me lève à mon tour encore tremblante et la suis en remontant un grand couloir. Nos pas claquent sur le carrelage et je tente de l'étudier en toute discrétion. Elle ne dit rien, se contentant d'avancer de couloir en couloir quand on s'arrête devant une porte qu'elle ouvre. Elle entre et s'approche d'une machine à café en prenant un air sérieux. C'est une petite pièce où une longue table a été installée avec plusieurs chaises autour. Un distributeur de café qui a l'air de captiver Jenny est le seul autre mobilier présent.

— Moi, je le bois noir. Si je n'ai pas ma dose de caféine en intraveineuse, je ne tiens pas la journée, et toi c'est quoi ton truc ?

Je m'avance vers elle au moment où mon ventre se met à grogner bruyamment. Je pose une main dessus espérant étouffer le bruit, mais Jenny n'a pas l'air dupe. Je tente un sourire d'excuse et elle me dit :

— Ok, on va plutôt aller se chercher à manger.

Elle me désigne la porte afin que je la suive. Je soupire, je devrais partir et ne plus revenir, je ne suis pas sûre que c'était une si bonne idée. Elle se tourne vers moi en voyant que j'hésite encore. Elle m'offre un sourire et me dit :

— Il ne te fera plus jamais de mal ici. Tu es en sécurité.

Je l'observe en me répétant que je ne la connais pas, je ne devrais pas lui faire confiance. Pourtant, quelque chose en elle me donne envie d'oublier ces dernières semaines et quand elle me fait signe à nouveau de la suivre, je le fais en me disant que les choses ne peuvent pas être pires de toute façon.

Chapitre 18

Ethan

Ok, Livie est énervée… encore. Ok, elle n'avait pas complètement tort, mais là, elle se fout de ma gueule !

— Comment ça tu sors ?

Je la regarde les yeux écarquillés en reluquant une robe que je devrais bien être le seul à la voir porter. Qu'elle soit enceinte n'excuse pas le fait que des connards pourraient avoir des idées tordues la concernant. Elle hoche la tête en enfilant un gilet qui est encore bien trop ouvert à mon gout.

— Oui, vous voulez jouer aux cons ? On va voir qui va gagner. Ça fait des semaines que Hayley me propose de sortir et que je refuse pour ne pas te froisser, résultat des courses ? Je suis trop conne. Donc ce soir, je sors avec Andréa, Hayley et même Cédric si tu veux tout savoir !

C'est une blague.

— Hors de question, je siffle entre mes dents en essayant de garder mon calme.

Ces deux seuls prénoms dans la même phrase risquent vite de foutre en l'air ma tentative désespérée de la calmer si je m'emporte. Elle lève les yeux sur moi en riant et répond :

— Oh, j'ai oublié de te faire une demande par écrit peut-être ? Je me fous que tu sois d'accord ou non Ethan, je n'ai aucun compte à te rendre.

Je me passe une main dans les cheveux, elle est en train de tout déformer.

— Et depuis quand je t'empêche de sortir ? Ce n'est pas que je ne veux pas Liv, c'est juste…

Putain et comment je pourrais lui faire comprendre que s'approcher de cette fille est une mauvaise idée ?

— C'est quoi ? Je m'en suis empêchée toute seule, sur ce point je suis d'accord, mais maintenant c'est fini. Tu veux venir peut-être ?

Elle me fixe alors que je ne réponds pas. Elle attrape ses chaussures en disant :

— J'en étais sûre. Tu veux que je te dise ? Je pense que t'as la trouille.

— Je n'ai pas la trouille, je crache, tu ne sais rien d'elle, Livie.

— J'en sais sûrement plus que toi en tout cas, réplique-t-elle aussi vite.

— J'en sais plus, Livie. Bien plus que tu ne le penses, je laisse échapper sans le vouloir.

Elle arrête son geste et son regard change. Je sais qu'elle a compris, là, à cet instant, que mon silence à propos de cette fille était parfaitement prémédité.

— Qu'est-ce que tu veux dire ? me demande-t-elle.

— Elle te ment. Elle ne m'a pas retrouvé par hasard, je te l'ai dit.

L'amertume envers cette fille s'intensifie à cet instant. J'espère que Livie va laisser tomber, mais quand elle s'avance d'un pas vers moi, je comprends que j'aurais mieux fait de la fermer.

— Qu'est-ce qui te fait penser ça ?

— Elle n'est pas celle que tu crois, Liv. S'il te plaît, crois-moi, elle se sert de toi.

Je lui attrape les mains en ajoutant :

— Excuse-moi ma puce, tu avais le droit d'être en colère, on a déconné. C'est juste... de sales habitudes avec Greg, mais n'y va pas, s'il te plaît.

— C'est pour ça que tu étais tellement furieux quand tu as su qui elle était ? Parce que cette chose que tu ne veux pas me dire... tu le savais ?

Je hoche simplement la tête en ravalant ma salive. J'ai fait en sorte d'oublier tout ça, cette rencontre que j'aurais préféré ne jamais faire quand j'ai débarqué chez eux, empli de colère contre cet homme.

— Et tu ne veux pas me le dire ?

Je baisse les yeux, un peu honteux. Livie arrache ses mains avant que je n'aie eu le temps de répondre et se dirige vers la sortie.

— Je lui ai proposé le Cotton Club. Si tu changes d'avis, tu sais où me trouver.

La porte se referme. Le Cotton club. J'en oublierais presque cette conversation en repensant au jour où Livie m'y a emmené. Mais quand je me rappelle qu'elle va se retrouver entre Hayley et Cédric, je dois bien avouer que je serre les dents.

Je tourne en rond pendant vingt bonnes minutes en me persuadant que je n'ai pas à m'en faire et puis, n'y tenant plus, j'attrape ma veste et sors de chez moi. Je monte sur ma moto et prends directement la route pour le club. À l'entrée, il y a du monde et il me faut un long moment avant de pouvoir poser un pied à l'intérieur. Je regarde autour de moi, fendant la foule. Je repère Livie assez vite et reste à l'écart pour ne pas qu'elle me voie. Elle est installée à une table à côté d'Hayley. Cédric est assis à sa droite ainsi que d'autres collègues de Livie que je reconnais brièvement. Je soupire en l'apercevant éclater de rire. Qu'est-ce que je fais ? Livie a raison, je ne vais pas l'empêcher de s'amuser alors que je m'efforce de lui prouver depuis que j'ai refait surface dans sa vie qu'elle a le droit de vivre comme bon lui semble. Bien que je n'aime pas ce Cédric, je sais que Livie ne me ferait pas ça. Même si le souvenir de l'avoir vue l'embrasser est encore trop présent, je dois lui prouver que je lui fais confiance. Non, mon plus gros problème, c'est cette fille. Elle se sert de Livie. Je pensais d'ailleurs qu'elle finirait par venir plus tôt me supplier et je suis étonné qu'elle ne l'ait pas fait.

— Vous désirez boire quelque chose ?

Un serveur s'est arrêté à côté de moi. Je hoche la tête en répondant :

— Une bière et un mojito sans alcool pour la fille là-bas.

Je lui pointe Livie du doigt.

— Avec la robe rouge.

Il acquiesce et, cinq minutes plus tard, m'apporte mon verre avant de partir à la table de Livie. Il pose la boisson devant elle en lui disant quelque chose et me désigne. Je lève ma bière avec un faible sourire, n'étant pas sûr de sa réaction. Elle remercie le serveur et me rejoint.

— Essaierais-tu de me de draguer M. Williams ? me demande-t-elle avec un petit sourire en coin.

Je ris doucement en répondant :

— Ça dépend. Ça marche ?

Elle rit à son tour allégeant la tension née de notre dernière dispute.

— Écoute Livie, je suis désolé, on a joué aux cons, tu avais raison. Je vais faire des efforts. Un relent de vieilles habitudes que je n'aurais jamais dû prendre. Alors je tenais à m'excuser.

Elle hoche la tête en croisant les bras.

— C'est un bon début.

Qu'est-ce qu'elle peut être chiante quand elle s'y met ! Greg n'a vraiment pas tort quand il dit que sa sœur est la reine des emmerdeuses, mais mieux vaut garder ça pour moi. J'abandonne ma bière sur une table voisine et lui tends la main.

— Et si on dansait, ça aiderait ?

Son sourire s'agrandit et elle pose sa paume sur la mienne. On se dirige sur la piste et je passe un bras autour de sa taille pour la serrer contre moi.

— Ça ne te rappelle rien ? je lui demande.

Son sourire est éblouissant. L'étincelle de son regard illuminant toute la pièce.

— Comment oublier ? me répond-elle.

Nous nous laissons bercer par la musique, profitant de cet instant, pour nous retrouver. Je ferme les yeux, guidé au travers des souvenirs datant de la dernière fois où nous sommes venus ici. Je ne savais alors rien. Absolument rien. Et pourtant ce jour-là, j'ai prononcé une phrase. Une phrase qui l'a complètement retournée. C'est ce jour-là que j'ai vu dans son regard que j'avais réussi. Que le mur était en train de s'effondrer. Je me doutais qu'elle finirait par me parler lorsque je lui ai dit :

— *Je te pardonne.*

Trois mots, si simples et pourtant lourds de sens. Parce que jamais je ne lui avais caché combien son départ m'avait blessé. Son départ qui m'avait fait me poser tant de questions. Pour moi, lorsque l'on aime sincèrement comme ce que j'éprouvais pour Livie, on ne pouvait pas partir de cette façon. Je l'ai vécu comme une trahison. Une confiance rompue à l'instant même où elle avait pris cette décision sans m'en parler. Pourtant, nous sommes si imparfaits, l'un comme l'autre. Nous prenons chacun de mauvaises décisions les unes après les autres. Nous vivrons avec nos regrets, mais dans cette imperfection, nous nous sommes trouvés. Deux êtres imparfaits, mais parfaits l'un pour l'autre. Et à cet instant, je me penche à son oreille les yeux clos et lui murmure.

— Il a eu un accident.

Livie se tend tandis que je resserre ma prise. Je ne veux pas voir son regard de pitié. Je hume son odeur pour trouver le courage de continuer. La vanille restera à jamais ce qui la définit à mes yeux.

— Sa femme. Elle m'a dit qu'il avait eu un AVC et qu'il avait gardé des séquelles, je crois que ses soi-disant remords sont directement liés, que ça n'a rien à voir avec moi.

Livie se redresse et plante son regard dans le mien. Elle m'étudie de façon appuyée alors que je ne sais pas ce que cela lui inspire.

— Et alors ? Cela ne veut pas dire qu'il ne s'en est pas voulu. Rien ne changera ce qui s'est passé. Il est parti et je peux comprendre combien ça fait mal, mais Ethan, il t'a recherché. Il a pris la décision un jour de te retrouver. Si j'avais eu un père comme ça, même s'il avait fait des erreurs, je lui offrirais au moins l'opportunité de s'expliquer. Parle-lui, laisse-lui l'occasion de te donner sa version de l'histoire et ensuite, tu décideras ce que tu comptes faire.

— Et s'il a juste besoin d'apaiser sa conscience ? Je suis censé lui pardonner ? Juste parce que...

Je m'interromps au moment où Livie pose sa main sur ma joue, elle sourit et se penche vers moi en disant :

— Tu sais ce que maman dirait ?

Je grogne, elle ne joue pas franc jeu, là, et elle le sait. Elle rit doucement.

— Elle dirait que tu n'es qu'un imbécile. Ne juge jamais les gens sur des on-dit ou les apparences. Elles sont si souvent trompeuses, Ethan. Regarde mon père, regarde notre famille. Ne le juge pas aussi facilement et donne-lui l'opportunité de t'expliquer.

La chanson prend fin et une autre commence aussitôt, mais contrairement à toutes ces personnes, nous restons immobiles au milieu de la piste. Je la reprends dans mes bras, réfléchissant à tout ce qu'elle vient de me dire en continuant notre danse. Je sais qu'elle n'a pas tort, mais ça a toujours été si pratique. Je m'en veux de ne pas avoir réussi à aider ma mère comme j'aurais dû le faire. Je sais que c'est elle qui s'est laissée tenter par cette vie de drogues. C'est elle qui a amené ces hommes à la maison, et c'est elle qui frappait son fils pour lui faire payer ses propres erreurs.

— Elle disait que je lui ressemblais. Je crois que c'est pour ça qu'elle me détestait autant. Parce que je lui ressemblais.

— Je sais, me répond-elle après un court moment de silence.

Je me recule, ne comprenant pas sa réponse. Elle se mord la lèvre et dit :

— Hayley m'a montré des photos… murmure-t-elle un peu honteuse.

Je ris en levant les yeux au ciel.

— Bien évidemment !

Je prends son visage entre mes mains et lui dis :

— Merci Livie. J'ai pas mal d'efforts à faire, mais… merci de m'aider. Je vais y réfléchir, mais je crois que tu as raison. Je n'ai eu que la version de ma mère dans cette histoire, il mérite peut-être de me donner la sienne.

Elle sourit largement et quand je la lâche après un baiser, elle pose ses mains sur ses hanches.

— Je suis super douée !

J'éclate de rire, elle n'en manque pas une.

Chapitre 19

Livie

Parfois, nous nous retrouvons tellement englués dans nos souvenirs ou nos sentiments que nous ne voyons plus les choses clairement. À ce moment-là, il est utile de trouver un regard neuf pour avoir une autre vision de la situation. Je crois qu'Ethan malgré son rejet évident, qu'il tentait de garder en lui, n'attendait que ça. Je crois aussi et surtout qu'il a l'impression de trahir sa mère en acceptant de parler à son père. Je n'ai jamais compris pourquoi il lui avait pardonné si facilement toutes ces années de mauvais traitement. Aujourd'hui, je pense qu'Ethan voit bien plus loin que nous, pauvres mortels que nous sommes. Il ne se contente pas de regarder les faits et de porter un jugement hâtif. Non, il cherche la faille, la raison sous-jacente et remue ça dans sa tête sûrement un million de fois.

C'est pour cette même raison qu'il est encore là aujourd'hui. Il m'a pardonné mes secrets, mes mensonges et... Will. Il a toujours trouvé la force, me trouvant des excuses bien que je sois responsable de tout ça. Greg a ses torts, mais il n'empêche que c'est moi qui ai mené Will à mon frère. À ce geste qui ne pourra jamais être effacé. Un acte que nous porterons en nous pour toujours.

Alors je sais que son attitude est sa façon de se protéger, car si son père en vaut vraiment la peine, il trouvera la force de lui pardonner.

— Je te laisse, me répond Ethan. Je suis un crétin. Va t'amuser avec tes amis, on se voit plus tard.

Je me retourne et aperçois Cédric et Hayley nous observer tandis que le reste de la tablée est bien trop occupée à discuter. Je me tourne vers Ethan et lui dis :

— Tu pourrais rester.

Il regarde en direction d'Hayley à peine une seconde avant de me sourire et de répondre :

— Non, je vais voir Hayden. Il m'avait proposé de passer ce soir.

Je n'insiste pas. Après tout, il a déjà fait un grand pas et j'ai bien l'intention d'avoir une petite discussion avec Hayley.

— D'accord. Ne fais pas de folies de ton corps alors, je lui dis en reculant.

Ses lèvres s'étirent et ses yeux s'enflamment quand il me rattrape par la main avant de me tirer à lui. Sa main se pose à l'arrière de mon crâne et ses lèvres se plaquent avec autorité sur les miennes. Mon corps s'éveille à lui et je souris contre sa bouche au moment où sa langue part à la rencontre de la mienne. Son côté possessif a beau être parfois étouffant, quand il m'embrasse de cette façon, je serais capable de tout oublier.

— Pour rien au monde je ne pourrais faire une chose pareille. Une fois que je t'ai goûtée, tout me paraît si fade.

J'écarte mon visage et lui réponds :

— Pauvre Hayden.

Il se met à rire.

— Je suis sûre que Connor pourra le consoler de la meilleure des manières.

Je suis curieuse sur ce sujet. Je ne sais pas ce qu'a donné leur face à face. J'étais trop occupée avec la dispute d'aujourd'hui pour y penser et je n'ai pas reçu de ses nouvelles. Ethan s'écarte de moi après un dernier baiser et fait demi-tour. Je l'observe s'éloigner quand j'entends derrière moi :

— Livie ?

En croisant le regard d'Hayley, je décide de ne pas passer par quatre chemins. Si Ethan a mis du temps à m'avouer ce qui le gênait autant dans cette histoire, Hayley aurait pu éclairer ma lanterne bien avant et j'aurais été à même de comprendre la réaction d'Ethan.

— Tu avais l'intention de me le dire quand Hayley ?

Elle baisse les yeux.

— Tu veux qu'on aille parler ?

C'est peu de le dire ! Je lui fais signe de me suivre et nous traversons la foule pour rejoindre l'extérieur. J'aperçois Ethan sur sa moto qui s'éloigne. Nous trouvons rapidement un petit banc pour nous installer et je lui demande :

— Pourquoi ne m'as-tu rien dit ?

Elle garde ses yeux rivés sur l'horizon et met quelques secondes à répondre.

— Je crois qu'Ethan a mal interprété ce qu'a tenté de lui dire ma mère. Je ne voulais pas que tu te fasses de fausses idées, toi aussi.

— Tu te doutais qu'il finirait par me le dire, Hayley.

Elle tourne son visage vers moi et m'offre un sourire forcé.

— Parfois, j'essaye de faire comme si ça n'était jamais arrivé.

En voyant la douleur se dessiner sur ses traits, je pose une main sur son épaule. Dans tout ça, j'en avais presque oublié que c'est le père d'Hayley et que cet accident n'a pas dû être facile à vivre. Elle baisse les yeux et commence à m'expliquer :

— J'avais 12 ans. Je me suis levée pour me préparer pour l'école. C'est mon père qui s'occupait du petit-déjeuner. Ma mère part tôt au travail et c'est lui qui avait ce rôle. Mais là, j'ai vite compris que quelque chose n'allait pas. Il était assis à la table de cuisine et fixait ses mains. Il a levé les yeux vers moi pour parler, mais… ça n'avait aucun sens. C'était incompréhensible. Il a alors essayé de se lever, mais il s'est effondré sur le sol. J'ai paniqué et j'ai appelé ma mère en catastrophe. Elle a prévenu une ambulance avant de revenir à la maison. J'ai cru qu'il faisait une crise cardiaque ou quelque chose comme ça. En fait, c'était un AVC. Il a été pris en charge rapidement et heureusement il s'en est sorti.

Je dois avouer qu'à ce moment en voyant sa douleur à l'évocation de cet accident, je comprends qu'elle ne doit pas aimer aborder le sujet. Je reste silencieuse, alors que de nombreuses questions que je retiens se bousculent en moi.

— Ils ont dit qu'il avait eu beaucoup de chance, mais de voir ton père incapable de marcher, de parler… ça laisse des traces, Livie.

— Je suis désolée, je lui avoue sincèrement.

Elle esquisse un petit sourire.

— Et aujourd'hui, ça va mieux ? je lui demande.

— Il a réussi à se réadapter, mais il a mis beaucoup de temps à pouvoir remarcher. Il ne courra plus un sprint, mais il remarche, je suppose que c'est déjà ça.

— Ethan pense que ton père l'a recherché à cause de cet accident, un problème de conscience, je lui explique.

Elle secoue la tête en disant :

— Non, j'avais 12 ans quand il a eu son accident et il l'a recherché depuis ma naissance, ça n'a rien à voir.

Je me laisse retomber sur le banc, cherchant de quelle manière présenter ça à Ethan quand Hayley me dit :

— Il y a autre chose.

Je l'observe avec surprise.

— Quand Ethan a débarqué chez moi, reprend-elle, il était en colère. Mais il a réellement explosé quand... quand il s'est rendu compte que maman était enceinte. Elle attendait mon petit frère.

— C'est pas vrai !

Hayley émet un rire en répondant :

— Ouais, il a bien choisi son timing. Maman a essayé de le calmer, mais il n'écoutait rien. Quand elle a compris qu'il était sur le point de partir... elle lui a dit que mon père était malade en pensant... ouais, c'était une mauvaise idée.

Je lui promets que je vais parler à Ethan. Maintenant que les détails m'ont été révélés, je me sens plus à même de trouver une solution. Et malgré l'omission de cette grossesse, Ethan a décidé de s'ouvrir donc tout n'est pas perdu.

Nous passons le reste de la soirée à nous amuser, laissant derrière nous toutes nos pensées négatives. À 1 heure, je commence à fatiguer et annonce que je vais rentrer. Mes amis ne sont pas décidés à en faire de même, mis à part Cédric. Il me demande si je peux le raccompagner, étant donné qu'il est arrivé avec Alex. Nous saluons tout le monde et prenons place en voiture. Les rues sont calmes, tout comme l'ambiance dans cette voiture. Je ne sais pas si c'est la fatigue, mais Cédric me paraît vraiment silencieux. Je lui jette quelques coups d'œil alors qu'il garde son regard vers sa vitre.

— Tout va bien, Cédric ?

Quand il me regarde de nouveau, je suis surprise de voir son expression. Je suis incapable de la décrire, un mélange de tristesse et de je ne sais quoi.

— Oui, ça va, pourquoi ?

— Comme ça. Je te trouve silencieux aujourd'hui, je lui réponds.

Il me scrute un peu trop et finit par reporter son attention sur la route devant nous.

— Je n'ai jamais été très bavard.

Bon ça, il n'a pas tort, mais je l'ai quand même connu plus loquace. En arrivant devant chez lui, il ouvre la portière quand un détail me revient et je lui dis au moment où il sort de la voiture.

— Méfie-toi d'Amy.

Je suis incapable de le regarder. Je fixe le trottoir devant nous et serre les mains sur le volant. Je ne devrais pas me mêler de ça, je le sais. Mais je ressens le besoin de le mettre en garde.

Cédric s'est figé et je sens son regard sur moi. Après un long moment de silence, je décide de l'affronter. Il semble indécis à me donner une réponse, immobile à côté de moi. Hayley m'a raconté que Cédric était devenu distant avec elle soudainement et depuis, plus rien. De bons amis, alors qu'elle s'attendait à un peu plus. J'ai évité de lui dire que je l'avais vu avec Amy et me pose sérieusement des questions.

— Je vais te poser une question Livie. Une seule et après on va oublier cette conversation. On n'en parlera plus.

Il semble si sérieux que cela me désarçonne complètement. Je me contente de hocher la tête et il ouvre la bouche, mais s'interrompt. Il est hésitant tandis que je patiente, ne sachant pas du tout à quoi m'attendre.

— Sais-tu où je peux trouver Will ?

À cet instant, je m'attendais à tout, mais pas à ça. Mon cœur se fige sous la torpeur qui m'inonde totalement et je reste la bouche close sans pouvoir détacher mes yeux de Cédric. Il referme la portière et se tourne complètement vers moi. Il a l'air bien déterminé et je me concentre sur ma respiration pour ne pas craquer.

— Amy parle de toi, Livie. Elle dit... certaines choses.

Cette fois, je détourne le regard. La panique monte en flèche et mon souffle devient difficile.

— Pourquoi veux-tu le voir ? je demande dans un murmure.

J'ai beau essayer de remuer dans ma tête toute cette histoire, je ne comprends pas. Pourquoi Cédric s'est-il intéressé à Amy du jour au lendemain et pourquoi me parler de Will ?

— Contente-toi de me répondre. Ça pourrait t'éviter pas mal de problèmes.

Quand je le vois m'observer avec sévérité, je me demande si je le connais vraiment. Cédric m'a toujours paru sympathique et d'humeur légère, mais là aujourd'hui, il semble bien différent de tout ce que j'ai pu entrevoir de lui.

D'un seul coup, je me pose la question. S'il connaît Amy et Will, serait-ce possible… qu'ils travaillaient ensemble ? Ou du moins qu'il soit mêlé à ce petit commerce ? Je ne vais pas encore me retrouver là-dedans. Hors de question de repartir dans ce genre de problèmes. Mais là, je suis enfermée dans cette voiture avec un Cédric dont je me rends compte que je ne connais absolument rien. Je le fixe, consciente que je ne le laisserai pas s'en prendre à moi ou à mon bébé, et bien décidée à lui montrer qu'il ne m'aura pas, je lui réponds :

— Sors de ma voiture.

Il ne bouge pas. Pas un mot, pas un mouvement de sa part alors que l'air se raréfie. Je tente d'attraper mon sac, où se trouve la bombe au poivre que m'a donnée Ethan. Je ne sais même pas pourquoi je l'ai gardée, elle ne m'a pas été d'une réelle utilité. Il est plus rapide et saisit mon poignet.

— Livie… ça serait vraiment stupide de ta part. Tu ne comprends donc pas ?

— Comprendre quoi ? je demande alors que la peur que Cédric puisse s'en prendre à moi et mon bébé fait trembler tous mes membres.

Il me scrute et doit percevoir ma frayeur, car ses yeux se baissent sur mon poignet et il me lâche. Je reprends possession de moi et lui dit :

— Je ne sais pas de quoi tu parles, donc soit tu sors de cette voiture, soit j'appelle les flics.

J'espère qu'il ne peut pas voir mes mains trembler à cette idée. Il soutient mon regard quelques secondes puis finit par se retourner vers sa porte et l'ouvrir. Il sort, mais avant de la refermer se penche vers moi.

— Tu devrais faire attention, Livie. Je ne suis pas le seul à le chercher. Et Amy commence à devenir bavarde.

Quand il claque la portière, je le regarde regagner son immeuble, mon cœur tambourinant. Le souffle court, j'arrive à repartir malgré mes tremblements.

Chapitre 20

Ethan

J'ai la tête en vrac ce matin. Livie est déjà levée quand j'ouvre les yeux et je la rejoins dans la cuisine. Elle est douchée et habillée et a l'air bien plus fraîche que moi.

— On dirait que tu t'es bien amusé avec Hayden hier soir.

Je grogne, c'est le seul son que j'arrive à émettre alors que mon cerveau cogne dans ma boîte crânienne à coup de massue.

Je suis rentré tard et Livie était déjà profondément endormie quand je me suis couché à côté d'elle. Hayden avait besoin de se changer les idées je crois, mais comme d'habitude, fidèle à lui-même, il n'a pas été causant. On a donc passé notre soirée à écumer quelques bars avant de rentrer. D'ailleurs, je le retiens. Il m'en a fait de belles, mais profiter de mon ignorance pour me faire entrer dans un bar gay ! Si Livie savait combien de mecs m'avaient refilé leur numéro en douce - sans aucune invitation de ma part, je tiens à le préciser - elle se foutrait bien de ma gueule.

Livie pouffe de rire et pose une tasse chargée de caféine qui, je l'espère, va me permettre de retrouver un peu mes esprits.

Je bois une bonne gorgée alors qu'elle m'observe en se triturant les doigts. Je la regarde en plissant les yeux. Quelque chose la chiffonne et elle hésite à m'en parler.

— Qu'est-ce qu'il y a ?

Elle fait le tour du bar et vient s'assoir à côté de moi.

— Rien, c'est juste... J'ai discuté avec Hayley.

Évidemment. J'espérais qu'on ne commencerait pas dès le réveil avec ce sujet sensible. Je fixe le mur face à moi en buvant une nouvelle gorgée. Je n'ai pas vraiment la tête à parler de ça, mais il est peut-être temps que j'arrête de faire l'autruche.

— Elle t'a dit quoi ?

— Qu'il avait fait un AVC.

J'opine.

— Et ?

— Et que sa mère était enceinte quand tu l'avais rencontrée.

Voilà, on y est. Je me tourne vers elle et confirme :

— C'est vrai.

Mon calme m'étonne moi-même. Lorsque j'ai vu cette femme avec ce ventre rond, je peux vous dire que je n'étais pas loin d'exploser. Mais quand je me suis rendu compte que je lui faisais peur, je me suis détesté. Elle n'y était pour rien et elle avait ses mains sur son ventre comme si elle s'attendait à devoir protéger son enfant de moi. Je suis parti après avoir crié une ou deux fois qu'il pouvait aller se faire foutre. Oui, voir qu'il avait une belle petite famille m'a mis en colère, moi je n'étais rien et lui... Je me frotte les cheveux en ignorant ce que je suis prêt à lui confier. Livie pose sa main sur ma cuisse en un geste réconfortant.

— Si tu veux en parler...

— Pour dire quoi ? Je ne comprends pas, Livie. Je pensais que tout ça, c'était derrière moi. Je n'ai jamais eu besoin de lui et ce n'est pas aujourd'hui que ça va changer, alors pourquoi ça me fait encore mal ?

Je crois que c'est bien la première fois que j'avoue ça à voix haute et je me passe une main sur le visage avec l'envie de ravaler mes paroles. Quand je la regarde de nouveau, elle pose sa paume sur ma joue en souriant doucement.

— C'est tout à fait normal, Ethan, de ressentir ce genre de choses.

— C'est trop tard aujourd'hui, il faut juste que j'oublie tout ça, je réponds simplement en secouant la tête.

Ma vie était très bien avant que je n'apprenne qui était Hayley. J'avais laissé tout ça derrière moi, j'aurais pu vivre sans ressasser cette partie en regardant l'avenir avec Livie. Mais non, il a fallu que cette fille vienne tout foutre en l'air.

En comprenant que je n'ai pas envie d'aller plus loin, Livie décide de changer de sujet.

— Et alors, avec Hayden ?

Elle porte à sa bouche une cuillère débordante de céréales et de lait. Je passe un doigt sur ses lèvres, en riant.

— Petite curieuse, et arrête de manger comme une cochonne.

Elle pouffe en s'essuyant le menton, ignorant ma dernière remarque.

— Tu crois qu'il m'en veut ?

Livie a un petit peu forcé les choses pour que Hayden accepte de revoir Connor. Je n'ai pas eu les détails, mais le fait de se retrouver au pied du mur n'a pas vraiment plu à ce dernier. Je bois une nouvelle gorgée de café en souriant en coin, histoire de la faire mariner un petit peu. Livie me regarde avec cet air de chien battu. Elle croit pouvoir m'avoir avec ça, mais je ne lui dis pas que ça fait longtemps que j'en fais ce que je veux. Elle repose sa cuillère à côté de son bol en soupirant.

— Il m'en veut c'est ça ?

— Tu n'as pas pu t'en empêcher, hein ? Tu vois, c'est exactement pour ça que je ne t'ai rien dit pour Jenny et Greg, je lui indique en lui tapotant le nez de mon index.

Elle me dévisage en répondant :

— Depuis quand t'es au courant ? Vous me prenez pour une imbécile ? Difficile de rater la façon dont il la regarde ! Sans compter que je n'ai pas vu Jenny rougir depuis que je la connais !

J'éclate de rire. Elle a l'air rancunière. Elle secoue la tête en levant les yeux au ciel.

— Ils me prennent pour une demeurée.

— Ce n'est pas ça. Ton frère n'avait pas besoin de t'avoir sur le dos, Liv. Pour être honnête, Greg n'avait pas des intentions très… honorables.

Elle grimace.

— S'il fait du mal à Jenny, je….

Je pose ma main sur sa cuisse et la coupe :

— Même s'il refusera de l'admettre, il l'aime beaucoup. Mais laisse-les gérer ça tous les deux Livie, Greg t'en parlera quand il sera prêt.

Elle hoche la tête malgré son visage sérieux qui me dit qu'elle pense à quelque chose. Elle détourne les yeux et reprend une cuillère de ses céréales en fixant le bar devant elle. Je continue de l'observer en finissant mon café. Sa caboche fumant à vue d'œil. Et je me demande à cet instant, ce qu'elle a bien pu dire à Jenny qui a semblé la rendre si nerveuse.

En début d'après-midi, Livie me dit qu'elle veut qu'on aille faire un tour. Elle reste très évasive et insiste pour prendre le volant. Je finis par accepter même si le fait qu'elle conduise comme une mamie ne me plaît qu'à moitié. Elle refuse catégoriquement de me dire où nous allons et sur la route me demande :

— Qu'est-ce que tu aimes dans le fait de conduire une moto ?

Je suis surpris par sa question, mais ne mets pas longtemps à répondre.

— La vitesse. C'est une sensation... grisante. Une sensation de liberté.

Elle hoche simplement la tête en agrandissant son sourire.

— Jenny a raison. On a tous notre truc.

Là, j'ai du mal à piger, mais lui demande.

— Pourquoi tu me poses cette question ?

Je dois bien avouer que ça me manque de ne plus en faire avec elle, mais dans son état, il est impensable de prendre le moindre risque. Elle me répond d'un sourire en coin sans émettre un son.

— Tu es bien secrète aujourd'hui, j'ajoute.

— Je suis secrète ?

— Tu ne veux vraiment pas me dire où tu m'emmènes ?

— C'est une surprise.

Je prends donc mon mal en patience et lorsque l'on s'arrête sur un parking, je me demande où l'on a atterri. Nous entrons à l'intérieur, et quand nous pénétrons sur un circuit mes yeux sont hypnotisés par la piste devant nous.

- Putain !

Deux véhicules roulent à plein régime et voir de mes yeux ces superbes bolides faisant fumer l'asphalte me donne des frissons, hérissant chaque poil de mon corps.

— Je savais que ça te plairait. Tu as une heure de réservée, rien que pour toi.

J'en ai le souffle coupé. J'éclate de rire et l'embrasse de manière très peu conventionnelle. Elle sourit contre mes lèvres et je lui dis :

— C'est pile ce dont j'avais besoin.

Nous restons 20 minutes dans les gradins à observer le défilé des voitures, jusqu'à ce que mon tour arrive enfin. Quand je vois le véhicule que m'a réservé Livie, je serais prêt à la prendre directement sur le capot. Ou pas. Abimer une telle merveille serait blasphématoire.

Elle me dit d'être prudent avant de retourner dans les gradins. Je crois qu'elle vient de réaliser que ce sport avait ses limites et que le risque zéro n'existait pas, mais putain pour rien au monde je refuserais ce cadeau. Je m'installe et écoute consciencieusement les recommandations données. Quand enfin, je mets le moteur en route, tout mon corps ressent chacune des vibrations. C'est une

Boss 302. Rutilante. Un appel au péché. Le ronronnement du moteur V8 sous le capot accélère mon rythme cardiaque. Je ferme les yeux un instant appréciant ce son sorti tout droit de mes tripes. Quelle sensation, bordel !

Pendant les deux premiers tours, je prends mes aises pour me familiariser avec ce bijou. Quand je me sens assez en confiance, je décide d'y aller franchement et là, c'est une véritable révélation. La vitesse a été pour moi le moyen de gérer tout ce qui merdait dans ma vie. De contrôler un aspect quand tout le reste foutait le camp. Ici, c'est moi qui décide, c'est moi qui suis aux commandes et c'est le pied. Je passe les tours les uns après les autres alors que je me sens flotter. J'oublie tout ce qui me ronge et me sens libre de faire de ma vie ce que j'en veux. Rien ne peut m'atteindre ici.

Lorsque mon heure prend fin, je suis en nage, mais c'est comme si je ne touchais plus terre. Livie me rejoint et je la prends dans mes bras la soulevant pour plaquer un baiser incendiaire sur ses lèvres. Elle se met à rire et balance sa tête en arrière. Un rire mélodieux, celui qui m'a toujours rendu dingue. Est-ce que je m'habituerai un jour à sentir mon cœur battre plus fort juste en l'entendant rire ? Non, je suis sûr et certain qu'il me fera toujours cet effet. Impossible que cela change.

Après une bonne douche, elle décide qu'il est temps d'aller se manger une glace pour finir cette journée en beauté. Elle m'emmène chez un glacier que je découvre et dont il paraît que Hayden est particulièrement friand. C'est une devanture qui ne doit pas passer inaperçue. Quelle personne saine d'esprit ouvrirait un magasin pareil avec une licorne qui lèche une glace aux couleurs de l'arc-en-ciel ? Les New Yorkais sont dingues. Et moi, je suis dingue de cette ville, mais surtout de cette fille qui sait trouver les mots et bien d'autres choses pour me rendre le sourire.

Ma vie est avec elle et je crois qu'il est temps qu'elle le comprenne, une bonne fois pour toutes.

Chapitre 21

Ethan

Livie dort à poings fermés quand on frappe à la porte. Je jette un coup d'œil au réveil et m'aperçois que la matinée est déjà bien entamée. Elle remue et je dépose un baiser dans son cou en murmurant :

— J'y vais, tu peux encore dormir ma puce.

Elle ne se laisse pas prier et referme les yeux. Je sors du lit, attrape un jean que j'enfile avant d'aller ouvrir.

— Surprise ! s'exclame notre visiteur en entrant.

Ce n'est pas franchement une surprise, mais je ne relève pas. Même si cette idée ne m'enchantait pas au début, il m'a bien fallu l'admettre. Jess est une mine d'or pour moi à la galerie. Et maintenant que ça ne créera pas de tension entre Livie et moi, honnêtement, je préfère la savoir ici qu'à Cover-Road.

— T'es en avance, je lui indique en la voyant traîner une valise derrière elle.

Visiblement, elle n'arrive pas les mains vides. Elle se tourne vers moi, sourire en coin et me répond :

— J'adore l'effet de surprise et encore plus quand tu m'accueilles comme ça.

Quand je la vois lorgner sur mon torse, je lui crache :

— Pas de ça Jess. Si tu poses problème, tu retournes d'où tu viens.

Elle s'installe dans le fauteuil et répond :

— Je serai sage comme une image.

Mais bien sûr… Si j'avais vraiment eu le choix, j'aurais volontiers trouvé une autre solution, mais Jess m'a déjà sauvé la mise en contactant l'agence et a miraculeusement dégoté des hôtesses pour la soirée du vernissage. Les menaces ont toujours eu plus de poids avec elle. Je n'ose même pas imaginer ce qu'elle a bien pu leur dire pour les faire changer d'avis. Nos deux fidèles compagnons s'approchent de Jess et celle-ci se met à grimacer en essayant de les repousser.

— Allez-vous en sales bêtes !

J'attrape Maya et notre dernier arrivé avant qu'elle ne les traumatise à jamais.

— Un conseil, ne les insulte pas devant Livie ou tu vas vite avoir des problèmes.

Jess pouffe de rire en disant :

— Livie est un cas irrécupérable, y'a des trucs que j'ai du mal à comprendre. Pas étonnant qu'elle ait eu une réputation pareille à Cover-Road. Elle les a regardés ?

Et voilà, elle est là depuis moins de cinq minutes et elle m'énerve déjà. Jess tout craché. J'éloigne les félins de la harpie et les pose dans la cuisine pour préparer le café. Maya se contente de lorgner Jess d'un air sceptique et je lui dis :

— J'ai pas eu le choix, je te jure !

La boule de poils se met à se lécher la patte. Je crois qu'il se fout totalement de mes excuses. Pumba, quant à lui, repart dans le salon. Oui je sais, ce nom est ridicule pour un chat. Mais je vous jure que ce nom lui va comme un gant, vous voyez là ? Bah, c'est encore pire. Livie a lancé ça un soir dans le ton de la plaisanterie alors que l'air était devenu irrespirable et ça a fini par rester. Moi, je crois qu'il est en train de mourir et a déjà commencé à se décomposer, ce n'est pas possible d'être aussi petit et mignon en se traînant une odeur pareille.

J'aperçois Livie passer la porte et nous rejoindre, la tête de la fille qui n'a pas assez dormi.

— Je me disais bien que j'avais entendu une voix stridente.

Jess se redresse aussitôt et se jette sur Livie qui manque de trébucher sous cet assaut. Les petits cris d'enthousiasme de Jess confirment parfaitement les dires de Livie. Cette fille a une voix horrible à vous crever les tympans. Jess se recule, ses mains sur les épaules de Livie et observe son ventre.

— Merde, t'es énorme !

Livie lève les yeux au ciel en disant :

— Merci, Jess, ta subtilité m'avait manqué.

Livie vient s'installer au bar, suivie de Jess, pendant que je finis de nous faire le petit déjeuner.

— Alors, pas de regret Jess ? Tu vas vraiment emménager à New York ? demande Livie.

— Tu plaisantes ? Je sors enfin de ce trou à rat ! C'est le pied intégral ! s'exclame-t-elle avec entrain.

Livie me regarde avec insistance. Je mets quelques secondes à comprendre en la voyant me jeter des coups d'œil furtifs, sur le fait que je ne suis habillé que d'un jean. Je leur indique que je n'en ai pas pour longtemps en me disant qu'elle n'a pas tort et pars enfiler un tee-shirt. Bon ce n'est pas comme si Jess ne m'avait jamais vu ainsi, mais autant lui montrer que cette collaboration va pouvoir se passer sans arrière-pensée.

Quand je reviens, Livie et Jess rient ensemble comme les deux amies qu'elles sont, en pleines retrouvailles. C'est encore étrange pour moi. À Cover-Road, avant la fuite de Livie, je n'ai jamais vraiment cherché à connaître Jess. Ensuite Livie s'est évaporée et, la seule fois où je les ai vues ensemble, c'était le jour où j'ai découvert pour la drogue et la grossesse. Je suis parti ce même jour et je n'ai fait qu'entrapercevoir leur amitié étrange.

Ce que j'ai pu comprendre par contre, c'est quand Jess a fait son retour à Cover-Road et elle n'a pas été tendre pour me dire ce que ma réaction lui inspirait. Je ne pouvais pourtant rien dire sur les raisons qui m'obligeaient à prendre le temps de revenir. J'étais anéanti par ma découverte. Anéanti par cette révélation au sujet de Franck. Je suis reparti dans mes anciens travers. Une habitude que je ne laisserai pas entrevoir à Livie. Mais lorsque Jess m'a annoncé qu'elle était en totale dérive et qu'elle avait emménagé chez son frère, ça a fini de me réveiller. Je l'ai alors assommée de questions pour comprendre ce que j'avais manqué. Elle ne m'a pas dit grand-chose. Livie lui avait tourné le dos, comme avec Jenny et Hayden. À la différence que Jess a toujours eu Greg en horreur. Et c'est sur ce point que nous allons devoir travailler. Livie m'a raconté que Jess s'en était prise à lui, mais qu'en voyant que Livie ne voulait rien entendre, elle avait fini par jeter l'éponge et revenir chez elle.

Jess demande :

— Au fait merci Livie, mais juste pour savoir, tu l'as vraiment sucé sous le bureau ? Ethan refuse de me le dire.

Je tape du poing sur la table en la fusillant du regard. Putain, elle ne pouvait pas la fermer ?

Livie m'observe les yeux écarquillés, le teint écarlate. Bon bah je ne vais pas pouvoir garder ça pour moi plus longtemps.

— Tu avais mal raccroché mon téléphone, Livie…

À cet instant, elle rougit encore plus, ce qui est franchement un exploit. Lorsque Livie m'a surpris à parler avec Jess à la galerie et qu'elle a échangé quelques mots avec elle, je ne sais pas comment elle s'y est prise, mais visiblement le téléphone n'était pas raccroché. Quand on est revenu à l'appartement, j'ai reçu un message de Jess qui disait qu'elle était ravie que Livie ait donné de sa personne pour que je la réengage. J'ai préféré le garder pour moi afin de ne pas la mettre mal à l'aise, mais c'était sans compter sur Jess.

— Oh mon Dieu, dit Livie en se couvrant le visage de ses mains.

— Oh, ne fais pas cette tête, je suis curieuse. J'ai arrêté d'écouter quand vous avez commencé à dire des cochonneries.

Livie relève les yeux et regarde Jess d'un air fautif. Celle-ci pouffe de rire en lui envoyant un coup d'épaule.

— Rooo, c'est pas grave, moi je t'ai donné plein de détails quand on vivait à Cover-Road.

— Des détails dont je me serais bien passée, lui répond Livie.

Si je vous dis que là, je n'ai qu'une envie, c'est d'aller voir ailleurs si j'y suis, vous me croyez ?

*

Quand j'ai su que Jess allait venir à New York, j'ai vite fait de dégoter quelque chose pour la loger. Il était hors de question qu'elle squatte chez nous. Complètement impensable. J'ai donc aménagé un espace à l'étage de la galerie qu'elle pourra occuper en attendant qu'elle se trouve un appartement. Je pose les choses à plat. Elle ne débarque pas chez nous à tout bout de champ comme ça a souvent été le cas à Cover-Road. C'était une autre vie. Aujourd'hui, tout est différent.

Jess a vraiment choisi son jour pour refaire surface dans nos vies d'ailleurs. Aujourd'hui, il a fallu que ça soit aujourd'hui. Je chasse ma nervosité comme je le peux alors que l'heure défile. Livie a passé son après-midi avec Jess, ce qui m'a permis de bien me préparer et lorsqu'elle repasse en coup de vent pour travailler, la tension monte d'un cran. Aussitôt partie, j'appelle Jenny. Elle m'a proposé un coup de main quand je lui ai expliqué ce que je m'apprêtais à faire et, quand elle arrive à notre lieu de rendez-vous les bras chargés, j'ai juste envie de la serrer contre moi. Elle se met à rire en voyant dans quel état je me trouve.

— Calme-toi Ethan, ça va bien se passer.

— Si elle me dit non, je te jure que je l'épouse de force.

— Je ne suis pas sûre que ça soit légal, tu sais.

— Je m'en tape, je la kidnappe et la traîne jusqu'à Las Vegas.

Jenny fait une mine horrifiée et répond :

— Tu n'oserais pas faire ça ! Las Vegas ?

— Que je la kidnappe ne te pose pas de problème, mais qu'on se marie à Las Vegas, là y'a un souci ?

Elle se met à sourire en commençant à vider le contenu du carton qu'elle a ramené

— Je ne l'ai peut-être pas connue autant que toi, mais je l'ai vue grandir. Ce n'est pas juste une amie, Ethan. Je veux être présente pour la scène finale.

Elle se redresse et j'enfonce mes mains dans les poches en lui disant :

— Jenny, je ne sais pas si je te l'ai déjà dit, mais... merci. Merci d'avoir été là pour elle.

Elle pouffe de rire en répondant :

— Tu deviens fleur bleue, Ethan.

Je souris en lui avouant :

— Non. Parfois... parfois on se rend compte trop tard que l'on n'a pas eu le temps de remercier des personnes très importantes dans nos vies. Je ne ferai plus jamais cette erreur.

Elle perd son sourire et je lui précise avant qu'elle ne pose la question :

— Samantha. C'était quelqu'un... d'extraordinaire. Je regrette de ne pas lui avoir dit.

Elle hoche la tête en répondant :

— J'aurais vraiment aimé la connaître. D'après ce que vous m'avez raconté, Livie, toi et Greg… Vous avez perdu quelqu'un d'exceptionnel.

Exceptionnelle. Oh oui, elle l'était…

Chapitre 22

Ethan

Mon cœur est aux abonnés absents. Je ne ressens rien d'autre qu'un vide dans ma cage thoracique alors qui peut m'expliquer pourquoi c'est si douloureux ?

J'ai dû faire face à tout un tas de choses ces dernières années, mais rien ne m'a jamais fait si mal que de perdre l'une des personnes qui comptait le plus dans ma vie.

Samantha n'est plus.

Samantha est partie.

Je ne l'apercevrai plus jamais assise sous le porche, un livre entre les mains à sourire en me voyant arriver. Je ne l'entendrai plus éclater de rire quand je tentais de lui faire entendre raison : la cannelle doit se manipuler avec précaution. Elle ne m'offrira plus ses sourires réconfortants quand elle comprenait que ma mère m'en avait encore fait baver. Elle ne me dira plus jamais combien elle est heureuse de m'avoir fait entrer dans sa famille. Une famille qui est vite devenue la mienne. Plus jamais je ne pourrai la voir, l'entendre. Plus jamais je ne pourrai lui dire ce que j'ai mis trop de temps à lui dire.

Aujourd'hui, nous avons enterré Samantha, mettant un point final à sa vie et nous obligeant à lui dire au revoir. Je ne lui ai jamais dit combien elle avait changé ma vie, je ne lui ai jamais dit combien j'étais reconnaissant de tout ce qu'elle m'avait apporté. Je ne pourrai plus jamais lui dire. Tout ce que j'ai réussi à faire, c'est écrire une lettre. Une lettre que j'ai mise dans son cercueil. Je doute que les mots volent jusqu'à elle, mais je me sentais tellement mal que je n'ai pas trouvé autre chose pour apaiser ma douleur. Une douleur que j'essaie de garder en moi alors que je dois faire face à Livie, Greg et Franck.

Livie est dévastée.

Livie est détruite.

Elle pleure tous les jours sans s'arrêter. Elle se brise devant mes yeux sans que je ne puisse la prendre dans mes bras. Du moins au début. Aujourd'hui, c'est différent. Aujourd'hui, elle s'est éteinte. Elle n'a pas prononcé un mot, n'a pas souri une seule fois. Elle se contente d'aller là où son frère et son père la mènent sans que je ne puisse essayer d'intervenir.

J'aimerais tellement la prendre dans mes bras, partager cette douleur avec elle, mais depuis l'accident, elle n'est pas revenue à la clairière. Je continue à lui envoyer des messages le soir et elle se contente de me répondre des phrases bateau en me disant que ça va. Sauf que ça ne va pas. Je le vois. Ses yeux sont vides. Tellement vides. Peut-être autant que le vide de mon cœur. Alors j'essaie de me rendre utile.

J'ai aidé à préparer des collations pour la réception organisée dans leur maison après la mise en terre. C'est tout ce que je pouvais faire. Tout en finissant de nettoyer les derniers plats, j'observe Livie par la fenêtre. Elle est assise sous le porche, sur la balancelle tant choyée par sa mère. Elle tient un livre entre les mains qu'elle serre contre sa poitrine. Greg me fait sursauter en arrivant derrière moi et regarde dans la même direction que la mienne.

— Elle ne l'a pas lâché depuis hier soir.

Je me tourne vers Greg et il pointe Livie du doigt.

— Hier, elle l'a trouvé dans la chambre de mes parents. Il était posé sur sa table de nuit. Elle a pété un plomb en disant qu'elle ne pourrait jamais finir de lire son livre. Comme si c'était important.

Greg baisse les yeux en déglutissant. Il prend beaucoup sur lui, lui aussi et je ne me sens pas moins mal pour lui, bien au contraire.

— Comment elle va ?

J'ai besoin de savoir que je ne suis pas en train de la perdre. J'ai tellement besoin d'elle, mais tant que nous n'arriverons pas à nous voir seul à seule, cela va s'avérer compliqué. Greg m'observe comme si j'étais le dernier des idiots.

— Comment tu veux qu'elle aille ? On a perdu notre mère.

C'est comme si on m'arrachait le cœur à mains nues. Un cœur que je n'ai même plus, allez comprendre. Je me retourne et Greg pose sa main sur mon épaule.

— Excuse-moi, ce n'est pas ce que je voulais dire.

— Non, tu as raison. Je n'ai pas le droit de…

— Arrête. Tu sais très bien ce que tu représentais pour elle. Tu l'as perdue toi aussi.

Je regarde autour de nous. Toutes ces personnes venues soutenir la famille Johns dans ce moment difficile.

Pourtant, même aujourd'hui, certains ne peuvent s'empêcher de me dévisager. Pour eux, je n'ai jamais mérité ma place ici. Je ne suis que le petit bâtard Williams. Je n'ai jamais eu le droit à rien d'autre que cette insulte blessante et ces regards méprisants.

Quand j'ai fait la rencontre de Samantha, il arrivait que nous allions nous promener en ville ensemble avec Livie et Greg. Jamais je n'aurais pensé que les gens s'en prendraient à elle à cause de moi. Si j'étais habitué, Samantha n'avait pas à supporter ça.

Un jour, c'est arrivé une fois de trop. Une vieille femme qui passait ses journées à déverser les ragots de la ville s'en est prise à elle en disant que je leur porterais malheur. Qu'un petit bâtard dans mon genre ne méritait pas que Samantha s'intéresse à moi. Je me suis senti mal pour elle. J'étais sur le point de partir, mais elle m'a attrapé par le bras, tout en faisant face à cette femme, lui demandant de s'excuser, qu'elle m'avait manqué de respect et qu'il était hors de question qu'elle la laisse faire. J'étais muet devant son comportement. S'excuser ? Les gens ne le faisaient jamais.

La femme m'a regardé et a répondu qu'elle préférait se crever un œil plutôt que de me présenter des excuses pour n'avoir dit que la vérité. Ensuite, elle est simplement partie. Livie était jeune et elle a demandé à sa mère :

— Ça veut dire quoi bâtard ?

Elle avait l'innocence d'une petite fille et moi, j'aurais voulu lui répondre que je préfèrerais ne pas le savoir. Samantha s'est accroupie à côté de Livie et lui a dit :

— C'est un vilain mot. Un vilain mot utilisé par de mauvaises personnes.

— Pourquoi elle a dit ça sur Ethan alors ?

— Parce qu'elle ne peut pas comprendre. Elle est trop bête, a répondu Samantha en m'envoyant un clin d'œil.

— C'est qu'une vieille bique, s'est esclaffé Greg à son tour.

Samantha a tenté de lui faire les gros yeux, mais elle s'est mise à rire en disant que ça devait rester entre nous.

Je suis resté silencieux alors qu'ils reprenaient leur marche, mais j'étais incapable de les suivre. Quand Samantha s'en est rendu compte, elle a dit à Greg de rejoindre la plage quelques mètres plus loin avec Livie et les a laissés s'éloigner avant de me faire face. Je ne savais pas comment lui expliquer combien cela me faisait mal que les gens puissent s'en prendre à elle. Elle s'est baissée à ma hauteur alors que j'avais envie de partir en courant pour me cacher afin que personne ne me voie pleurer.

C'est ce jour-là que tout a changé.

Elle m'a regardé droit dans les yeux et a dit :

— Les gens auront toujours quelque chose à dire, Ethan. Que tu sois parfait ou pas. Mais c'est en leur attribuant de l'importance que tu les laisses gagner.

— Je ne veux pas que vous ayez des problèmes à cause de moi.

— Et moi, je veux que tu oublies ce qu'elle a dit.

— Pourquoi ?

Elle s'est redressée et a répondu :

— Parce que tu fais partie de la famille désormais. Ce que les gens pensent n'a aucune importance.

J'ai cru tomber pendant quelques secondes. J'ai senti mes yeux s'humidifier et j'ai tourné mon visage en essayant de ne pas lui montrer combien cela m'avait touché. Elle a souri et a ajouté :

— Oublie-la. Oublie ces personnes qui ne peuvent pas comprendre. Ce ne sont que des commérages. L'important, c'est que nous avons beaucoup de chance.

— De chance ?

Elle a recommencé à marcher. Je l'ai suivie.

— Oui, de la chance de t'avoir rencontré.

Je regardais devant moi. Je me demandais si elle se moquait de moi. Elle a ri et lorsque j'ai tourné mon visage vers elle, ses jolis yeux noisette pétillaient.

— Énormément de chance. Maintenant, on va aller rejoindre Livie et Greg et promets-moi d'oublier tout ça. Profitons simplement de cette journée, tu veux bien ?

Je n'ai pas répondu. Je ne savais pas quoi en penser. Ce dont j'étais sûr par contre, c'est que c'était moi qui avais eu de la chance de rencontrer la famille Johns.

En rejoignant la plage, j'ai éclaté de rire. Livie hurlait à pleins poumons en courant de toutes ses forces alors que Greg la pourchassait un crabe entre les mains. Elle a trébuché et a bousculé un garçon plus âgé qu'elle. Elle s'est excusée, mais celui-ci a commencé à lui crier dessus. Greg n'a même pas essayé de discuter et est arrivé derrière lui. Il a tiré sur le maillot de bain du contrevenant avant de mettre le crabe à l'intérieur. Vu le hurlement qui a suivi, je suppose que le crabe n'a pas apprécié. Greg a croisé les bras et a dit :

— On touche pas à ma sœur !

Le garçon est parti en courant en se débattant contre l'intrus dans son maillot. Greg s'est accroupi à côté d'elle alors qu'elle pleurait. Je crois qu'elle avait surtout eu peur. Il lui a fait une grimace ce qui a eu pour effet de faire rire Livie. Ensuite, il lui a dit quelque chose, mais nous étions trop loin pour l'entendre. Elle lui a souri et Samantha s'est tournée vers moi.

— Tu vois, c'est ça une famille. Bon, Greg a... sa technique bien à lui, mais, il a beau l'embêter sans arrêt, il tient à elle. Il ne laisserait personne s'en prendre à Livie. Tout comme je ne laisserai personne te manquer de respect devant moi.

Ce jour-là, j'ai baissé les armes. Samantha est alors devenue à mes yeux la mère que je n'ai jamais eue.

Chapitre 23

Livie

Je ne sais pas ce qu'avait Ethan aujourd'hui, mais il était totalement à l'ouest. L'arrivée de Jess en était peut-être la cause. J'ai passé l'après-midi avec elle avant de partir travailler. J'avais besoin de me rassurer et lui ai demandé si elle avait mis quelqu'un au courant de son déménagement pour New York. Elle m'a traitée de folle en me rappelant qu'elle n'était pas complètement débile.

Nous avons assez parlé de mon père pour qu'elle sache ce que tout cela m'inspire. Elle a donc raconté qu'elle avait besoin d'air et qu'elle partait pour un road trip. Elle a trouvé l'idée tellement cool qu'elle en a fait tout un pataquès. J'imagine bien ce que ça a pu donner et me sens plus sereine maintenant.

Malgré ça, j'ai eu l'impression qu'elle ne me disait pas tout. Lors de son dernier séjour à New York, elle n'a jamais émis d'hypothèse sur la possibilité d'y rester, et aujourd'hui, son arrivée me rend un peu perplexe.

Malheureusement, la tension se réinstalle lorsque je pars travailler. Je sais que je vais de nouveau me retrouver face à Cédric et j'ignore ce qui l'a poussé à me parler de Will. J'ai hésité à l'expliquer à Ethan, mais j'ai pris la décision de le garder pour moi pour le moment. Que ce soit lui ou Greg, ces deux-là sont bien trop impulsifs pour agir de manière réfléchie. À l'instant où ils sauront, ils fonceront tête baissée et ce n'est pas la solution.

Si j'avais dit à Ethan que Cédric m'avait menacée, qu'aurait-il fait ? Sûrement enfoncé la tête de Cédric dans un mur, mais c'est une mauvaise idée. Je crois. J'ai besoin d'en savoir plus, et hors de question de leur donner une nouvelle opportunité de m'enfermer dans une cage. Parce que soyons honnête, Ethan ne me laisserait plus mettre un pied au bar en le sachant. Je vais donc garder mes deux hommes de Cro-Magnon éloignés de cette histoire. Greg a déjà été trop loin par ma faute avec Will, je ne commettrai plus la même erreur. À moi de me sortir de ce pétrin sans les mettre en danger. La question est : comment ?

J'ai le cerveau en ébullition quand je pénètre dans le bar d'un pas assuré. Je ne montrerai, ni à Cédric ni à Amy, qu'ils sont capables de m'intimider. Est-ce que Cédric a mis au courant Amy de notre conversation dans la voiture ? Aucune idée. Elle est occupée à servir des clients à une table lorsque j'entre. Je lui jette un coup d'œil rapide sans m'arrêter.

En voyant Cédric derrière le bar, je continue d'avancer. Il se tend à ma vue avant de reprendre ce qu'il faisait. Lorsqu'il me salue d'un mouvement de tête avec un sourire qui paraît si naturel, je me demande si je n'ai pas rêvé. Je lui offre à mon tour un sourire, bien décidée à lui montrer qu'il ne m'effraie pas et m'arrête à côté de lui en attrapant un tablier propre sous le bar.

— Bonjour, Cédric, ça va ?

Il me scrute quelques secondes. Je comprends vite qu'il est décontenancé par ma réaction. Il croit me faire peur ? Il ignore combien vivre dans la peur est pour moi une sensation bien plus familière que je ne le voudrais. Il ne pourra jamais égaler ce que j'ai éprouvé en cohabitant avec mon père. À côté de lui, Cédric n'est qu'un gamin en culotte courte. Cette idée me fait rire tandis qu'il se décide à enfin émettre un son.

— Ça va.

Sa réponse est un peu trop brève et sèche. Son sourire a disparu et à sa mine sévère, je réalise que non, je n'ai rien rêvé.

— Tant mieux. Fred est dans son bureau ?

Il acquiesce et je pars vers les vestiaires. J'ouvre mon casier et y range mon sac. En me retournant, je découvre une fleur de lys posée sur la petite table dans le coin. Je souris en la prenant entre mes doigts. Ma mère adorait les lys.

Après avoir revêtu ma tenue, je passe rapidement dans le bureau de Fred, j'aimerais qu'il comprenne que mon terme approche et que le travail m'épuise. Je lui demande simplement de m'octroyer des heures plus adaptées ou des services moins longs en échange, il peut compter sur moi jusqu'à l'arrivée du bébé. Une idée qui n'a pas vraiment plu à Ethan, mais je ne me vois pas rester enfermée à attendre que le temps passe. Aussi épuisant que soit ce travail, j'aime l'ambiance, le contact des clients, mes collègues et même mon patron, c'est dire !

Fred râle un peu, mais s'avoue vaincu. Je me demande si le fait qu'Ethan l'ait légèrement menacé si j'accouchais dans son bar a eu un poids sur sa décision. Peu importe, le principal est que j'ai eu gain de cause.

Le service est moins difficile que je ne le pensais. Cédric ne change pas vraiment ses habitudes. Un peu plus distant, certes, mais il m'offre plusieurs fois des sourires qui me font me poser de plus en plus de questions. Quant à sa relation avec Amy, elle reste la même : de brefs coups d'œil et ils se parlent uniquement du boulot. Ils cachent quelque chose, c'est certain.

Lorsqu'enfin mon service est terminé, je suis surprise de trouver Ethan adossé à sa moto sur le parking. En me voyant, il se redresse et me rejoins en quelques enjambées.

— Qu'est-ce que tu fais là ? je lui demande.

Il sourit en répondant :

— Je viens te chercher et c'est comme ça que tu me remercies ?

Je plisse les yeux en l'observant. Même s'il tente de plaisanter, je le trouve encore très tendu. Qu'est-ce qui lui prend d'agir si bizarrement aujourd'hui ? Il n'attend pas que je réponde et m'attrape la main en disant :

— Je voulais te remercier pour hier alors... moi aussi je t'ai préparé une petite surprise.

L'idée de lui offrir ce rodéo de vitesse l'a totalement emballé, mais je ne m'attendais pas à ce qu'il me renvoie la pareille.

— Est-ce qu'il y a du chocolat dans ta surprise ?

Il éclate de rire bruyamment.

— Du chocolat ?

— J'ai une furieuse envie de chocolat.

Il passe un bras autour de moi en se rapprochant de ma voiture.

— On devrait pouvoir arranger ça.

On entre dans le véhicule.

— Et ta moto ?

— Je la récupèrerai plus tard.

Ok. Même si l'idée qu'il se retrouve face à Cédric ne m'enchante pas, je ne laisse rien paraître.

Je m'en veux de ne rien lui dire, mais je sais que je n'ai pas le choix. De toute façon, ce soir, je n'ai pas envie de penser à mes problèmes et je vais donc profiter de ma surprise avec Ethan.

Il met le moteur en route en m'adressant un sourire rapide. Sa nervosité a repris place, mais je n'arrive pas à comprendre pourquoi. Nous passons de rues en rues sans que je ne sache où il compte m'emmener. Je lui poserais bien la question, mais je sais ce qu'il me répondrait. Que ce ne serait plus une surprise et il aurait raison.

Quelques minutes plus tard, nous arrivons à destination. Je reconnais immédiatement l'endroit. Nous étions venus ici après qu'il ait eu son altercation au bar avec Cédric. Ce soir-là, quelque chose s'est produit. Ce soir-là, j'ai senti ce courant en moi s'amenuire. Se dissiper. J'étais fatiguée. Fatiguée de mentir. Fatiguée d'être quelqu'un d'autre. Fatiguée de me battre contre lui. Ce soir-là, j'ai décidé de lui offrir une partie de moi. Je lui ai raconté ce qui s'est passé à mon arrivée à New York et les raisons pour lesquelles je ne pensais jamais tomber enceinte.

Je me demande ce que l'on fait ici lorsque j'aperçois au milieu de l'étendue d'herbe, une grande nappe entourée de petites lumières. Je n'en reviens pas et me mets à sourire au souvenir que cela réveille en moi. Un pique-nique qu'Ethan avait organisé dans la clairière de Cover-Road. Je me retourne vers lui, attendrie par cette belle intention, mais aucun mot ne sort. Il sourit à son tour, comprenant que je n'ai jamais oublié ce jour et saisit ma main en avançant dans l'herbe fraiche.

— Ça te plaît ?

Ethan est toujours prévenant, mais je crois qu'il a trop souvent peur de ne jamais en faire assez. Comme si je ne pouvais pas être touchée par ses petites attentions. A-t-il conscience que cela le rend encore plus irrésistible ? Ne pas lui dire, surtout pas, il risquerait de ne plus pouvoir passer les portes.

— C'est magnifique.

Nous nous arrêtons et je découvre qu'il a entouré la nappe par une guirlande de lumière, juste assez pour ne pas nous retrouver dans l'obscurité. Il a également dispersé de jolies fleurs des champs tout autour et deux petites assiettes ornées de diverses friandises sucrées posées au centre.

— Muffins au chocolat et meringues.

Il me fait un clin d'œil. Je pouffe de rire en essayant de me retenir de rougir. S'il avait déjà gagné des points grâce à mon envie de chocolat, avec les meringues il a carrément explosé le compteur.

Je ne me laisse pas prier et nous nous installons en dégustant nos desserts. Nous discutons dans notre bulle, loin de notre quotidien. Ethan sourit en coin, me fixant dévorer la meringue.

— Je te préviens tout de suite, je ne m'exhibe pas en pleine nature, je lui indique.

Il se met à rire en repoussant nos assiettes sur le côté.

— C'est une idée, mais hors de question que quelqu'un d'autre que moi profite de la vue de ton corps.

Mon Dieu, cette fois impossible de retenir mes joues de rougir. Il m'attrape le menton, dépose un doux baiser sur mes lèvres et rapproche sa bouche de mon oreille en me susurrant d'une voix suave.

— Pourtant, tu ne peux pas imaginer combien c'est une idée excitante. Te faire l'amour sous les étoiles. J'en rêve depuis...

Il se recule, un sourire indécent sur le visage.

— Vaut mieux pas que tu le saches en fait. Tu n'oserais plus me regarder en face.

Même si je sais qu'il joue, ses mots font leur effet. Et puis, c'est vrai que c'est une idée plutôt excitante. Il pose ses mains sur mes genoux, remontant doucement les pans de ma jupe et me regarde droit dans les yeux.

— Avant même que je t'embrasse, je devais m'interdire de penser à toi de cette façon et franchement, aujourd'hui je me dis que c'était une vraie torture.

Je laisse un soupir m'échapper. Je me demande comment j'ai fait pour ne me rendre compte de rien. Bien sûr, je me rappelle parfaitement que lorsque nous étions seuls, il s'amusait à me faire rougir, mais j'ai toujours cru que c'était sa façon à lui de me mettre mal à l'aise, par simple plaisanterie. Maintenant que je sais qu'il voyait bien plus que ce que je croyais, je perçois les choses différemment. Mais c'est une idée qui reste encore étrange.

— Tu sais comment j'ai rencontré Jess ?

Il lève les yeux au ciel en grognant.

— Je n'ai pas vraiment envie de parler de Jess là, Livie.

Je me doute, mais j'ai vraiment envie de lui dire. De lui expliquer le jour où moi-même j'ai réalisé ce que j'éprouvais pour lui.

— Tu ne dois pas t'en souvenir, mais… c'est un jour où je me sentais très mal. J'étais venue vous retrouver sur la plage toi et Greg, mais lorsque je suis arrivée, je t'ai vu… avec une fille.

Je m'en souviens parfaitement. Je me souviens de la douleur que j'ai ressentie. Mon cœur s'est brisé ce jour-là. Parce que même si je l'avais déjà aperçu brièvement avec d'autres filles et que je savais qu'il ne se contentait pas de parler politique, ce jour-là, le voir me fixer avant de se remettre à embrasser cette fille m'a fait si mal que je n'ai plus nié que j'avais des sentiments pour Ethan.

— J'ai réalisé ce que je ressentais pour toi. Et quand je suis partie, j'ai croisé Jess. Elle m'a fait du bien. Elle était… différente. De moi. De toutes ces filles qui m'insultaient ou me trouvaient… bizarre.

C'est étrange d'en discuter si ouvertement. J'ai toujours su qu'Ethan entendait tout ce qui se disait derrière mon dos, mais il ne m'en parlait jamais et ce n'est pas moi qui l'aurais fait.

Il m'a écoutée, le visage inexpressif. Pourtant son regard inquisiteur me fait baisser les yeux. Je n'aurais peut-être pas dû lui dire tout ça.

Il pose son index avec douceur sous mon menton et le relève avec lenteur. Ses yeux à hauteur des miens, il reste ainsi quelques secondes avant de passer son pouce sur ma joue.

— Je m'en souviens.

Je crois qu'il dit ça juste pour me rassurer. Parce qu'il vient de se rendre compte que c'était un jour important pour moi.

— Ce n'est pas la peine de me dire ça pour…

— Non, je m'en souviens Livie. Je m'en souviens parfaitement parce que jamais je n'oublierai combien je me suis détesté ce jour-là. Quand je t'ai vue… j'ai eu envie de courir vers toi pour te dire qu'elle ne représentait rien d'autre pour moi qu'un moyen de te chasser de ma tête. Mais… c'était ridicule. Je savais que je n'en avais pas le droit. Alors… oui, je l'ai embrassée et je me suis juré de t'oublier. Mais à chaque fois que je fermais les yeux… c'est à toi que je pensais.

Mon cœur manque un battement. Avoir une idée de ce qu'il ressentait à cette période et de l'entendre de sa propre bouche rend les choses bien plus réelles. Je me mets à sourire, et décide de l'embêter un peu.

— Donc… quand tu embrassais une fille, c'est à moi que tu pensais ?

Ses yeux se plissent. Je crois qu'il est en train de se demander à quoi je joue.

— Heu… c'est une question piège ?

Je me redresse et m'agenouille devant lui, posant mes mains sur ses épaules.

— À chaque fois, que tu embrassais une fille, tu pensais à moi.

Je rapproche mon visage du sien. Je devine qu'il vient de perdre pied quand je le vois déglutir.

— Tu vas me faire croire que tu t'es tapé toutes ces filles avec lesquelles je t'ai vu juste… pour ne pas penser à moi ?

Il se mord la lèvre.

— Bah, disons une bonne partie.

Je passe mes bras autour de son cou. Ses mains se posent sur mes hanches et j'effleure son oreille du bout de ma langue.

— Pauvre Ethan. Tu as dû tellement souffrir de t'obliger à baiser…

Je ne finis pas ma phrase. Il me bascule sur le dos en plaquant son pouce sur mes lèvres.

— Tais-toi. Pas ce mot-là dans ta bouche, c'est carrément indécent.

J'écarquille les yeux. C'est forcément une blague.

— Tu t'es entendu parler ? Tu ne prononces pas une phrase sans un mot grossier.

Il caresse mes lèvres de son pouce, ses yeux fixés sur celles-ci.

— Peut-être, mais je ne veux pas te salir.

J'en perds mon sourire. Quand il relève son regard vers moi, il me dit.

— Je me suis retenu de t'embrasser pour plusieurs raisons. La première, pour ne pas finir empaillé dans la chambre de Greg.

— Jolie image.

— Parle pour toi ! Deuxième chose, parce que… Greg… me faisait confiance et que… et que c'était très important pour moi.

Je reste silencieuse. Ses yeux reflètent une lueur et, même si je sais qu'ils ont toujours été proches, je crois que je n'ai qu'une vague idée de la puissance de leur amitié.

— Troisième chose. Tu le sais, je n'avais que vous. Je ne voulais pas vous perdre. Et te perdre. Je ne l'aurais pas supporté.

Je passe une main sur sa joue. Les souvenirs restent, si je ne serai jamais capable d'oublier ce que j'ai vécu dans mon enfer, Ethan n'oubliera jamais, lui non plus, sa vie avec cette femme qui ne méritait pas le nom de mère.

— Et dernière chose… je n'étais que… que le bâtard de Cover-Road. Je ne te méritais pas.

Cette fois, c'est un véritable coup de poignard dans mon cœur. Je le pousse et me redresse aussi vite.

— Je ne veux plus jamais t'entendre dire une chose pareille.

Il détourne le regard vers le fond du paysage.

— Jamais, jamais tu n'as été ça à mes yeux ! Jamais Ethan ! Tout comme tu ne l'as jamais été pour Greg ou pour maman. Maman serait tellement triste de t'entendre parler de toi ainsi.

Cette fois, il ose enfin me regarder.

— Je sais. Mais même si les choses ont changé, à cette époque… je ne valais rien. Je n'avais rien à t'offrir.

— Une vie auprès de toi me suffit amplement.

Son regard s'adoucit. Je crois qu'il n'oubliera jamais combien les gens ont pu être cruels avec lui. Moi non plus, et je suis bien décidée à lui montrer que toutes ces personnes avaient tort. Je passe mes mains autour de mon cou et retire le collier qu'Ethan m'a offert. Il écarquille les yeux en secouant la tête en essayant de m'en empêcher.

— Qu'est-ce que tu fais ? C'est rien Livie, on ne va pas s'engueuler pour ça.

Je le pose dans sa paume et lui dis.

— Je n'ai besoin de rien. Absolument rien pour savoir que si tu ne m'avais pas retrouvée, si tu n'avais pas refait irruption dans ma vie, jamais je n'aurais rouvert mon cœur à un homme. À l'instant où tu es entré dans notre jardin, mon cœur était à toi. Tu l'as scellé dans la clairière en m'embrassant. Mon cœur est à toi et rien qu'à toi. Quoi qu'il arrive, il ne sera plus à personne d'autre. Peu importe que tu puisses m'offrir un appartement hors de prix ou un vieux boui-boui. Ce n'est pas important pour moi. Tout ce qui m'importe, c'est nous. Les cadeaux, l'argent, n'ont aucune importance pour moi. Si tu travaillais toujours au garage, rien n'aurait été différent, nous serions tout de même ici, et je te dirais combien je t'aime.

Je crois que je viens de faire la plus grande déclaration de ma vie et en m'en rendant compte, je me sens rougir. Ses yeux, dont l'intensité s'éclaire comme un véritable soleil, ne se détachent pas une seconde de moi. Puis, sans un mot et avec une douceur renversante, il se penche vers moi, pose sa main sur ma joue et colle son front au mien en fermant les yeux.

— Et c'est une des raisons pour laquelle je t'aime tellement Livie.

Ma gorge se noue. Étaler mes sentiments face à lui me donne l'impression d'avoir ouvert mon cœur entièrement au scalpel. C'est à la fois bon et effrayant. Ses lèvres sont douces et caressent les miennes d'une tendresse extrême. C'est un baiser qui en dit plus long que tous les discours.

Il me crie par ce geste tout l'amour et la tendresse qu'il ressent pour moi et j'aimerais qu'il ne s'arrête jamais.

Quand il se recule, il remet mon collier autour de mon cou. Je souris en posant mon index sur le médaillon. Son regard est si intense que c'est comme s'il pénétrait à même mon âme. Il attrape mes mains dans les siennes et me dit d'une voix basse :

— Alors, épouse-moi Livie.

Ok. Là, franchement je ne m'y attendais pas. Je reste aussi muette qu'une carpe alors que mon cœur vient de faire un triple saut périlleux. Aucun mot ne franchit mes lèvres sous le coup de la surprise.

Je sais que mon silence doit le blesser et même si j'ai envie de lui sauter dans les bras, tout mon corps m'ordonne de ne pas bouger. Il finit par reprendre :

— Je crois que Samantha avait compris. Après qu'elle nous ait surpris au supermarché Livie. Je suis à peu près sûr qu'elle ne m'a pas dit ça par hasard.

Il fait allusion à une remarque que maman lui avait faite après qu'il m'ait volé un baiser en public. Une simple phrase banale qui a trahi le fait qu'elle nous ait surpris.

— Et toi Ethan, saumon ou fromage ?

Si je pensais que ce baiser était passé inaperçu, je crois qu'il n'a pas tort. Mais je me demande pourquoi il passe du coq-à-l'âne d'un seul coup alors que ne me suis toujours pas remise de ce qu'il vient de me dire. Il continue :

— Mais elle n'a rien dit et tu sais pourquoi ?

— Non.

— Parce qu'à mon avis, elle savait. Elle savait que nous deux, c'était inévitable.

Soudain, je repense au matin où je lui ai laissé mon journal. Cette même demande qu'il m'a faite alors que tout ce que j'avais en tête était qu'il sache ce qui s'était passé durant son absence.

Il se racle la gorge et reprend :

— Tu te souviens, la première fois que tu m'as laissé te toucher dans la clairière ?

Je hoche la tête et souris à ce souvenir.

— Je voulais faire les choses correctement, continue-t-il. Ne pas te brusquer. Tu avais si peur. Mais tu m'as dit oui et j'ai pris mon temps, si tu savais combien j'ai pris mon temps ce jour-là pour ne pas que ça s'arrête.

— Et tu as été un gentleman. Tu as été parfait Ethan. Je n'avais pas peur, j'étais totalement terrifiée. Mais tu m'as prouvé que je pouvais avoir confiance. Je crois que ce jour-là, j'ai vraiment réalisé combien je t'avais attendu.

Il se met à sourire et pose une main sur ma nuque en caressant ma joue de son pouce. Il l'observe, comme captivé par son geste. Je me sens un peu plus détendue sans que pour autant mon cœur ne ralentisse sa cadence.

— Je t'aime tellement Livie que certains jours… ça en est douloureux.

Je reste muette, car je sais de quoi il parle. Aimer peut-être aussi douloureux que la plus belle chose qui puisse vous arriver.

— Mais, je suis prêt à supporter cette torture toute ma vie si c'est pour passer chaque jour à tes côtés. Livie… ma vie n'a aucun sens sans toi. Je n'ai jamais voulu que toi. Je n'en ai jamais compris la raison et si tu savais combien je m'en tape. Tu fais battre mon cœur, me donne l'impression d'avoir passé ma vie à te chercher et le jour où je t'ai trouvée… où j'ai enfin posé les yeux sur toi, ma vie a commencé. Il me suffit de te voir sourire ou de t'entendre rire pour me confirmer que tu m'étais destinée. Alors Livie, s'il te plaît…

Sa main s'enfonce dans sa poche et il ouvre le petit écrin devant moi.

— Je veux que tu deviennes ma femme. Je veux me réveiller chaque jour avec toi dans mes bras. Je veux t'entendre rire jusqu'à mon dernier souffle. Je ne veux que toi. Et je te promets que rien ni personne ne pourra changer quoi que ce soit à ce que j'éprouve pour toi. Tu fais partie de moi. Tatouée dans mon cœur, gravée dans mon âme, tu t'es infiltrée en moi. Je suis à toi depuis que j'ai aperçu la petite fille dans ce jardin derrière sa maman. Aujourd'hui, fais de moi un homme heureux Livie, et sois mienne.

Ça y est, je crois que j'ai arrêté de respirer. Quand mes yeux rencontrent la bague qu'il tient toujours dans sa main, je souris.

— Elle est magnifique

Je relève les yeux vers lui. J'ai tellement envie de lui crier oui. Tellement envie. Il doit pourtant percevoir mon hésitation, car il ajoute :

— Tu ne peux pas te baser sur eux, Livie. Ne fais pas tes choix par rapport à lui. Tu lui donnerais bien trop d'importance. La question que tu dois te poser est : est-ce que tu souhaites faire ta vie avec moi ?

— Bien sûr Ethan. Bien sûr que j'ai envie de faire ma vie avec toi.

— Tu vois, c'est juste ça. Rien de plus compliqué. Ferme cette porte, Livie. Laisse ça derrière toi. Pense à toi. À nous. Rien d'autre.

Ses mots font leur chemin. Il resserre sa prise en ajoutant :

— On le fera à notre façon. J'ai toujours détesté le style princesse. On pourrait faire ça ici, d'une manière très simple. Quelque chose qui nous ressemble. Tu peux même porter un sac poubelle en guise de robe, je t'épouse quand même.

Cette fois, j'éclate de rire. Et lui dit :

— On le fera sous les étoiles ?

— Comme si ça pouvait en être autrement, me répond-il simplement.

Je ris, je ris en regardant cet homme que j'aime au plus profond de moi. Ma vie a eu sa dose d'épreuves, mais Ethan a toujours été là, donnant à cette vie une lumière éblouissante, m'aidant à voir ce que la vie avait de meilleur. Il arrive à donner à ma vie une vision différente de tout ce que j'avais envisagé. Je hoche la tête, un peu nerveuse, et il écarquille les yeux en demandant :

— C'était un oui ?

Je prends une grande inspiration et lui réponds timidement :

— Oui.

Il éclate de rire, me soulève et me renverse sur le dos avant de plonger ses yeux dans les miens.

— Je te promets Livie qu'on va avoir une belle vie. Je ne laisserai rien se mettre entre nous. Tu es ma vie, tu es...

Quand il ferme les yeux, je le sens submergé par l'émotion et mes yeux s'humidifient face à cet homme représentant toute ma vie.

— Tu es en moi, conclut-il en m'entourant de ses bras pour me serrer contre lui.

Je ferme les yeux à mon tour pour le serrer au plus près de moi. Me fondre en lui et ne plus jamais en repartir.

— Je t'aime Ethan. Je ne voulais pas te blesser la dernière fois. J'avais peur pour...

— Je sais m'interrompt-il. Je n'ai pas choisi le bon moment.

— Tu ne pouvais pas savoir.

Il sourit et essuie une larme qui s'est échappée. Puis, il se redresse d'un coup en me tendant la main.

— Lève-toi.

J'obtempère et il se met à regarder autour de lui.

— Merde.

Quand je le vois se baisser et attraper la bague avant de la brandir comme un trophée, je me dis qu'il n'y a qu'Ethan pour me faire une demande comme celle-ci. Et elle est parfaite. Absolument, indéniablement parfaite. Il s'avance vers moi et me prend la main en disant :

— Ne compte pas sur moi pour le genou à terre. Tu t'es foutue de moi la dernière fois.

Je me mords la lèvre un peu honteuse, ce qui le fait rire. Il passe la bague à mon doigt tout doucement. Elle est absolument sublime. Une bague en or blanc, deux étoiles filantes s'entrelaçant assorties de petits diamants. Une bague à notre image. Il amène ma main à sa bouche, et dépose ses lèvres sur la bague les yeux rivés aux miens. Je suis incapable de dire le moindre mot et puis d'un seul coup, il lève son visage vers le ciel et crie ses mains en porte-voix :

— SAM ! ELLE M'A DIT OUI !

Chapitre 24

Ethan

Avec cette chaleur, la plage est une vraie bénédiction. En sortant de l'eau, j'ébouriffe mes cheveux quand Greg me fait un signe de menton.

— Regarde-moi ça.

Un peu plus loin, deux filles nous reluquent sans se cacher. Je pouffe de rire et jette un œil à Greg.

— Je prends la blonde me lance-t-il en avançant vers elles.

Et c'est parti. Nous approchons et elles nous accueillent, disons... chaleureusement. Ses derniers temps, j'essaie de plus en plus d'oublier Livie. Parce que ça ne se fera jamais et que je tiens à la vie. Livie a 15 ans et moi 18. Alors d'une, elle est bien trop jeune et de deux, Greg m'immolerait vivant. Donc je l'oublie à coup de filles qui ne m'ont pas apporté jusqu'ici ce que je recherche. Je veux qu'elle sorte de ma tête. Je ne veux plus imaginer son corps sous moi. Je ne veux plus me branler en pensant à elle. Je veux simplement... arrêter de sentir mon cœur bondir lorsque je ne fais que l'apercevoir.

Et puis ça commence à devenir dangereux. L'autre jour, j'étais tellement pris à discuter avec Samantha que je suis resté après le départ de Greg. Il part chaque dimanche à 17 heures pour rejoindre la fac et je n'ai pas vu le danger. Une fois fini, je suis monté voir Livie pour lui dire au revoir. C'est une vraie casanière, elle passe beaucoup de temps dans sa chambre et arrivé à sa porte, celle-ci était entrouverte. J'étais sur le point de frapper quand je l'ai vue. Elle était en train de se changer. Mes yeux n'ont pas pu s'empêcher de parcourir son corps. Elle était de dos avec une simple culotte et ma queue a durci en moins d'une seconde. Juste à la vue de ses courbes magnifiques. Mon cœur s'est mis à battre tellement vite que je me suis demandé s'il allait tenir le coup.

Et je suis resté là, à l'observer attraper quelque chose dans son placard. Quand elle s'est penchée pour enfiler son pantalon de pyjama, la vue de ce cul m'a achevé. J'ai fait demi-tour, je suis rentré dans la salle de bain et j'ai tourné le verrou. J'ai posé mes mains à plat sur le lavabo et, le souffle court, je me suis observé dans la glace en me disant que je ne pouvais me laisser emporter comme ça. Et si Greg m'avait surpris ? Ou Sam, ou Franck ? J'ai essayé de me calmer, mais impossible. Ma queue pulsait et j'ai réalisé que si je redescendais comme ça…. Alors, j'ai fait la seule chose qu'il fallait faire. J'ai ouvert mon jean, attrapé ma queue et j'ai fermé les yeux. Le visage de Livie m'est apparu. Pendant que je me caressais, j'ai redessiné dans ma tête chaque courbe de son corps. J'ai même imaginé ses seins. Je me suis vu les lécher, je me suis vu les mordiller jusqu'à la faire jouir. Je suis sûr que voir Livie jouir doit être un spectacle exceptionnel. J'ai accéléré le rythme en imaginant ma langue descendre sur son corps avant de lui écarter les jambes. Je me demande quel goût à Livie. Je suis sûr qu'elle est délicieuse. Quand je me suis vu la pénétrer, ça a été la fin. J'ai joui, répandant mon sperme dans ma main avant de sentir toute la tension disparaitre. Lorsque je me suis rendu compte de ce que je venais de faire, je me suis dit que j'étais un véritable crétin.

— Ethan ?

En entendant la voix de Livie de l'autre côté de la porte, j'ai sursauté.

— Oui, juste une minute.

Je me suis dépêché de nettoyer toute preuve de ce que je venais de faire avant de me rhabiller correctement. En ouvrant, celle-ci m'a souri en me disant :

— J'ai cru que tu étais parti sans me dire au revoir.

J'ai respiré de nouveau en voyant qu'elle avait revêtu un petit pyjama trop ample qui casserait toute tentative de pouvoir observer son corps.

— Je suis déjà parti sans te dire au revoir, Liv ?

Elle a ri doucement en secouant la tête.

— Non, je...

Un silence s'est installé. Il aurait pu être gênant pourtant, on s'est contenté de se regarder avant de se mettre à rire ensemble.

— Je dois y aller, j'avais juste une envie pressante.

Elle s'est mise à rougir et j'ai pouffé de rire.

Mon Dieu, si tu savais ce que je viens de faire douce Livie.

— Bon, on se voit le weekend prochain ?

Elle a hoché la tête en répondant :

— Oui, enfin… si tu veux passer cette semaine… ça me ferait plaisir.

Je ne pouvais pas lui dire que je ne m'en sentirais pas capable. Je venais déjà de jouer avec le feu et je ne tenais pas à me bruler.

— Je suis pas mal occupé en semaine.

Elle a baissé la tête, déçue. Je sais qu'elle se rend bien compte que depuis que Greg est à la fac je ne viens plus la voir, mais je ne peux pas lui en expliquer la raison.

— D'accord, ce n'est pas grave.

Et puis je suis parti.

Alors quand j'embrasse cette fille à même la plage, c'est Livie que j'imagine se presser contre moi. Ma queue répond instantanément et je recule afin de lui proposer d'aller faire un tour dans ma voiture. Mais quelque chose attire mon attention et je lève les yeux. Mon cœur se brise en mille morceaux lorsque je vois Livie au loin nous observer. Elle ne bouge pas et j'imagine facilement que voir son frère à côté de moi, sa langue enfoncée dans la bouche de cette blonde doit lui avoir coupé toute envie de nous rejoindre. Pourtant tout ce qui me semble réel à cet instant c'est que ma main est posée sur le corps d'une autre alors que je n'ai qu'une envie, c'est de courir vers elle pour lui avouer tout ce que je ressens pour elle. Que chaque instant, c'est à elle que je pense. Que chaque fille que je baise, c'est pour arriver à l'oublier. Mais je ne peux pas. Alors qu'elle continue à nous observer, je reporte mon attention sur… Je ne sais même plus son nom et je plaque ma bouche sur la sienne de manière douloureuse. Pour oublier Livie. Pour la chasser de moi alors que je me demande si j'en serai un jour capable.

Chapitre 25

Livie

Tout est prêt. La chambre du bébé n'attend plus que sa venue et elle est vraiment magnifique. Nous avons réinstallé tout le mobilier comme l'avaient fait Greg et Ethan dans mon ancien appartement et il est difficile d'imaginer qu'il y a encore quelques jours, c'était une chambre noire. Mon portable sonne l'arrivée d'un message au moment où Ethan passe ses bras autour de moi pour voir les derniers arrangements opérés.

— Je suis impatient. Ma femme, mon bébé. Ma vie est parfaite.

Ses mots me transforment en chamallow fondu et je souris, ne pouvant faire autrement.

— Parfaite, je lui réponds.

Il se détache de moi et je sors mon portable de ma poche pour voir qui est l'instigateur du message. Quand je vois le nom de Joey, je suis plus que surprise.

Ça fait plusieurs mois que je ne me rends plus aux réunions. Ce n'est pas bien, je ne l'ai même pas prévenu, mais depuis toute cette histoire avec Will et mon frère... Disons que j'avais d'autres priorités.

Il me demande s'il est possible de se voir. C'est étrange. Nous ne nous sommes jamais vus en dehors des réunions alors je me contente d'accepter en lui disant que je suis désolée de ne pas être venue depuis si longtemps. Il répond simplement que nous pourrons en parler à notre rendez-vous. Ma curiosité est attisée, mais je vais devoir attendre quelques heures pour en savoir plus.

En début d'après-midi, je pars rendre une petite visite à Hayden. Je tiens à m'assurer qu'il ne boude pas dans son coin depuis que j'ai un peu forcé les choses avec Connor. Mais je connais assez bien Hayden pour savoir qu'il était trop fier pour admettre ses torts. Alors j'ai employé Jenny pour m'aider à le faire venir de gré ou de force au pseudo combat que j'avais organisé.

Quand j'y repense, cela me fait sourire. Je crois que je vais remettre ça quand j'aurais accouché et prouver à mon frère que je ne suis plus une fleur fragile. Je suis à peu près sûre qu'il n'oserait jamais se défendre contre moi, je pourrais me venger de toutes ces années de blagues, ce qui ne serait que justice.

Quand j'entre dans le refuge, j'entends des voix provenir de la cour du côté du hangar. Je passe la porte vitrée et me fige en voyant Connor et Hayden flirter de manière.... appuyée.

— Oh purée !

Je fais demi-tour pour disparaitre le plus loin possible d'ici quand j'entends :

— Liv ?

Merde. Je me retourne et lance un salut d'une main plutôt gênée. Voir Connor plaquer Hayden contre un mur de la même façon qu'Ethan l'a fait de nombreuses fois avec moi est une image qui risque de ne pas s'effacer de sitôt. Connor se recule et s'adosse au mur à côté d'Hayden en croisant les bras.

— Elle va s'évanouir, lui dit-il.

Hayden pouffe de rire en lui répondant :

— Non, je crois qu'elle est simplement déçue que je ne sois pas encore à poil.

Je lève les yeux au ciel et me décide à avancer vers eux.

— Ah, ah, très drôle… Je te ferai remarquer que j'en ai plus vu que je ne voudrais de toi Hayden.

Connor me toise en disant :

— Je dois être jaloux ?

Je secoue la tête en répondant :

— La dernière fois, il a dit que mes seins étaient l'œuvre du diable donc… non je ne crois pas.

Connor éclate de rire en se tournant vers Hayden.

— Tu lui as sorti ça ?

Hayden hausse les épaules en grimaçant alors que ses yeux se posent sur ma poitrine. Je croise les bras, il n'est pas obligé de prendre un air si dégouté !

— J'ai horreur de ces machins, je ne pige pas Ethan, qu'est-ce qu'il trouve sexy là-dedans ?

— Bon, on peut changer de sujet, là ? je demande.

Je n'étais pas vraiment venue pour parler de mes seins et j'ai envie de lui arracher les yeux en le voyant grimacer en les observant. Connor regarde sa montre en disant :

— De toute façon, je dois y aller.

Il se tourne vers Hayden et ne se prive pas pour l'embrasser d'une façon qui devrait être classée

« interdite au moins de 18 ans ». Je détourne les yeux, mais ne peux m'empêcher de sourire en me disant que c'est grâce à moi.

Connor me fait une bise sur la joue pour me dire au revoir et me murmure discrètement à l'oreille.

— Merci.

Je lui réponds d'un sourire et il part sous le regard d'Hayden qui expire bruyamment en l'observant franchir la porte. Je pouffe de rire et en m'entendant il reporte son attention vers moi en fronçant les sourcils.

— Quoi ?

Malgré son ton sec, je hausse les épaules sans faire disparaitre mon sourire satisfait.

— Rien.

Ses lèvres s'étirent doucement et il ajoute :

— T'es contente de toi, hein ?

— Bah, un peu quand même.

Il lève les yeux au ciel et passe un bras sur mes épaules en reprenant le chemin de l'accueil.

— Qu'est-ce que je vais faire de toi ? T'es une vraie plaie.

— Une plaie dont tu ne pourrais plus te passer. Avoue-le.

Il prend place sur un siège derrière le comptoir en souriant. Son silence me suffit amplement. Je m'installe et lui dit en me penchant vers lui :

— Alors, on dirait que j'avais raison de mettre mon grain de sel, non ?

Il se penche vers moi et répond :

— Et alors ? Qu'est-ce que tu veux que je te dise ? Que je crie ton nom à chaque fois que je le baise pour prouver ma reconnaissance éternelle ?

Cette fois, c'est moi qui prends un air dégouté et me laisse tomber contre le dossier de mon fauteuil.

— Tu es dégoutant.

Il éclate de rire avant de reprendre son calme en me regardant. C'est comme s'il était incapable d'arrêter de sourire.

— Merci.

Eh bien, ces deux-là me doivent une fière chandelle !

Je passe une petite heure au refuge et décide de passer voir Jess avant mon rendez-vous avec Joey. Je me rends donc à la galerie,étant donné qu'elle s'est installée à l'étage le temps de prendre ses marques dans notre ville.

Je suis vraiment heureuse qu'elle nous ait rejoints. Jess a fait partie des personnes importantes pour moi à Cover-Road. Des personnes que je pouvais compter sur les doigts d'une main.

Bien sûr, j'ai pris sur moi pour que tout fonctionne. Je leur en ai voulu d'avoir partagé… une certaine intimité, pour ne pas appeler les choses autrement. Mais en même temps, c'est mon départ qui a causé ma perte. Exiger qu'Ethan ne continue pas sa vie aurait été purement injuste, voire égoïste de ma part. Les choses ont été posées. Ethan a toute ma confiance et je doute que Jess puisse s'immiscer entre nous aujourd'hui. En tout cas, j'espère ne pas me tromper. On m'a souvent reproché de faire trop confiance aux gens. Jenny, assez régulièrement.

La vérité, c'est que lorsque vous avez cohabité avec le mal en personne et que vous vous retrouvez isolé du reste du monde, vous vous sentez vite perdu. Je ne fais pas partie des personnes qui ont des dizaines et des dizaines d'amis. Je les choisis méticuleusement et, quand je donne ma confiance, je le fais vraiment. Une confiance que j'ai accordée à tort à Cédric. Je m'en mords les doigts aujourd'hui et je vais devoir me montrer plus prudente dorénavant.

Quand j'entre dans la galerie, Ethan est dans la grande salle, le nez plongé dans des papiers posés sur le comptoir. Je m'approche et passe mes mains autour de lui. Il sursaute et se retourne, les yeux écarquillés. Je me renfrogne aussitôt et croise les bras :

— Tu t'attendais à qui ?

Il me saisit la nuque et plaque ses lèvres contre les miennes. Il essaie sans doute de me faire oublier, mais je lui mords la lèvre pour lui faire comprendre que c'est loin de me plaire. Il se recule en grimaçant et pose un doigt sur sa lèvre.

— Tu m'as mordu !

— Et toi tu as couché avec Jess, c'est une vengeance plutôt légère.

— Dois-je te rappeler que c'est toi qui as tenu à ce que je la réengage ?

— Je vous fais confiance, mais quand je vois comment tu viens de réagir, je me suis peut-être trompée.

Il souffle avant de s'avancer d'un pas vers moi et me prend la main.

— Et comme tu as pu t'en rendre compte, je ne la laisserais pas faire si elle s'imaginait...

— Je ne m'imagine rien du tout ! nous interrompt Jess en faisant son entrée.

Je me tourne vers elle, toujours prise par l'amertume de la réaction d'Ethan, clairement visible sur mon visage. Elle pouffe de rire en me disant :

— Si c'était pour me faire la tronche que tu m'as fait venir, tu aurais pu le dire avant.

— Excuse-moi d'avoir encore quelques réserves Jess, je lui dis d'un ton sarcastique.

— Arrête tes conneries, Liv. Ton mec est un produit périmé.

Toute la rancœur s'évapore et j'éclate de rire alors qu'Ethan s'insurge :

— Je suis quoi ?

— Un produit périmé. Je suis passée à autre chose mon chou, va falloir t'y faire.

— Je t'en donnerais du produit périmé, marmonne-t-il entre ses dents.

Jess m'offre un clin d'œil et me fait signe de la suivre. Elle aura réussi à me convaincre, on verra bien ce que la suite donnera. Elle prend la direction de l'étage et je la suis en lui demandant :

— Alors, bien installée ?

— Ouais… ça fera l'affaire en attendant.

Arrivées à l'étage, je découvre son espace composé d'un simple matelas posé au sol avec tout un tas de bazar disséminé ici et là. Un joyeux bazar à son image. Elle se laisse tomber dans un gros pouf qui pourrait la manger entièrement et me dit :

— Je crois que ton mec me déteste.

Elle me fait un signe de main vers son fourbi pour me faire comprendre le fond de sa pensée. Je m'assieds sur le bord du matelas en répondant :

— S'il te détestait vraiment, tu ne serais pas là Jess.

Elle me fait une mine sceptique en répondant :

— Si tu le dis. Mais il refuse de m'augmenter, t'as vu les prix des appartements à New York ?

— Oui, j'y vis Jess, je connais parfaitement.

Elle a l'air dépitée et se relève avec beaucoup de mal de son pouf avant de venir s'assoir à côté de moi. Quand ses yeux se posent sur ma bague, elle écarquille les yeux en me prenant la main :

— Oh putain, c'est pas vrai !

J'éclate de rire et elle lève les yeux vers moi.

— Est-ce que c'est ce que je crois ?

Je hoche la tête en me sentant rougir. C'est encore tout nouveau pour moi et jamais je n'aurais imaginé qu'une chose pareille m'arriverait.

— Oui, il...

Je n'ai pas le temps de finir ma phrase. Elle se met à hurler tellement fort que mes oreilles sifflent. Tout New York a dû l'entendre d'ailleurs, car Ethan crie d'en bas :

— Jess ! Si tu tiens à rester, arrête de me casser les oreilles !

Elle se rue vers les escaliers et je me lève pour tenter de la suivre. Sauf que mon état de baleine échouée commence sérieusement à me poser quelques problèmes techniques. Quand j'y arrive enfin, j'aperçois Ethan éclater de rire devant une Jess montée sur ressort.

— Et je te préviens, c'est moi la demoiselle d'honneur. Je vais lui faire un enterrement de vie jeune fille avec tout le tralala !

Jess est exaspérante. Elle a tendance à tout s'approprier sans prendre en compte les personnes autour d'elle.

— Qui t'a dit que tu seras invitée? lui répond simplement Ethan.

Jess se fige et le pointe d'un doigt vengeur :

— Oh joue pas avec moi, tu ne m'as jamais vue en colère. T'as pas intérêt à me faire un coup pareil.

Je les observe se chamailler jusqu'à ce que Jess finisse par abandonner. Quand nous rejoignons l'étage, Jess s'extasie pendant un temps interminable sur ma bague. Nous avions prévu une petite soirée à la maison pour l'annoncer, mais je n'ai pas eu le cœur de l'enlever. Elle se met à soupirer et me demande :

— C'est comment de représenter autant pour une seule personne ?

Sa question m'interpelle. Jess n'est pas vraiment du genre à chercher le grand amour. Ou alors elle s'y prend très mal.

— C'est dur à expliquer, je lui réponds sans trop savoir que dire.

Elle se tourne vers moi et me dit :

— Je veux savoir, comment tu sais que c'est lui, le bon ?

Donc elle est vraiment sérieuse. Je réfléchis un moment à la question avant de répondre :

— Je ne sais pas vraiment comment on le sait. Ça vient tout seul. Ethan… il est arrivé comme ça. Jamais je n'aurais imaginé qu'il puisse me voir de cette façon et pourtant, il me rend tellement heureuse, Jess.

Elle se met à sourire. Je retrouve dans ce regard la Jess de Cover-Road. Celle qui a été là pour m'aider à supporter ma survie dans la ville de mon enfer personnel.

— L'amour, je continue, c'est quand tu rencontres une personne qui comble tous ces petits détails de la vie qui te paraissaient vides. Et ce jour-là Jess, tu te rends compte qu'enfin ta vie est belle. Ta vie prend enfin un sens. Cet homme, il devient alors l'histoire de ta vie.

Son sourire s'agrandit et elle me répond :

— J'ai toujours su que t'étais dingue de lui

— C'est plus que ça Jess. Il m'embrase totalement, mais dans le bon sens, tu vois.

Quand je la vois sourire de plus belle et regarder au-dessus de mon épaule, je me retourne pour découvrir Ethan sur le pas de la porte. Son sourire en coin traduisant qu'il a dû entendre notre conversation. Jess se lève en disant :

— Bon, j'ai du boulot.

Elle nous laisse, et je me lève, me rappelant que j'ai un rendez-vous qui m'attend. Ethan s'avance d'un pas vers moi et pose une main sur ma joue en disant :

— L'histoire de ta vie, hein ?

Je ris à cette évocation. Lorsqu'Ethan a voulu savoir ce que je m'étais fait tatouer après notre jogging alors qu'il venait de me retrouver, je craignais sa réaction s'il savait que j'avais fait tatouer son prénom. Je lui ai donc simplement dit ces mots. L'histoire de ma vie. Cela ne pouvait être plus vrai.

— L'histoire de ma vie, je lui confirme.

*

Quand j'arrive à notre rendez-vous, Joey est déjà installé et me fait un signe de main pour le rejoindre. Joey, que j'ai rencontré grâce à nos réunions, est un homme calme et toujours agréable. Ce qui l'aide beaucoup dans son travail. Il a ouvert cette petite association pour aider des victimes de viol et, même si j'étais très réfractaire, j'ai découvert un homme toujours à l'écoute et qui ne vous pousse pas dans vos retranchements. C'est à lui que j'ai réussi à me confier avant d'oser en parler en public. Le fait que ce soit un homme m'a beaucoup rebutée au début, mais il inspire une confiance qu'il est impossible d'ignorer. Ses cheveux en bataille et sa barbe de quelques jours sont plutôt étonnants. Cela lui enlève cet air sérieux et je trouve que ça lui va bien. Il a la petite trentaine et quand je m'installe face à lui, son sourire me met tout de suite à l'aise malgré cette rencontre peu formelle.

— Bonjour, Joey, je suis désolée, ça fait un petit moment que je ne suis pas venue.

Il secoue la tête en levant sa main.

— Ne t'inquiète pas. Je suis content pour toi, alors c'est prévu pour quand ? demande-t-il en faisant un signe sur mon ventre.

Je souris en posant ma main dessus.

— Quelques semaines encore. Mais le plus vite sera le mieux, je n'en peux plus de ressembler à une boule géante.

Il rit doucement au moment où la serveuse vient prendre notre commande. Joey commande un café noir et pour ma part, je me contenterai d'une limonade. Quand elle s'éloigne, son sourire a disparu. Il me scrute avec insistance ce qui me fait me demander ce qui se passe.

— Je voulais te voir, commence-t-il, parce que j'ai un service à te demander.

D'accord, ça expliquerait pourquoi nous nous retrouvons ici.

— Bien sûr, dis-moi tout.

Il baisse les yeux sur ses mains croisées sur la table, avant de les relever. Lui, toujours si confiant, est mal à l'aise. De plus en plus bizarre. Il finit par se redresser et après quelques minutes d'hésitation finit par dire :

— J'ai rencontré quelqu'un.

Ok, encore plus bizarre.

— Euh... je suis contente pour toi.

Il pouffe de rire en répondant :

— Je ne suis pas fou Livie, si je t'en parle... c'est parce que je l'ai rencontrée à une des réunions.

— Oh...

Même si je ne vois pas en quoi cela me concerne, je commence à me dire que le fait que je fasse partie de ses réunions ne doit pas y être pour rien. La serveuse revient posant nos consommations devant nous. Je la remercie avant qu'elle ne s'éloigne, nous retrouvant de nouveau seuls.

— Je t'ai demandé de venir, reprend-il, car Émilie... Émilie est venue aux réunions, pas pour elle, mais pour sa fille.

Je me fige. Je n'entends presque plus l'ambiance joyeuse de la salle en comprenant soudain ce qu'il est en train de me dire. Je me racle la gorge, anxieuse. J'essaie de laisser cette partie derrière moi, mais il m'est impossible d'oublier. Parfois, je peux encore entendre le grincement de la poignée de porte le soir avant de me coucher. Comme si je m'attendais à le voir surgir sur le seuil, même si je sais que c'est impossible. C'est une chose d'assister aux réunions, mais là-bas, je suis face à des adultes qui tentent tout comme moi de tourner la page sur cet épisode de leurs vies. Je me redresse, inspire, expire, pour reprendre mon calme.

— Quel âge ? je demande d'une voix blanche que je ne reconnais pas.

Son regard plein de tristesse me transperce. Il sait que je n'avais que 5 ans pour ma part et que j'ai dû affronter durant 12 ans cette torture. Jusqu'au jour où, à mes 17 ans, j'ai décidé de mettre un terme à tout ça en mettant le plus de distance possible avec mon père.

— Elle avait 6 ans quand ça a commencé.

Voilà donc. Je sens mes yeux me brûler. L'idée même que je ne sois pas la seule à avoir vécu cet enfer me foudroie.

— Elle en a 12 aujourd'hui.

Ma respiration s'accélère, je ferme les yeux essayant de chasser les images. La voix de mon père résonne dans ma tête comme s'il était dans ce petit café avec nous à me chuchoter à l'oreille.

— Sois gentille, Princesse. Papa t'aime très fort et toi, tu aimes ton papa ?

Je rouvre les yeux alors que Joey est devenu très silencieux. Il se contente de m'observer sans dire un mot.

— Son père ? je finis par demander.

Il hoche doucement la tête. J'essaie de me reprendre, tout ça est derrière moi. Papa est à Cover-Road et Jess m'a assuré qu'il continue sa vie sans aucun changement. Il ne sait pas où je me trouve et il n'a aucun moyen de l'apprendre comme me l'a certifié Greg. Ma main se pose sur mon ventre et Petit pied y répond instantanément. Comme s'il me rappelait que je n'ai rien à craindre. Pourtant, la crainte qu'il puisse apprendre pour le bébé me terrorise. S'il a mal réagi pour Ethan, je n'ose imaginer la fureur qui le gagnera s'il apprend que je suis enceinte d'Ethan. Je relève les yeux et demande :

— Pourquoi tu me dis tout ça, Joey ?

— Émilie s'inquiète beaucoup pour sa fille. Elle se renferme de plus en plus. Elle n'arrive plus à communiquer avec elle. Elle est venue aux réunions en pensant rencontrer quelqu'un qui aurait vécu la même chose pour l'aider à renouer avec elle.

— Et tu...

— Non, me coupe-t-il. Je ne lui ai pas parlé de toi. Mais je suis venu pour t'en parler afin de savoir si tu te sentirais capable de la rencontrer.

Je reste stoïque, ne voulant pas lui montrer à quel point cette idée me terrorise. Me retrouver face à une version de moi quelques années auparavant.

— Et son père, il est où ?

— Il a été arrêté, il va purger 3 ans me dit-il le regard soudain ombrageux.

Le rire nerveux qui m'échappe est peut-être déplacé, mais cela n'a pas l'air d'offenser l'homme devant moi. Il doit parfaitement comprendre ce que cela m'inspire. 3 ans. Voilà ce que mon père aurait pris pour avoir brisé ma vie tout entière. Je pensais pourtant être capable un jour de l'affronter. À cet instant, je comprends que ça serait courir à ma perte.

Chapitre 26

Ethan

Je suis dans ma chambre noire depuis que Livie est partie quand on frappe à la porte. Je n'ai pas réussi à vraiment me concentrer depuis que j'ai entendu sa conversation avec Jess. Dire que je suis touché est un euphémisme. Livie n'est pas du genre à faire de longs discours, mais quand elle en fait, ça vient toujours du fond de son cœur. Un cœur dont je vais prendre le plus grand soin. Entre ce que je viens d'entendre et ce qu'elle m'a dit quand je lui ai offert la bague, je dois bien avouer que c'est difficile de ne pas sourire. Ses mots sont emplis de sincérité et le fait qu'elle puisse me voir moi, comme je suis vraiment, me touche tout autant.

— Tu peux rentrer, Jess.

Elle passe la tête et, en voyant que j'ai fini, elle entre avec un petit sourire en coin.

— Alors comme ça t'as peur que je te saute dessus ?

Je laisse échapper un soupir. J'ai mal réagi lorsque Livie est arrivée tout à l'heure. Je m'en veux de lui avoir fait croire une telle chose.

— Je veux simplement m'assurer que ça n'arrivera plus, Jess. Si tu fais la moindre remarque ou le moindre geste qui pourrait mettre Livie ou même moi mal à l'aise, tu peux faire une croix sur notre collaboration.

Elle soupire avant de répondre :

— Est-ce qu'un jour tu me feras confiance ?

Je ne réponds pas. Parce que je n'en ai pas la moindre idée. Elle s'avance vers moi et me dit :

— Je savais que tu te vengeais et oui, j'en ai profité. Comment je pouvais savoir qu'elle finirait par réapparaitre ?

— Et à aucun moment tu n'as jugé utile de me le dire ?

C'est vrai quoi, jamais je n'ai pensé que Livie avait parlé de notre relation à quelqu'un alors qu'elle voulait si fort garder notre secret. Mais avec ce que je sais aujourd'hui, je me rends compte que si elle s'est confiée à Jess, c'est qu'elle tient beaucoup à elle. Je vais donc devoir faire des efforts.

Jess hausse les épaules en regardant ailleurs.

— De toute façon, même si je n'étais pas au courant, ça aurait été facile de le deviner.

Elle me regarde à nouveau en disant :

— Deux fois, Ethan. À deux reprises tu m'as appelée par son prénom pendant qu'on le faisait.

J'écarquille les yeux. J'ai vraiment fait ça ? Elle pouffe de rire en ajoutant :

— T'étais bourré. Je me doutais que tu ne t'en souvenais pas.

Ok, là je me sens mal. Ce n'est vraiment pas sympa de ma part.

— Désolé, je tente comme piètre excuse.

— Écoute, je sais que toi et Greg vous me détestez depuis que j'ai fait la rencontre de Livie. Je m'en contrefichais à l'époque et quand Livie est partie… Bah, ça a changé beaucoup de choses. Pas seulement pour votre petit clan.

— Je ne te détestais pas, je tente d'essayer de me rattraper.

— Mais bien sûr. Tu veux qu'on aille demander à Livie ce qu'elle en pense ?

— Ok, je ne pouvais pas te saquer. T'es contente ?

Elle hoche la tête avec un petit sourire en coin et croise les bras.

— Maintenant, je veux savoir pourquoi.

Putain. Voilà pourquoi Jess me saoule à longueur de journée. On sort de la chambre noire avant de prendre place sur le sofa à l'étage. Bon autant être honnête avec elle et laisser ça derrière nous si on veut que ça marche.

— J'avais peur que tu l'entraines dans tes conneries.

— Quelles conneries ?

— Tu veux une liste ? T'as été embarquée par les flics t'avais quoi, 17 ans ? Tu couchais avec tous les types que tu croisais et je suis au courant pour le petit trafic de ta mère.

Elle écarquille les yeux et reste figée quelques secondes avant d'éclater de rire.

— Tu trouves vraiment ça drôle ? je la questionne.

— Ouais. Un peu tout de même. Alors, pour te répondre, je me suis fait embarquer par les flics parce que j'avais un peu trop bu à une soirée, rien de dramatique.

Comment je pouvais savoir que les voisins de Billy appelleraient les flics ? Bon à mon avis, c'est cette loi sur l'alcool avant nos 21 ans qui craint. Ensuite, avec qui je couche ne t'a jamais dérangé alors me foutre ça dans la tronche c'est bas, et je te rappelle que t'étais pas franchement un modèle non plus. Tu croyais quoi ? Que j'allais la dévergonder ta Livie ?

— P'têtre bien, je lui réponds.

Elle lève les yeux au ciel.

— Putain, va falloir qu'elle m'explique ce qu'elle te trouve...

Elle se met alors à froncer les sourcils en disant :

— Mais d'où t'es au courant que ma mère...

Putain. Pourquoi je lui ai sorti ça ? Judith a un petit penchant pour les herbes aromatiques. Je l'ai découvert la fois où nous avons fini dans son lit. Mais ça, impossible de le dire à Jess. Je tiens à mes couilles. Je me lève précipitamment en disant :

— C'est Livie qui me l'a dit.

Je n'attends pas mon reste et sort de la galerie avant de remonter à notre appartement. Une fois arrivé, je m'adosse à la porte.

— Je suis mort.

En entendant la porte s'ouvrir quelques minutes plus tard, je suis encore nerveux, mais c'est Livie. Elle revient de son rendez-vous avec Joey, je ne pensais pas qu'elle reviendrait aussi vite. En voyant son visage blafard, mon sourire disparait instantanément.

Elle regarde autour d'elle sans poser les yeux sur moi alors que je me demande ce qui a bien pu se passer pour la mettre dans cet état.

— 3 ans, finit-elle par dire en s'arrêtant à côté de moi.

Livie, mon énigme ambulante. Souvent, parler ne suffit pas alors je me contente de l'étudier. Ses épaules sont crispées et quand elle passe une mèche derrière son oreille, je peux voir ses mains trembler légèrement.

— 3 ans, je finis par répéter, ne sachant pas ce que cela signifie.

Elle se tourne vers moi.

— C'est ce que mon père aurait pris si je l'avais dénoncé. 3 ans. Donc, à l'heure où je te parle, il serait libre.

Je me fige en comprenant ce qu'elle me dit.

— De quoi tu parles, ma puce, je tente pour en savoir plus.

Je lui attrape la main, ce simple contact est réconfortant et j'espère que cela l'encouragera à m'en dire davantage.

Nous avons fait beaucoup de chemin, je sais qu'elle se confie plus facilement à moi et j'essaie de toujours me montrer le plus doux possible avec elle quand elle ressent le besoin de me parler de ses démons. Ce n'est pas une chose facile, mais je me dois d'être le plus à l'écoute possible pour lui permettre de continuer à avancer. Elle fixe nos mains jointes, avant de relever ses yeux vers les miens.

— Je voulais qu'on aille faire un tour, tu es occupé ?

— Non, on peut y aller, je lui réponds.

Elle hoche la tête et j'attrape ma veste et mes clés avant de sortir. Une fois dehors, je la vois observer ma moto au loin. Je crois que ça lui manque. Autant que ça me manque de ne pas sentir son corps pressé contre le mien lors de nos virées. Je pose une main au creux de ses reins en lui murmurant à l'oreille :

— J'ai hâte que tu aies accouché, pour t'emmener refaire un tour.

Elle tourne le visage vers moi, m'offrant un sourire qui réchauffe mon cœur.

— Ça me manque.

J'en étais sûr.

— Moi aussi, je lui réponds.

Elle se met à rire doucement, et on prend le chemin pour rejoindre la voiture. Une fois les mains sur le volant, je lui demande :

— Où tu veux aller ?

— Le parc de la Freedom Tower.

Je l'observe, indécis sur la réponse à lui donner, mais finis par hocher la tête en mettant le moteur en route. La dernière fois que nous y sommes allés, c'était pour rendre hommage à Samantha, le jour anniversaire de son accident. Et après avoir entendu ce qu'elle vient de me dire, je me doute qu'elle se raccroche à cet endroit pour pouvoir se rapprocher un peu de sa mère. Elles étaient si proches. Je crois qu'aujourd'hui, elle s'en veut de ne rien avoir dit et surtout après ce que son père lui a avoué. Cet accident, qui n'en était pas vraiment un.

Lorsque nous arrivons, le soleil commence à se coucher, je sors de la voiture et me tourne vers Livie qui claque sa portière. Elle me sourit et fait le tour de la voiture en me prenant la main.

— Merci Ethan, j'ai juste besoin…

Elle ne finit pas sa phrase, je pose ma main sur sa joue et répond :

— Je sais.

Parfois, les discours ne sont pas utiles. En cet instant, elle a juste besoin de sentir que je suis là, et c'est ce que je m'efforce de faire au maximum. On s'enfonce dans le parc et on s'arrête au milieu d'une vaste étendue d'herbe. Elle s'installe en tailleur en face de moi et je l'observe, attendant qu'elle m'explique ce qui s'est passé. Ses yeux sont rivés sur nos mains, tandis que je caresse de mon pouce le dos de celles-ci. Ma patience a toujours été mon point fort avec elle et encore une fois, je lui accorde le temps qu'elle a besoin pour s'ouvrir à moi. Au bout de longues minutes, elle finit par relever la tête et soupire un instant en fermant les yeux avant de les rouvrir.

— Joey a fait la connaissance d'une femme aux réunions. Elle a une fille. Une fille qu'il aimerait que je rencontre. Il pense que je suis la mieux placée pour l'aider.

Je ne dis rien, pas la peine de lui demander pourquoi, je commence à comprendre.

— Elle avait 6 ans, continue-t-elle. Elle a mis 5 ans à parler et quand elle l'a fait, sa mère l'a écoutée et il y a eu un procès. Il a pris 3 ans.

Sa voix se casse et elle porte la main à sa bouche en essayant de retenir un sanglot. Je me rapproche d'elle et la ramène contre moi. Les yeux clos, je ferme les yeux en enfouissant mon visage dans son cou. C'est la raison pour laquelle, j'ai toujours été patient. Non seulement cela s'avérerait difficile, mais en plus que se passerait-il quand il sortirait ?

— Tu te rends compte Ethan ? 3 ans. Je me suis toujours demandé si j'avais fait le bon choix en partant, mais 3 ans... Il aurait fait sa peine aujourd'hui alors que je ne sais même pas encore si, un jour, j'arriverai à laisser tout ça derrière moi.

Je resserre mes bras autour d'elle et dépose un baiser dans son cou.

— Je le déteste tellement Ethan, si tu savais combien je le déteste.

Aucun mot ne me vient alors que tout son corps tremble. Ses doigts agrippent mes bras et ses ongles s'enfoncent dans ma peau me rappelant combien tout ça la ronge encore aujourd'hui. Je me redresse, attrape son visage dans mes mains et lui dis :

— Tu as fait le bon choix, Livie.

Ressasser les évènements ne l'aidera pas. Pas la peine de remuer le couteau dans la plaie. Bien sûr, j'aurais aimé qu'elle m'en parle, mais elle est partie pour survivre. Elle n'a pas abandonné, elle a simplement décidé de vivre. Alors oui, en un sens, elle a pris la seule décision qui s'imposait, dont elle avait la force. Elle chasse ses larmes de ses joues.

— Excuse-moi, je m'étais promis de ne pas pleurer, mais...

— Ce n'est pas grave, Livie.

Elle soupire, ferme les yeux et laisse tomber sa tête contre mon torse tandis que je parcours son cou de baisers, tout ce que je peux lui apporter à cet instant. Ma main toujours sur son ventre, comme si j'étais aimanté, je caresse le tissu de son tee-shirt de mon pouce, me rappelant qu'un jour nous y arriverons. Un jour, tout ceci ne viendra plus hanter nos souvenirs. J'en suis persuadé même si j'ai parfaitement conscience que ça ne sera pas pour demain.

— Tout est une question de volonté, dit-elle, toujours les yeux clos. C'est ce qu'il me disait. Il disait que si j'aimais assez Greg, je trouverais la volonté de l'épargner.

Ma mâchoire se crispe. Savoir qu'il la menaçait de cette façon est toujours difficile à entendre.

— À mes yeux, il ne pourra jamais payer assez pour ce qu'il t'a fait. Ce qu'il vous a fait.

Le silence s'étend. Autour de nous, les rires des personnes venues passer un moment agréable, en cette fin de journée, fusent alors que je me sens comme dans une bulle avec Livie. Notre bulle.

— Je veux le voir souffrir autant qu'il m'a fait souffrir. Est-ce que ça fait de moi quelqu'un de mauvais ?

Elle m'interroge du regard. Même si je me suis efforcé de lui faire comprendre à maintes reprises qu'elle ne tenait pas de lui, je crois qu'il y a toujours cette crainte en elle.

— Non, je lui réponds. Ça fait de toi quelqu'un d'humain. Il t'a fait tant souffrir, Livie. Je me sens si impuissant. Si je pouvais trouver le moyen de te faire oublier tout ce passé douloureux pour te laisser simplement les moments heureux, je le ferais.

Elle sourit doucement en posant une main sur ma joue.

— Comment fais-tu ? Tu trouves toujours les mots.

Je pose un baiser sur sa main et caresse la bague qui ne l'a pas quittée depuis hier soir.

— Ça a toujours été facile avec toi.

Ses joues rosissent légèrement. Puis, elle retrouve mine sérieuse en demandant :

— Tu crois que je devrais voir cette petite fille ? me demande-t-elle. J'ai dit à Joey que j'avais besoin de réfléchir.

— C'est un choix qui t'appartient, Livie. Ce n'est pas à moi de te dire ce que tu dois faire. Si tu penses en être capable alors, fais-le. Si tu penses que ça serait trop dur pour toi, alors refuse. Je ne te jugerai jamais.

Elle tourne la tête vers moi en souriant et je dépose un baiser sur ses lèvres.

— Je t'aime, me dit-elle.

— Je t'aime, je lui réponds.

Chapitre 27

Ethan

Livie est encore secouée par son rendez-vous avec Joey. Je tente comme je le peux de lui changer les idées pour lui redonner un peu le sourire, tout en finissant de préparer le diner. Nous avons décidé d'annoncer nos fiançailles à nos amis ce soir et j'espère que cela l'aidera à retrouver sa bonne humeur. Ça sera aussi l'occasion de renouer avec son frère. Ils ne se sont pas reparlé depuis leur dispute au restaurant. Le problème, c'est que Greg est buté et, pour lui, présenter des excuses relève d'un vrai défi. Je le sais, j'ai assisté à ça toute mon enfance à Cover-Road. Greg a un égo surdimensionné et, même s'il sait qu'il a tort, il est difficile pour lui de l'admettre.

Quand nos premiers invités arrivent, je suis ravi de voir Hayden accompagné de Connor. Il me serre la main avant de poser une main sur mon épaule.

— Ethan, je sais que tu rêves toutes les nuits de mon corps dans le tien, mais il va falloir que tu t'y fasses. Nous deux, c'est fini.

Ça faisait longtemps. Je soupire en répondant :

— Je ne suis pas sûr de pouvoir m'en remettre.

Il pose une main sur son cœur pendant que Livie et Connor nous regardent en riant.

— Je sais. Mais sache que je ne t'oublierai jamais.

Je jette un coup d'œil à Connor qui secoue la tête en levant les yeux au ciel.

— T'inquiète pas Ethan, je te le prêterai dès qu'il me tapera trop fort sur le système.

Hayden se tourne vers lui en répondant :

— C'est pas sur ton système que je vais taper trop fort ce soir.

— Hayden ! s'exclame Livie en portant une main sur sa bouche, retenant son rire et une autre sur son ventre.

Hayden la regarde avant de baisser les yeux vers son ventre et lui dit :

— Quoi ? J'arrive encore à te choquer ou t'as peur que ton baleineau ne nous entende ?

Je lui administre une belle claque derrière la tête qui le pousse en avant et lui dis :

— Traite encore mon fils de baleineau et Connor va devoir te trouver un remplaçant.

Il lève les mains, admettant sa défaite et Livie secoue la tête en disant :

— Et je ne suis pas une baleine. Je suis enceinte, je compte bien me remettre au sport dès que j'aurai accouché.

Connor lui offre un sourire en répondant :

— Je dois admettre que c'est un peu ennuyeux sans toi.

Livie pose sa main sur le bras de Connor et se penche vers Hayden :

— Ça fait 2 ans qu'il me fait des avances, il te l'a dit ?

On éclate tous de rire et Livie invite nos invités à prendre place dans le salon. Je pars chercher dans la cuisine les amuse-gueules préparés un peu plus tôt et les pose sur la table avant de m'assoir à côté de ma future femme. J'ai hâte d'annoncer la nouvelle et je reste plutôt silencieux en écoutant Livie et nos deux convives discuter. Jenny, Greg et Killian finissent par arriver. Jenny s'excuse du retard et je lui réponds que ce n'est pas grave quand on frappe de nouveau à la porte. Quand je vois Jess à la porte, je me demande si c'est Livie qui l'a invitée. Elle me fusille du regard les sourcils froncés.

— Je vais te tuer.

Je la pousse dans le couloir et referme la porte derrière moi.

— Je n'ai rien fait.

Pourvu que Livie n'apprenne pas ça, bordel !

— Tu t'es fait ma mère !

— Elle m'a sauté dessus ! je tente de me défendre.

C'est véridique. Bon elle n'a pas eu à me supplier non plus, mais si elle ne m'avait pas fait d'avances, jamais je n'aurais fait un truc pareil.

— Oh pauvre chou ! Et elle t'a forcé à sortir ta bite ou tu l'as fait tout seul comme un grand ?

Et merde. Je me frotte le visage.

— Écoute Jess, je suis désolé, d'accord ? J'étais passé pour te rapporter des papiers pour la galerie et elle m'a invité à boire un verre. Je pensais que c'était pour t'attendre et là elle a commencé à…

Bon, les détails ne sont peut-être pas utiles.

— Et tu n'as pas dit non !

— Je n'étais pas en état de dire non ! je réponds, irrité à ce souvenir.

Elle fronce les sourcils et je finis par lui avouer :

— Elle m'a offert des brownies.

Ça me fait mal de l'admettre. Moi qui jure haut et fort que je n'y toucherai jamais, voilà qu'une mère de famille a réussi à me droguer à mon insu.

Jess écarquille les yeux avant de pouffer de rire :

— Attends… t'es en train de me dire que ma mère t'a fait manger ses brownies magiques avant de…

— Ouais, c'est bon, ce n'est pas aussi drôle que ça en a l'air.

Jess est béate et finit par lâcher :

— Merde, ma mère est pire que moi !

Jess a fini par passer l'éponge à mon grand soulagement. J'espère qu'elle ne dira rien à Livie tout de même et je laisse cette mésaventure loin de mes pensées.

Une fois tout le monde bien installé et les verres bien remplis, je décide de me lancer. Je me lève en prenant la main de Livie et annonce :

— Je vous ai invité ce soir parce que… pour vous dire que moi et Livie…

— Vous allez avoir un bébé, on est au courant, lance Killian d'un air hautain.

Ce gosse ne me facilitera pas la tâche. Jenny le réprimande gentiment, mais il l'ignore totalement. Moi, j'ai appris avec le temps qu'il ne m'appréciera jamais et me contente d'ignorer ses piques. Je suppose que même si j'ai souvent envie de lui envoyer un bon coup de pied au cul, je suis celui qui doit agir en adulte.

— En effet, on va avoir un bébé. Merci Killian, mais il y a autre chose.

Jess qui a déjà appris la nouvelle quelques heures plus tôt regarde Livie avec un sourire sincère. Je serre la main de Livie dans la mienne un peu plus fort. Mon cœur s'accélère et je lâche :

— J'ai demandé à Livie de m'épouser.

Et là, je jure que j'ai juste envie de foutre un coup de boule à chaque personne de cette pièce en les voyant tous se retourner vers Greg en pouffant de rire. D'accord, il m'avait provoqué avec ça et j'ai mal réagi, mais merde, ils ne vont quand même pas gâcher mon plaisir ! Greg sourit en coin en répondant :

— La question est, est-ce que cette fois elle t'a dit oui ?

Je tourne mon visage vers Livie qui a rougi exagérément en regardant son frère. Son petit air timide et innocent fait entrevoir en elle quelque chose qui me fait rire. On dirait une petite fille qui n'ose pas avouer une bêtise. Elle le regarde avec tendresse, car je sais que l'avis de son frère compte énormément. Même s'ils n'ont pas reparlé de leur dispute, je crois qu'elle l'a complètement oubliée à cet instant. Quand elle hoche la tête, Greg se lève. Il s'avance vers elle et penche son visage vers le sien. Livie est tellement immobile que je me demande si elle respire encore. Ils se fixent l'un l'autre sans prononcer un mot, ce même sourire sur les lèvres.

— Tu es heureuse ? lui demande-t-il après un temps interminable.

Je me rends soudainement compte du silence de la pièce. Tout le monde les observe sûrement surpris de leur réaction. Si moi j'ai assisté au lien qui unit Livie et son frère, je pense que pour les personnes présentes, cela vient de leur sauter au visage. Elle hoche la tête en répondant :

— Je le suis.

Greg sourit de plus belle et la prend dans ses bras. Il la serre contre lui et je me recule pour leur laisser ce moment. Les yeux clos, j'entends Greg lui chuchoter à l'oreille.

— Pardon, petit lapin. Pardon pour tout ce que je t'ai dit. Et aussi pour ne pas être revenu m'excuser. Je suis content pour toi, maman serait tellement heureuse de te voir comme ça.

Quand il s'écarte, Livie laisse échapper quelques larmes. Elle les essuie rapidement en répondant :

— Ce qui la rendrait heureuse, c'est de savoir que malgré toutes ces années, on s'est retrouvé tous les trois.

Il sourit de plus belle et tourne son visage vers moi.

— Ça, c'est certain.

Mon cœur se gonfle. Samantha est partie depuis si longtemps, pourtant je crois qu'elle ne nous quittera jamais tout à fait. Sa personnalité s'étant imprégnée dans chacun de nous. Jamais nous ne pourrons l'oublier. Chaque jour qui passe, elle ne quitte jamais nos pensées. Greg lève la main vers moi et me dit :

— Mon frère.

Si Greg a eu beaucoup de mal à m'accepter quand j'ai débarqué dans cette famille comme un cheveu sur la soupe, c'est une chose qui est bien derrière nous. La vie met parfois sur votre chemin des êtres qui rendent votre vie plus belle. Livie a été ce qui m'a donné envie d'avancer et de devenir meilleur. Mais Greg n'en reste pas moins, une des personnes qui compte le plus dans ma vie.

— Mon frère, je lui réponds.

L'envie de le prendre dans mes bras me surprend, mais je me retiens. Je suis à peu près sûr que si je fais ça, il me foutrait la branlée du siècle.

— Putain arrêtez, vous allez me faire chialer, intervient Hayden.

Greg se tourne et les fusille du regard un par un.

— Vous attendez quoi pour les féliciter ?

Ça finit de réveiller tout ce petit monde et ils se lèvent tous, nous félicitant avec entrain. J'ai l'impression de planer sous ce flot de compliments, et quand je vois Killian qui est resté à l'écart la mine triste, je m'approche de lui.

— Tu sais que tu n'avais aucune chance ?

Il me fusille du regard et je lui dis :

— Un jour, tu rencontreras une fille Killian. Une qui changera ta vie. Ce jour-là, ne la laisse jamais partir.

— Je ne suis pas amoureux d'elle, répond-il.

— Dans ce cas, va lui dire que tu es content pour elle. Je crois qu'elle apprécierait vraiment que tu le lui dises. Je ne te demande pas de m'apprécier, mais tu comptes beaucoup pour Livie. Montre-lui que tu es un homme et arrête de faire ton enfant gâté.

Il quitte Livie des yeux en m'offrant un sourire hautain.

— Tu l'épouses parce que tu l'as mise enceinte ?

Je ris et lui réponds :

— Qu'est-ce que je dois faire pour que tu arrêtes de me détester ?

— Tu peux toujours courir. Je devrais peut-être t'expliquer comment utiliser une capote. T'as l'air d'un crétin qui a besoin d'un cours.

Putain. Il va me rendre complètement chèvre. Bon, au moins, on ne pourra pas dire que je n'ai pas essayé. Je le laisse bouder dans son coin. Je ne vais pas gâcher notre soirée pour ce morveux, incapable de voir les choses en face. Jenny m'interpelle avant que je ne rejoigne tout le monde agglutiné autour de Livie et me dit :

— Alors, Las Vegas ?

J'éclate de rire en répondant :

— Même pas en rêve.

— Ravie de l'entendre, dit-elle en mimant un soulagement immense.

Je dois dire que Jenny m'a été d'une grande aide. Je ne savais pas comment refaire ma demande à Livie dans les formes. J'ai fouillé le net pendant des heures en essayant de trouver la demande parfaite et j'étais plutôt désespéré. Et puis, j'en ai parlé à Jenny. Comme d'habitude, elle a su trouver les mots. Elle m'a dit d'arrêter de me prendre la tête et de réfléchir. De trouver quelque chose qui rappellerait à Livie le lien qui nous unissait. Évidemment, j'ai tout de suite pensé à la clairière et à partir de là, tout s'est mis en place naturellement.

Un son strident nous fait grimacer en même temps quand la voix de Jess s'élève dans la pièce :

— Comment ça, je ne suis pas ta demoiselle d'honneur !

Jenny souffle en disant :

— Par contre, Ethan, si je peux me permettre, Jess je l'appréciais beaucoup plus quand elle était loin de New York.

— Moi aussi pour être honnête, je lui avoue. Mais elle est efficace au boulot et Livie m'a fait comprendre qu'elle appréciait cette idée.

— Livie fait trop confiance aux gens. Tu lui fais confiance, toi ?

Je tourne mon visage vers Jenny comprenant qu'elle pense à Franck.

— Je ne sais pas vraiment, mais si elle avait dit quelque chose, Franck aurait déjà débarqué à mon avis.

J'espère simplement ne pas me tromper et que l'arrivée de Jess ne nous apportera pas de problèmes.

Chapitre 28

Greg

Je sirote mon verre tranquillement au bord de la piscine quand Ethan me rejoint. Il prend place sur le transat à côté du mien, une bière entre les mains.

— Tout le monde est parti.

Je dois dire que, quand il m'a dit qu'il organisait une petite soirée, je ne m'attendais pas à cette annonce. Je me doutais qu'il referait sa demande à Livie. J'avais bien vu combien le fait qu'elle ait refusé la première fois l'avait blessé, mais je pensais que ça prendrait un peu plus de temps.

— Je crois que je me suis planté d'immeuble. La piscine à l'étage, ça en jette.

Il se met à rire en répondant :

— Laisse-moi deviner, tu as soudoyé un vieillard pour avoir un appart avec vue sur le nôtre ?

Bon, je ne suis pas vraiment fier de ça, mais s'il arrive à en rire je suppose que je peux le faire également.

— Raté. Tu n'imagines pas combien c'est facile de corrompre un étudiant qui se saigne pour payer ses études.

Il boit une gorgée de sa bière en silence avant de laisser reposer sa tête, ses yeux rivés sur le plafond de verre.

— Je lui avais fait visiter pendant que t'étais reparti à Cover-Road. Je pensais qu'en te prouvant que c'était sérieux tu l'accepterais mieux.

— Loupé.

Il tourne la tête vers moi et je lui dis :

— Arrête de ressasser. Le seul de nous deux qui doit avoir des regrets c'est moi. C'est moi qui ai merdé sur toute la ligne. Pas la peine de passer ta vie à te reprocher chaque décision prise. C'est comme ça c'est tout.

Il sourit en coin avant de plonger son regard sur la piscine devant nous.

— Elle ne me tient pas par les couilles.

J'éclate de rire qu'il me ressorte ça et il me suit en me jetant un coup d'œil rapide.

— C'est juste... c'est flippant, tu vois. De se sentir aussi épris d'une personne au point de ne plus pouvoir envisager ta vie autrement qu'avec elle.

— Je te crois.

Il reste silencieux plusieurs minutes avant de dire.

— Sam me manque encore plus dans ce genre de moment.

Je ferme les yeux à cette pensée. La perte de ma mère a été une épreuve qu'aucun de nous ne pourra jamais effacer de sa mémoire.

— Je suis sûr qu'elle doit bien se marrer si elle nous voit.

Il rit doucement pendant que je finis mon verre et le pose à côté de moi lorsqu'il murmure dans un souffle :

— J'aurais dû lui répondre au saumon.

Je le regarde en me demandant si c'est un code que je ne suis pas sûr de comprendre, et il secoue la tête en disant :

— Laisse tomber.

Livie entre avant que je n'aie le temps de lui demander ce qu'il a voulu dire et elle jette sa serviette à la figure d'Ethan en disant :

— Un bain de minuit, ça dit quelqu'un ?

Ethan se met à rire en répondant :

— T'es trop habillée pour un bain de minuit ma puce, et vu que je tiens à mes couilles, j'éviterai d'aller plus loin devant ton frère.

Elle pouffe de rire alors que je secoue la tête en me retenant de lui répondre. Elle descend les escaliers et s'y assoit avec une mine soulagée.

— Ça ne va plus tarder maintenant. Alors, t'es prêt à devenir papa ? je lui demande.

— Putain non, je te jure, je suis sûr que je vais m'y prendre comme un manche.

Je ris et lui dis :

— T'es au courant que c'est un peu tard pour reculer ?

— Je compte un peu sur toi et Livie pour rattraper le coup en fait.

Je tourne mon visage vers lui en disant :

— Tu t'en sortiras très bien.

Il sourit et reporte son regard vers Livie.

— En tout cas, compte sur moi pour faire tout mon possible.

— T'en fais pas, tu ne peux faire pire que le mien.

Il tourne son visage vers moi brusquement et je me force à sourire en ayant envie de ravaler mes paroles.

Je me redresse et décide de changer de suite de sujet. Je m'assure que Livie est trop loin pour nous entendre et lui demande :

— Et en ce qui concerne Hayley et ton père ?

Livie ne m'en a pas reparlé, mais je la connais. Elle est incapable de laisser tomber, donc je ne crois pas me tromper en questionnant Ethan à ce sujet.

Il soupire, son sourire disparait et je vois l'anxiété prendre place.

— On en a parlé avec Livie. Je veux entendre ce qu'il a à dire. J'aviserai à ce moment-là.

Elle le tient par les couilles. Même s'il refuse de l'admettre. Si Livie a été la seule à arriver à le convaincre, c'est une preuve indéniable. J'ai passé assez de temps à essayer de le raisonner à Cover-Road et il n'a jamais accepté de m'écouter.

— J'ai envie de nager, il n'y en a pas un qui voudrait porter une baleine qui a peur de couler ?

Ethan se met à rire et se lève avant de soulever son tee-shirt.

— Le devoir m'appelle.

Il la rejoint rapidement et je les observe en riant. Maman serait fière de voir Livie aussi reconstruite après tout ce qu'elle a traversé. Quant à Ethan, je l'imagine facilement sourire simplement avec toute cette tendresse qui l'habitait quand elle le regardait. Elle adorait Ethan. Jamais je ne lui avouerai la vraie raison qui me faisait le détester au début, mais la vérité c'est que j'ai cru perdre le seul parent pour qui je comptais quand il a fait irruption dans nos vies. Mais ma mère n'a pas été très longue à comprendre et m'a fait le plus beau des discours. Je n'ai jamais compté pour mon père et je ne voulais pas perdre ma mère également. Elle m'a rassuré ce jour-là, exprimant tout l'amour qu'elle ressentait pour ses enfants. Pas que pour Livie. Mais pour moi également. Ma mère restera à mes yeux la plus belle personne que cette terre ait portée. Et Livie a hérité de cette prestance, cela me gonfle le cœur en voyant combien elle a hérité de sa personnalité si douce et compréhensive. Elle a toujours cru en moi, même dans les pires circonstances. Alors oui, je lui en ai fait baver quand nous étions jeunes, mais s'il y a une chose dont elle peut être sûre c'est que je l'aime et j'espère qu'un jour, elle pourra regarder tout ce qu'elle a traversé et sourire. Parce qu'aujourd'hui, ma sœur peut vraiment être fière de son parcours.

Chapitre 29

Greg

Ça fait vingt minutes que je les observe. J'ai beau avoir essayé de trouver n'importe quelle raison pour le virer de chez nous, voilà plusieurs semaines que ce connard fait comme s'il était chez lui. Livie s'est donnée comme mission de s'en faire un ami et je n'aime pas ça.

Ils sont tous les deux allongés dans l'herbe et s'amusent à trouver des formes dans les nuages. C'est débile comme jeu, il faut être demeuré pour jouer à ça. Il faut que je trouve une excuse, n'importe quoi pour l'éloigner de chez moi.

— Et celui-là, regarde on dirait une licorne.

Livie a le doigt levé comme si ça pouvait aider Ethan à voir une bestiole qui n'existe même pas. Il plisse les yeux en disant :

— Moi, j'aurais dit un cochon.

Elle éclate de rire. Lui aussi. Ils tournent leur regard l'un vers l'autre. Bon allez, il est temps que ça s'arrête. Je descends les marches de la terrasse, mais maman sort de je ne sais où en se plantant devant moi.

— Qu'est-ce que tu fais ?

Merde.

— Il n'a rien à faire chez nous.

— Greg, ils s'amusent, laisse-les tranquilles. Ou mieux, va t'amuser avec eux, Ethan n'est pas méchant tu pourrais t'en faire un ami.

— J'ai assez d'amis, je n'en ai pas besoin d'autre.

Elle souffle et se tourne vers Ethan et Livie qui continuent à rire en regardant le ciel.

— Et bien Livie, ne peut pas en dire autant. Elle a du mal à se faire des amis et ils s'entendent bien. Alors je veux que tu les laisses tranquilles.

Je leur jette un dernier coup d'œil avant de faire demi-tour. Non seulement, il s'approche de ma sœur, mais en plus, ma mère le préfère, lui. Elle veut peut-être que je parte ? Que je lui laisse ma chambre ? Hors de question.

Je rentre dans la maison et regarde autour de moi. Je sais ce qu'il me reste à faire. Je vérifie que Maman est trop occupée et, en la voyant accroupie devant un parterre de fleurs à jardiner, je passe à l'attaque. Je pars dans la chambre de mes parents. Papa ne va pas tarder à rentrer et maman, Ethan et Livie étant dans le jardin, je ne devrais pas me faire prendre. J'ouvre le tiroir où maman range ses bijoux et en prend une bonne poignée avant de les enfoncer dans ma poche, je vide le tiroir laissant ce qui me parait trop encombrant avant de me retourner. Je me fige. Maman est sur le seuil de la porte et m'observe.

— Tu veux un petit coup de main ? me demande-t-elle.

Je reste muet. Elle s'avance vers moi et me contourne avant de s'installer sur le bord du lit. Quand elle tapote la place à côté d'elle, je sais que je ne vais pas avoir le choix et obéit.

— Dis rien à papa, s'il te plait.

Elle se met à rire et me chuchote.

— Ça sera notre secret.

Je suis soulagé. Déjà que papa ne m'aime pas beaucoup, alors si en plus il apprend ça…

— Pourquoi tu n'aimes pas Ethan ? Il est gentil.

— Il veut me piquer ma sœur.

Et ma mère. Et ma famille.

Maman se met à rire doucement en relevant sa manche et me montre l'intérieur de son bras. Sa tache de naissance. Je souris et tends mon bras pour le poser à côté du sien.

— On est pareil, je lui dis avec une certaine fierté.

C'est ridicule de porter autant d'importance pour ce petit détail, mais moi, je trouve que ça me donne l'impression de vraiment faire partie de cette famille. Elle hoche la tête et répond :

— Nous sommes pareils. Tu es mon fils, mon petit garçon.

Elle ébouriffe mes cheveux, mais je repousse son bras en râlant.

— Arrête, je suis pas un bébé !

Elle éclate de rire cette fois-ci et s'arrête en me regardant :

— Tu seras toujours mon bébé, Greg. Un grand bébé maintenant, mais je t'ai porté dans mon ventre. Tu seras toujours mon petit garçon que tu aies 5, 12, 20 ou 30 ans, tu es et resteras toujours mon petit garçon. Ethan ne changera rien à ça.

Je baisse les yeux sur mes pieds. J'ai honte maintenant, c'est malin.

— Tu l'aimes beaucoup, je lui réponds en balançant mes jambes.

— C'est vrai, mais ça n'a rien à voir avec toi. Toi, je t'aime. Tout court. La présence d'Ethan est le moyen d'aider un petit garçon qui, lui, n'a pas la chance d'avoir une belle famille comme la nôtre.

Je soupire. Quand je la regarde de nouveau, elle me dit :

— Fais un effort, s'il te plait. Et puis, qui sait, peut-être qu'il pourrait te surprendre. Vous pourriez devenir de très bons amis. Livie est triste Greg, est-ce que ça ne te fait pas un peu plaisir de la voir comme ça ?

— Si, mais…

— Pas de mais. Essaye de le connaitre, joue avec eux, je suis sûre que vous pourriez très bien vous entendre tous les trois.

Elle se lève et se tourne vers moi.

— Est-ce que mon petit garçon veut un gros câlin ?

Je me lève en comprenant qu'elle risque de me mettre la honte.

— C'est bon maman, j'ai compris.

Je repose les bijoux dans le tiroir avant de le refermer.

— Quoi ? Pas de câlin ? J'exige un câlin !

Quand je la vois s'approcher de moi, je cours vers la porte. Elle me poursuit et j'éclate de rire en dévalant les escaliers. Lorsque je me retrouve dehors, j'aperçois Ethan et Livie. Ils sont debout en train de regarder quelque chose au sol. Maman m'encourage du regard. Elle a raison, Ethan n'est pas comme moi et maman m'aime moi plus que lui. Ça me rassure et je m'avance vers eux. Lorsque je me rends compte de ce qu'il se passe, je souris. Je me précipite à l'intérieur et ouvre la boite sur le frigo avant de ressortir avec son contenu. Livie se tourne vers moi et me dit :

— Regarde toutes les fourmis, Greg.

Je m'avance vers eux et vois la ligne de petites ouvrières se rassembler dans un trou dans le sol.

— Tu veux voir un truc cool ? je demande à Ethan.

Il me regarde, l'air surpris et finit par dire :

— Euh... oui.

— Livie va chercher la pelle dans le garage.

— Pour quoi faire ?

— Allez, vas-y, tu verras.

Ce n'est qu'une excuse pour l'éloigner. Elle part et j'enfonce le pétard dans le trou.

— Elle ne va pas aimer cette blague, m'informe Ethan.

— Ouais, mais on va bien se marrer.

Je sors le briquet que j'ai piqué dans la cuisine quand Livie revient avec une petite pelle.

— Comme ça ?

Je me baisse sans lui répondre et allume la mèche. Lorsque Livie comprend, elle se précipite vers nous :

— Non, Greg !

Je me recule en l'attrapant par le bras pour l'empêcher d'y aller. Elle est tellement bête qu'elle serait capable d'essayer de sauver les bestioles. Le pétard explose et projette des touffes de terre et d'herbe partout autour de nous. J'éclate de rire, c'était encore mieux que ce que je croyais. Livie se met à pleurer et entre dans la maison en appelant maman. Je me tourne vers Ethan et lui demande :

— Alors, c'était pas trop cool ?

Ethan sourit, mais se pince les lèvres en regardant vers la maison. Quand il me regarde de nouveau, il dit :

— Trop cool…

Chapitre 30

Livie

— Tu es sûr de toi ?

Ethan hoche la tête en s'installant sur le grand fauteuil. Il a l'air bien décidé et je dois dire que son attention me touche.

— Je n'ai jamais été plus sûr de toute ma vie.

Bon, s'il veut vraiment le faire, je peux peut-être m'amuser un peu.

— Ça va faire mal.

Il hausse un sourcil narquois comme si ce que je venais de dire était ridicule.

— Les aiguilles sont énormes.

— Arrête Liv, me dit-il en me prenant la main. J'en ai vraiment envie. Je veux t'avoir sur ma peau, rien ne me fera reculer.

Bon, très bien. Quand Jared entre dans la salle, pourtant, Ethan a un mouvement de recul. Je pouffe de rire en lui disant :

— Ne t'inquiète pas, Jared est un gros nounours.

Celui-ci prend un tabouret et s'installe à côté d'Ethan en riant.

— Un gros nounours ?

— Oui, tu sais les oursons en guimauve ? T'es mon gros ourson en guimauve.

Il éclate de rire. Jared est le frère de Fred. Il vient de temps en temps au bar et il semble très proche de mon patron. C'est d'ailleurs le seul qui arrive à lui arracher un sourire sincère et sans même parler. Lorsque j'ai fait sa connaissance, j'avais juste envie de partir en courant. Imaginez : 1,90 mètre de muscles, des tatouages sur tout le corps – enfin, ce que j'en ai vu - et le regard du type qui veut vous écraser comme une mouche parce que vous avez trébuché et renversé son verre. Sur lui, évidemment. C'était mon deuxième jour et je n'avais jamais servi de ma vie. Ce jour-là, j'ai prié pour qu'une invasion extraterrestre m'emporte. Et puis il a éclaté de rire en disant que ma tête devrait être immortalisée tellement elle était comique. Après ça, nous avons sympathisé et je suis toujours ravie de discuter avec lui quand il vient rendre visite à son frère.

— Je ne suis à personne chérie, me répond-il.

— Et moi, je ne suis pas ta chérie, je réplique.

— Bon, heu, si vous voulez que je vous laisse, dites-le tout de suite, je ne voudrais pas déranger.

Jared pouffe de rire en me disant sans prêter attention à Ethan :

— Il est du genre grognon ?

— Tu n'as même pas idée, une vraie tête de lard.

Ethan grogne et je lui demande :

— Alors ça fait quoi de se sentir complètement transparent quand on parle de toi comme si tu n'étais pas là ?

Il me regarde l'air bougon quelques secondes avant de répondre :

— C'est bon, j'ai compris le message.

Un sur deux, c'est déjà ça.

Je reste silencieuse en observant l'encre s'incruster peu à peu dans la peau de mon homme. J'ai le cœur serré et Ethan me regarde en souriant. L'émotion qui m'étreint ne lui a pas échappé. Il a choisi un emplacement plein de sens. Son cœur. Et sur ce cœur, mon prénom s'affiche avec élégance sous une pluie d'étoiles. Chaque jour qui passe me fait l'aimer un peu plus et aujourd'hui, je réalise une nouvelle fois combien je ne pourrai plus jamais me passer de lui. Une fois terminée, j'admire cette œuvre magnifique et lui dit :

— J'ai envie de m'en refaire un.

— Avec plaisir, dès que t'auras accouché, me répond Jared en finissant de couvrir le tatouage d'Ethan.

Quand je le vois se réinstaller, et se tourner vers Ethan :

— Et le deuxième, tu le veux où ?

Le deuxième ? Je n'étais pas au courant qu'il en voulait deux ! Ethan tapote son épaule en disant

— Ici.

Jared se remet au travail et je demande à Ethan :

— C'est quoi ?

— Tu verras bien, me répond-il.

Il me faut une bonne dose de patience pour enfin distinguer de quoi il s'agit. C'est un ange. Un magnifique ange femme aux ailes immenses, tenant entre ses mains trois étoiles qu'elle regarde avec bienveillance. Cette fois, c'est trop pour moi et une larme m'échappe en comprenant que c'est un hommage à ma mère, les trois étoiles nous représentant parfaitement, Ethan, Greg et moi. Je me laisse guider vers la sortie complètement ailleurs et Ethan passe un bras sur mes épaules alors que nous marchons sur le trottoir.

— Je ne l'oublierai jamais.

Il dit ça, comme si c'était important que je le sache, mais il n'a pas besoin de me le dire.

— Elle serait fière de toi, Ethan. Tu te rends compte ? Tu vas exposer tes photos à New York, tu as réussi à faire de ta vie quelque chose de concret. Tout ça, tu ne le dois à personne, seulement à toi. Elle serait vraiment, vraiment très fière de toi.

Je me répète, mais je crois qu'il a besoin de l'entendre. Malgré le sourire qui étire ses lèvres, son regard reste triste. Il garde toujours en lui ce dont mon père l'a accusé lors de sa visite à Cover-Road. Lorsqu'il a dit qu'Ethan était responsable de l'accident de ma mère. Il est temps de lui changer les idées.

— J'ai vu les fesses d'Hayden.

Ethan se met à tousser bruyamment avant de se tourner vers moi :

— T'es malade de me sortir ça comme ça ?

Mission réussie.

— Tu ne me demandes même pas pourquoi ?

— Pourquoi ? me dit-il en me faisant un signe de main.

— Le tatouage. Je me demande s'il l'a fait enlever.

Ethan pouffe de rire en répondant :

— Si t'es si curieuse, tu devrais le demander à Connor.

— Ça serait un peu bizarre, non ?

Il pouffe de rire.

— Surtout que s'il l'apprend, tu peux être sûre qu'il te fera une démonstration.

Mon Dieu, pas ça ! Bon, ce n'est pas comme si je n'avais jamais vu son postérieur. Quand Hayden a un bon coup dans le nez, il est du genre à vouloir faire partager la vision de son bel âtre à l'assistance. J'ai vu plus de parties de l'anatomie d'Hayden que je le voudrais.

Soudain, Ethan s'arrête net. Je me demande ce qui lui prend alors qu'il fixe la devanture d'un coffee shop.

— Ethan ?

Il tourne son visage vers moi, avant de regarder derrière nous en direction du salon de tatouage.

— La vie est parfois cruelle.

— Pourquoi ? je lui demande en essayant de comprendre.

Il me fait un signe de main vers le café et me dit :

— Une des fois où je suis venu pour te chercher, j'ai atterri ici. J'essayais de montrer ta photo à qui voulait bien m'écouter, en espérant que quelqu'un te reconnaisse. Ce café-là, à deux pas de la boutique où tu t'es fait tatouer.

Cette fois, je regarde la petite boutique du café en comprenant le dilemme que ressent Ethan.

— J'ai fait toute cette rue, je m'en souviens. Mais pas le salon de tatouage. Je ne pensais pas que…

Je me tourne vers lui et pose une main sur sa joue.

— Hey, c'est du passé, tu m'as retrouvée, Ethan. C'est derrière nous tout ça.

Il se force à sourire en prenant ma main et y dépose un baiser.

— Je sais, mais j'aurais tellement voulu te retrouver avant.

Je ne sais plus quoi répondre et nous reprenons notre marche. Une fois dans la voiture, je regarde l'heure sur le tableau de bord. Mon ventre se crispe et je me demande si j'en serai vraiment capable.

— On peut faire un détour avant de rentrer ? je demande.

Ethan acquiesce. Quand je lui dis où je veux me rendre, il a l'air surpris, mais me sourit chaleureusement en posant une main sur ma cuisse en signe d'encouragement. Nous arrivons devant le gymnase où ont lieu les réunions du groupe de parole que j'ai bien trop délaissé ces derniers temps. Je crois que j'ai besoin d'un peu de courage et, quand Ethan me demande s'il peut m'accompagner, j'accepte. Je veux simplement parler à Joey, il n'aura pas à entendre ce que je confie ici. La réunion n'a pas encore commencé et quand Joey me voit entrer, il semble soulagé. Je m'approche de lui et mets directement les pieds dans le plat :

— D'accord. Je vais le faire.

Mon cœur bat à tout rompre. Joey hoche la tête en m'offrant un de ses sourires dont lui seul a le secret.

— Merci Livie. Pour être honnête, je ne pensais pas que tu accepterais.

— Moi non plus, je lui avoue.

Il se tourne vers les personnes déjà installées autour de la table et me désigne une femme assise. Elle fixe ses mains avec un air abattu. Je devine combien elle doit se sentir impuissante face à sa fille.

— C'est elle. Ça serait bien que tu participes aujourd'hui pour qu'elle t'entende.

— Je peux lui parler ? intervient Ethan.

Je me rends alors compte que j'étais si anxieuse que j'en ai complètement oublié les bonnes manières.

— Joey, je te présente Ethan. Ethan voici Joey.

Ils se saluent et Ethan ajoute :

— Je sais ce que ça fait de se retrouver face à une personne qui refuse catégoriquement de l'aide. Je pense qu'elle a besoin d'entendre certaines choses.

Même si c'est un véritable coup de massue, il n'a pas tort. Joey acquiesce.

— Oui, en effet, ça pourrait lui faire du bien. Après la réunion par contre, là on doit commencer.

Joey s'écarte pour prendre sa place alors que je réalise que si Ethan reste, il va devoir entendre ce que je vais annoncer à voix haute. Nous prenons place alors que je n'ose pas dire à Ethan de partir de peur de le froisser. Les récits défilent pendant que toute mon attention est dirigée sur cette femme. Qu'a-t-elle ressenti en apprenant la vérité ? Comment peut-on se remettre de cette épreuve après avoir compris que l'homme qui partageait votre vie s'en est pris à votre propre enfant ?

— Livie ?

Je reviens à moi en entendant Joey. Il m'encourage du regard et je me lève. Mes mains tremblent et, comme à chaque fois, je fixe la table devant moi, incapable d'affronter les regards. Mais je suis trop consciente de la présence d'Ethan à côté de moi et aucun son ne sort de ma bouche. Je ferme les yeux pour trouver la force et la nausée m'envahit. Et cette odeur. Son odeur. J'ai dû mal à respirer. Je sais que ce n'est pas uniquement à cause d'Ethan, mais cette femme réveille des choses en moi.

— Il s'appelle Franck.

Je rouvre les yeux instantanément et me tourne vers Ethan. Il me sourit une seconde avant de se pencher vers la table observant chaque personne présente tour à tour :

— À première vue, il est doux, gentil et le père qui frôle la perfection. La vérité, c'est que cet homme n'est rien d'autre à mes yeux qu'un rebut de l'humanité. Son père l'a violée pendant des années, et moi j'étais là. Je n'ai rien vu.

Il s'arrête et observe la femme avec insistance.

— Le jour où on l'apprend, cette vérité dévaste tout sur son passage. Vous vous haïssez, vous vous posez des centaines de questions, dont une tout en haut de la liste. Comment ai-je fait pour ne rien voir ?

La femme ferme les yeux et essuie une larme au coin de ses yeux.

— Mais ce n'est pas la bonne question. Elle reste et vous consume, vous réduisant en cendres si vous la laissez vous terrasser. La bonne question est : comment fait-elle pour sourire ? C'est là, la vraie question.

La femme regarde Ethan les yeux écarquillés alors que je suis complètement hypnotisée par ses paroles.

— La réponse est qu'elle sourit parce qu'elle est forte. Elle ne l'a pas laissé tout briser en elle si elle sourit, même si elle se force. Le temps est votre ami. Une sacrée dose de patience aussi, mais ne jamais, jamais baisser les bras.

Même si elle vous casse royalement les couilles certains jours, dit-il avec une pointe d'humour.

Malgré cette conversation solennelle, plusieurs personnes se mettent à rire discrètement. La femme qui était concentrée sur Ethan jusqu'ici tourne alors le regard sur moi.

— La vie peut être cruelle, mais si vous êtes là, c'est que vous avez décidé de vous battre, continue-t-il en regardant les autres personnes présentes cette fois-ci. Alors, laissez-moi vous dire une dernière chose : Bravo. Vous avez trouvé la force de ne pas sombrer, et je vous admire. Parce que jamais je ne pourrai imaginer ce que vous ressentez. Continuez, battez-vous, même si c'est difficile à concevoir, la vie n'est pas finie. Elle vous réserve même parfois de belles surprises.

Il s'arrête et me sourit. Quand tous les regards se posent sur mon ventre, je me sens bien plus exposée que je ne l'ai jamais été et m'assieds précipitamment. Joey regarde Ethan et émet un petit rire.

— Je crois qu'on essaye de me piquer ma place. Joli discours, Ethan.

Quand la réunion prend fin, je suis encore sous le choc. La femme discute avec Joey et je dis à Ethan :

— C'était... Bluffant !

Il pose sa main sur ma nuque et répond :

— Non, c'est toi qui es bluffante. Je n'ai dit que ce que je pensais. Tu auras toujours mon admiration pour t'être battue.

— Tu m'as beaucoup aidée aussi, sans toi...

Il secoue la tête.

— Non, tu y serais arrivée, avec un peu plus de temps peut-être, mais tu y serais arrivée. Tu avais ça en toi, Livie. Une rage de vivre qui t'a menée ici aujourd'hui. Elle serait fière de toi aussi, ma puce. Samantha serait tellement fière de toi. N'en doute jamais.

Chapitre 31

Livie

Ce soir, au travail, je suis d'excellente humeur. Ce qui n'échappe à personne. Hayley n'a pas mis longtemps à découvrir ma bague et s'est mise à hurler comme une folle dans tout le bar. Je crois qu'elle pourrait battre Jess. Non, impossible en fait. Jess m'a percé les tympans, voilà la vérité.

Leur collaboration avec Ethan se passe bien. Ni Ethan ni Jess ne m'ont donné de quoi douter et, même si je leur fais confiance, je ne me retiens jamais de leur faire une petite visite surprise. Juste comme ça. Non, aucune jalousie, une simple vérification. Mais le retour de Jess m'a fait plaisir et nous avons retrouvé nos petites habitudes. Ethan garde toujours son air bougon lorsque nous sortons, mais je crois que, même s'il ne veut pas l'admettre, il l'apprécie… à sa façon.

Hayley a donc mis tout le bar au courant sans que je ne puisse l'en empêcher. Je me suis contentée de rire en la voyant s'extasier de cette façon. Je ne comprends pas toutes ces filles qui hurlent pour un évènement qui ne les concerne même pas.

Andréa a semblé dubitative. Même si aujourd'hui elle a compris pourquoi Hayley avait eu des réserves envers Ethan, elle n'a que moyennement apprécié lorsque celui-ci s'en est pris à elle en comprenant qui elle était.

Peu importe, je sais qu'Ethan a un foutu caractère qui n'est pas toujours facile, mais il est aussi d'une bonté inégalée, une partie qu'il ne laisse pas entrevoir à beaucoup de monde. À vrai dire, il ne s'attache pas facilement, il garde toujours ses distances et il n'est pas facile de faire tomber ses barrières.

À l'heure de pause, je croise Amy dans la salle, seule. Si jusqu'ici je n'ai pas cherché à avoir une conversation avec elle à propos de ce que m'a dit Cédric, je crois que ce temps est révolu.

Elle est assise sur le grand fauteuil, son téléphone entre les mains.

Même si elle fait comme si elle ne m'avait pas remarquée, je sais qu'elle fait ça depuis notre altercation à propos de Will. Je m'arrête devant elle, debout, et elle se met à souffler en rangeant son portable dans sa poche. Ses yeux se lèvent vers moi et elle boit dans sa canette avec un air provocateur. Je croise les bras, je ne sais pas encore ce que je peux dire, mais autant lui faire comprendre tout de suite que rien n'a changé pour autant.

— Quoi ? finit-elle par cracher.

— Je croyais avoir été claire, Amy.

Elle hausse un sourcil et repose sa canette sur ses genoux.

— Tu peux être plus précise ?

Elle est maligne. Je dois faire attention à ce que je dis au risque de bien trop m'impliquer. Mais d'un autre côté, ce n'est pas en tournant autour du pot que j'obtiendrai des réponses.

— Il paraitrait que tu deviens bavarde.

Elle plisse les yeux. Si elle croit que je vais me faire avoir par son expression dubitative, elle se trompe.

— Ne te fous pas de moi, Amy, je sais que tu as parlé à Cédric. Il me l'a dit, et je n'ai pas aimé savoir que tu parlais à mon propos.

Elle écarquille les yeux, regarde en direction de la porte, avant de reporter son attention sur moi.

— C'est ce qu'il t'a dit ?

Ne te laisse pas avoir Livie. Elle semble étonnée, mais je sais qu'elle joue la comédie.

— Oui, tu ne pensais pas qu'il allait m'en parler, n'est-ce pas ?

Elle se lève d'un seul coup et se rue vers la porte avant de tourner le verrou. Qu'est-ce qu'elle fabrique ? Elle revient vers moi et lève les mains.

— Ok, je sais qu'on est loin d'être les meilleurs amies du monde, mais un conseil, garde tes distances avec lui.

J'ai bien envie de lui dire que c'est ce que je m'efforce de faire depuis que je l'ai raccompagné chez lui, mais je le garde pour moi. Quelque chose m'échappe. Je croyais qu'ils jouaient la comédie et qu'ils s'entendaient bien plus que ce qu'ils laissaient paraitre. Est-ce qu'elle se joue de moi ?

— Pourquoi me dis-tu ça ? Je vous ai vus parler l'autre jour dans les vestiaires. Je suis repartie en comprenant que j'allais déranger.

Elle se passe une main dans les cheveux en s'éloignant en direction de la table.

— Merde, merde, merde.

Bon, ok ! Là, un truc cloche. Je ne m'attendais pas du tout à ce genre de réaction, surtout venant de sa part. Elle se retourne vers moi et me dit :

— Je ne sais pas qui est ce type, mais si tu veux mon avis, il est plus que louche. Je sais que tu as toutes les raisons de ne pas me faire confiance, mais je te jure que tu devrais te méfier de lui. Il pose un tas de questions sur Will, et pas qu'à moi, Livie. Je ne lui ai rien dit, il est revenu à la charge, mais je l'ai envoyé chier et depuis je crois qu'il me suit.

— Quoi ?

Elle hoche la tête et continue :

— Will devait du fric à pas mal de monde, Livie. Je suis peut-être une garce, mais pas à ce point. Si des personnes savaient que tu en sais plus que les autres sur sa disparition, tu aurais déjà un pied dans ta tombe.

Ok. Donc la mort de Will est le cadet de mes soucis aujourd'hui. Je reste immobile, indécise quant à la façon de procéder. Elle avance d'un pas vers moi et me dit :

— Tu veux que je sois honnête avec toi ? Je me fous de ce qui est arrivé à Will.

Cette fois, je pouffe de rire et croise les bras.

— Mais bien sûr !

Elle secoue la tête.

— Tu ne sais rien de moi, Livie.

— Toi non plus, je réplique.

Nous nous regardons quelques minutes avant que je lui rappelle.

— Tu travaillais avec lui, c'est toi qui me l'as présenté. Ne me prends pas pour plus bête que je ne suis.

Elle lève les yeux au ciel en disant :

— Ok, je me faisais du fric et je ne pouvais pas me permettre de cracher dessus, mais ce mec était une véritable ordure. Je ne veux pas savoir pourquoi tu refuses de dire où il est et, à mon avis, je n'ai pas envie de savoir, mais... j'ai d'autres priorités aujourd'hui...

Son ton est hésitant et c'est là que je m'en rends compte. Sa mine fatiguée, ses cernes d'une taille impressionnante, ses mains tremblantes.

— Est-ce que... est-ce que tu en prends toujours ? je lui demande en fixant ses mains trembler.

Elle détourne les yeux en répondant :

— Qu'est-ce que ça peut te faire ?

Je réalise que moi, dans mon malheur, j'ai eu beaucoup de chance, je n'ai pas eu à vivre un sevrage difficile vu que celui-ci s'est fait durant mon coma. J'avais essayé d'arrêter à plusieurs reprises avant l'arrivée d'Ethan et n'y étais jamais parvenue. Mais je sais qu'Amy prenait des drogues qui n'avaient rien à voir avec mes petites pilules, non, c'était bien pire.

Je m'avance d'un pas vers elle et lui dit :

— Amy, est-ce que... est-ce que tu aurais besoin d'un peu d'aide ?

Elle me fusille du regard et me bouscule à l'épaule avant de se précipiter vers la porte.

— Arrête ton numéro, ce n'est pas parce que je t'ai parlé qu'on est soudain devenues copines. Oublie-moi, ça m'allait bien jusqu'ici.

Je la regarde partir. Elle a raison, je ne pense pas qu'un jour, nous arriverons à nous entendre réellement, mais une chose qu'elle a dite est criante de vérité. Tout comme elle ne sait rien de moi, je ne sais absolument rien d'elle et de ce qui l'a menée à Will. Quand je reviens dans la salle, je m'arrête en observant Cédric de dos. Je ne sais pas à quoi il joue, mais il est clair qu'il n'est pas celui qu'il prétend et que je vais devoir garder mes distances avec lui.

*

J'ai gardé pour moi toutes ces nouvelles informations, pour le moment. Je ne sais pas si c'est une bonne idée, mais je ne fais confiance ni à Ethan, ni à Greg. J'ai peur de leur réaction alors... je ne dis rien et je m'en veux. Mais je ne veux pas les mettre en danger. J'aimerais pouvoir les protéger de toute cette noirceur qui m'entoure et qui semble me poursuivre où que j'aille.

Aujourd'hui, nous avons passé la journée chez la mère de Jenny. Elle semble aller un peu mieux. Jenny dit qu'elle profite de ses derniers moments et qu'elle apprécie de retrouver sa famille réunie sous le même toit. Killian, par contre, lui cause quelques soucis. Il est revenu plusieurs soirs bien après le couvre-feu en empestant la cigarette et l'alcool. Elle ne sait pas avec qui il était et il refuse catégoriquement de dire quoi que ce soit. Elle préfère pourtant garder ça pour elle et ne pas inquiéter sa mère. Je vois le doute de ne pas être à la hauteur s'immiscer en elle, et je l'aide comme je le peux, mais Killian refuse de me parler. Ethan dit que c'est à cause de l'annonce de notre mariage. Même si je pense que cette annonce ne l'a pas réjoui, je ne peux imaginer qu'il se laisser aller pour cette raison. Et puis, j'avais cru comprendre qu'il avait peut-être une copine, mais j'ai dû me tromper.

Greg essaie d'en savoir plus aussi de son côté, mais jusqu'ici ça n'a rien donné de probant. J'espère qu'il finira par se calmer. Peut-être que c'est la maladie de sa grand-mère qui le perturbe, et qu'il gère à sa façon cette perte qu'il sait inévitable. Ce soir, nous nous sommes organisés une petite soirée chez Hayden. Connor est également de la partie. Nous avons pensé que ça remonterait un peu le moral de Jenny. Nous nous sommes installés dans la cour extérieure pour profiter de la fraîcheur du soir. Il a installé plusieurs transats en cercle et je me suis adossé à Ethan qui ne cesse de caresser mon ventre en me chuchotant des mots doux qui me font souvent rougir et d'autres sourire. Jess est aussi de la partie et, même si Jenny a l'air d'avoir quelques réticences à son égard, elle semble très bien s'entendre avec Connor et Hayden. Pour mon frère, c'est une autre histoire. Chacun fait comme si l'autre n'existait pas, ce qui a l'air de fonctionner pour le moment.

Prise dans la conversation, j'explique à mes amis la soirée où Ethan a dû se faire pardonner auprès de Fred et qu'il a dû faire le service avec une horde de femmes qui fêtaient un enterrement de vie de jeunes filles, et comment j'ai réussi à lui sauver la mise. Hayden est plié en deux et dit qu'il aurait volontiers voulu participer pour le tripoter un peu lui aussi. Ethan lève les yeux au ciel et Hayden rajoute :

— Tu n'es pas assez aventureux, Ethan. Une nuit avec moi et je te jure que Livie serait déjà aux oubliettes.

Tiens, ça faisait longtemps. Greg pouffe de rire en répondant :

— Il a été déjà assez long à comprendre que t'en pinçais pour lui. Personnellement, il ne m'a pas fallu dix minutes pour voir que tu le reluquais.

— Ouais, et Livie et Hayden en ont bien joué, bougonne Ethan.

Je ris à ce souvenir, je dois bien avouer que de le voir aussi jaloux d'Hayden nous a fait bien rire.

— Moi, je dis qu'il aurait pu au moins tester ma marchandise, dit Hayden en se passant la main sur le torse en adressant un clin d'œil à Ethan. Tu vas mourir un jour, ravagé par les regrets.

Connor éclate de rire en répondant :

— Tu ne manques pas grand-chose Ethan, ne t'inquiète pas.

Hayden se tourne vers lui en répondant :

— Ah ouais ?

Ils échangent un regard plein de sous-entendus.

— Je n'ai aucun regret à avoir, répond Ethan en me serrant plus près de lui.

Hayden se met alors à me regarder d'une façon qui ne me rassure pas et il répond :

— Livie au moins...

Il hésite quelques secondes avant d'ajouter en me fixant :

— Je m'en souviendrai longtemps de tes 19 ans.

Je me fige en fusillant du regard Hayden tandis que Jenny éclate de rire.

— Oh, mon Dieu, j'avais oublié ! pouffe-t-elle.

Je secoue la tête en direction d'Hayden qui se contente de me sourire de manière diabolique.

— Oublié quoi ? demande Ethan.

Greg a l'air tout aussi intrigué.

— Tu vas me le payer, je dis à Hayden qui a l'air très fier de lui.

— Je t'attends quand tu veux, bichette.

— Fais gaffe, elle ne parait pas, mais elle sait se défendre, le coupe Connor.

Je ne peux retenir mon sourire de satisfaction. Et bien décidée à fermer le clapet de tout ce monde qui ne se retient jamais de se moquer de ma petite personne, je regarde autour de moi. Jenny lève un sourcil en comprenant ce que j'ai en tête, mais ça serait trop facile. Je me tourne vers Hayden en lui disant :

— 15 dollars que tu n'oses pas m'embrasser.

Tout le monde éclate de rire alors que je pose mes mains sur mes hanches bien décidée à lui rabaisser son caquet. Il ouvre la bouche en mode carpe avant de secouer la tête.

— Je passe mon tour.

— Quoi, t'as la trouille Hayden ? je lui réponds en m'avançant vers lui de façon suggestive.

Il grimace en secouant la tête de plus belle. Je pose mes mains sur ses accoudoirs et me penche vers lui.

— Où est passé ton côté aventureux ?

Il déglutit en grimaçant et lorsque ses yeux se posent sur mon décolleté, une plainte lui échappe en levant les yeux au ciel.

— Pitié, Liv, je crois que je vais vomir si je vois encore tes nibards sous ma tronche.

Je me redresse sous les éclats de rire.

— Trouillard.

— C'est bon, t'as gagné, t'es contente ?

Oh ça, c'est peu de le dire !

— Ça ne répond pas à la question, intervient Jess, qu'est-ce qui s'est passé à tes 19 ans ?

Je jette un coup d'œil à Ethan qui s'est accoudé sur ses genoux et me regarde en riant. Je dois dire que le côté de ma personnalité qui préférait s'enterrer vivante que de se faire remarquer est bel et bien mort et enterré. Je soupire tout de même à ce souvenir.

— J'étais ivre.

Je crois que j'ai besoin d'une excuse. Ethan insiste.

— On fait toujours des conneries quand on est bourré, qu'est-ce que t'as fait ?

Je me réinstalle à côté de lui en disant :

— On dirait que tu parles en connaissance de cause. Toi, d'abord.

Greg se met à siffler en disant :

— Bon, je sens que le mariage va être annulé avant même d'avoir commencé.

Ethan le fusille du regard alors que tout le monde se met à rire.

— Tu ne vas pas être déçue, répond Jess en attrapant un paquet de chips sur la table.

Une sensation désagréable m'étreint. J'aurais dû être là avec mes amis à vivre tout ça, mais je m'en suis privée. Je cache mon amertume d'un sourire alors qu'Ethan répond :

— C'est ça, Greg, t'as la mémoire courte !

Mon frère pouffe de rire quand il dit :

— Je n'ai pas pu faire pire que toi.

— Faites-nous partager un peu ! intervient Hayden. Moi, je me suis tatoué le cul, Livie a roulé une galoche à Jenny, et vous ?

Greg et Ethan se tournent d'un seul coup vers moi, les yeux écarquillés.

— T'as fait quoi ???? s'exclament-ils en chœur.

Je jette un coup d'œil à Jenny qui enchaine :

— Oh, c'était juste pour rigoler.

Greg a la mâchoire décrochée et Ethan… je n'ose même pas le regarder.

— Tu déconnes ! s'exclame Jess.

Je me contente de hausser les épaules en riant :

— T'es jalouse ?

— Bien sûr que je le suis !

Je ne m'attendais pas à cette réponse. Elle se lève précipitamment en disant :

— Je veux en être.

— En être quoi ? je réponds.

— Je veux qu'on se roule un patin !

Elle n'est pas possible. Il en est absolument hors de question.

Hayden se met à siffler suivi de plusieurs éclats de rire.

— Elle ne le fera pas, répond mon frère en s'enfonçant dans son fauteuil.

Je l'observe, en me demandant ce qui me retient de lui prouver le contraire.

— Ah bon ? je lui dis.

Il hoche la tête, convaincu. Je tourne mon visage vers Ethan qui sourit comme un crétin.

— Ne me dis pas que ça t'excite...

— Tout ce qui te concerne m'excite, ma puce.

Greg fait comme s'il avait une soudaine envie de vomir. Je me lève bien décidée à lui prouver que je ne suis plus la petite fille timide et pointe du doigt Ethan.

— Ferme les yeux.

— Tu peux toujours rêver.

Il se penche en avant déjà prêt à profiter du spectacle. L'idée qu'il ait couché avec Jess ne m'enchante pas, mais je dois bien avouer que la situation me fait rire. Je m'approche de mon amie et m'arrête devant elle. Quand je la vois me regarder avec un petit sourire en coin, je pouffe de rire.

— Bon, je préfère te prévenir, j'étais bourrée, je ne suis pas sûre de savoir comment m'y prendre.

Elle lève les yeux au ciel.

— C'est pas comme si tu ne léchais pas la tronche d'Ethan à longueur de journée. T'as de la pratique, j'en doute pas.

Je secoue la tête. Dans quoi viens-je de m'embarquer ?

— Elle va se dégonfler, reprend mon frère.

Je tourne mon visage vers lui.

— Tu te plantes, Greg.

Juste pour le contredire dans ces affirmations, ça en vaut la peine. Il secoue la tête.

— Je te connais, p'tit lapin.

Et parce qu'il est temps de lui prouver, j'attrape le bras de Jess et plaque ma bouche sur la sienne. Ce que je n'avais pas prévu c'est qu'elle prenne mon visage dans ses mains pour fourrer sa langue dans ma bouche ! J'ai un moment de recul en entendant jurer autour de nous, mais Jess n'en a pas fini.

Quand j'entends Greg s'exclamer que c'est bon, qu'il a compris, je souris et en remets une couche en faisant tourner ma langue autour de celle de Jess qui n'a pas l'air de s'en plaindre. Hayden et Connor nous sifflent en nous encourageant encore plus, et je passe à la vitesse supérieure. Jess se met à pouffer de rire en décollant sa bouche de la mienne.

— Doucement ma chérie, si j'avais une culotte, elle viendrait de prendre feu.

J'éclate de rire, cet instant représente un instant de pure folie. Un instant de liberté où j'en oublie les apparences et ce que peuvent penser les gens. Pouvoir s'amuser sans penser aux conséquences. Jess regarde au-dessus de mon épaule et me chuchote à l'oreille.

— Tu me remercieras plus tard.

Je me retourne et aperçois Ethan les yeux écarquillés, la bouche grande ouverte.

— Tu baves, je lui indique.

Son sourire s'élargit et il se lève d'un bond en frottant ses mains.

— Bon, c'était sympa, mais, ouh, vous avez vu l'heure ? Allez viens, on doit y aller.

Il m'attrape le bras sans que je n'aie le temps de protester.

— Putain, crevez-moi les yeux et les oreilles, par pitié ! s'exclame Greg suivi des rires de nos amis.

Je me laisse entrainer en riant et lorsqu'il ouvre la voiture, je m'y installe. Il se met au volant et prend la route.

— Putain Liv…

— Si tu me dis que tu m'imagines avec Jess, je préfère te prévenir que tu peux toujours courir.

Il s'arrête à un feu rouge, et semble trépigner en se tournant vers moi.

— Non. Toi. Ta bouche. Avec n'importe quelle fille. Désolé Liv, je ne suis qu'un mec et je suis à peu près sûr que tu savais ce que tu faisais.

Je croise les jambes de manière innocente, laissant ma jupe remonter sur mes cuisses.

— Je ne vois pas du tout de quoi tu parles.

Un râle sort de sa gorge alors que ses yeux semblent incapables de quitter mes jambes. Je passe mon index sur ma cuisse en tirant le tissu afin de lui en offrir un peu plus. Le feu devient vert, mais Ethan ne le remarque pas. Lorsque je lui suggère de reprendre la route, il redémarre à contrecœur, tout en me jetant des coups d'œil répétitifs. Je me calme, je préfèrerais arriver en un seul morceau.

— T'as de la chance, si je m'écoutais, je t'aurais prise ici même.

— Dans la voiture ?

Il se met à rire.

— Oh oui ! Attends que t'aies accouché, on va faire un tas de trucs dans cette voiture.

Mes joues rosissent. Mon sourire me trahit même si cette idée m'embarrasse légèrement.

— On pourrait nous voir.

— C'est ça qui est excitant, m'explique-t-il.

Je secoue la tête. Vivre avec Ethan va s'avérer être une aventure à elle toute seule. À peine s'est-il garé devant chez nous qu'il a déjà claqué sa portière.

— Tu es pressé ? je lui demande en prenant tout mon temps pour sortir de la voiture.

Il m'attrape la main et me traine plus vite que je ne suis capable de suivre dans notre immeuble. L'ascenseur s'ouvre quand nous arrivons devant et les Mills en sortent. Ce sont nos voisins de palier. Un couple de personnes âgées qui me font fondre à chaque fois que je les vois ensemble. Ils représentent tout ce que j'imagine pour moi et Ethan dans plusieurs années. Ils semblent toujours si profondément amoureux que, chaque fois que je les croise, mon cœur fond. Mme Mills nous sourit en nous voyant.

— Bonjour Livie. Bonjour Ethan.

— Bonjour, Susan, je lui réponds alors qu'Ethan me tire déjà dans la cabine sans prendre la peine de les saluer.

Mr Mills pouffe de rire en prenant sa femme par le bras.

— Laisse-les, je crois qu'ils sont pressés.

— Vous n'imaginez même pas, répond Ethan au moment où les portes se referment.

Je me tourne vers lui.

— C'était impoli !

Il éclate de rire en me poussant contre la paroi.

— Tais-toi et embrasse-moi.

Sa bouche se plaque sur la mienne, comme si l'attente lui avait été trop longue. Je remonte mes bras autour de son cou en lui rendant son baiser tandis que sa main remonte le tissu de ma jupe. Quand ses doigts passent sous la dentelle de ma culotte, je tente de le repousser. En vain. Même si j'en ai très envie, hors de question de faire ça ici !

— Ethan..., je tente pendant qu'il me mordille le cou.

— Toi. Moi. Dans l'ascenseur, me répond-il.

La chaleur m'envahit. Je ne suis qu'une boule d'émotions entre ses bras. Je me laisse posséder, les yeux fermés, sans pouvoir faire autrement. Ses doigts s'activent, repoussant tous mes principes de bonne conduite. Quand les portes s'ouvrent, il se redresse, sourire en coin, avant de porter ses doigts à sa bouche. Sa façon de me provoquer me fait écarquiller les yeux et je serais incapable de dire pourquoi ce geste m'excite encore plus. Il rit de voir mes joues s'empourprer et me reprend la main pour nous rendre jusqu'à notre appartement au pas de course.

La porte se referme et nos vêtements disparaissent sur le chemin menant à la chambre. Notre empressement nous faisant nous cogner à plusieurs reprises contre les murs trop nombreux de cet appartement. Lorsque nos corps se rejoignent, son regard brille d'intensité. La sensation qui m'étreint de le sentir en moi me soulage enfin tandis que nos yeux ne se quittent pas un instant. Et je réalise. Je réalise ce qui vient de se produire.

Moi Livie Johns, ce soir je viens de faire perdre la tête à Ethan Williams. Et j'en suis très fière.

*

Ma décision est prise. Je peux le faire. Rencontrer cette fille me rend particulièrement nerveuse, mais j'ai décidé de sauter le pas. Je crois que c'est ma façon de projeter ce besoin de montrer à mon père qu'il ne me mettra jamais à genoux.

Assise dans la voiture à côté d'Ethan, j'inspire, expire, en appréhendant cette rencontre. Ethan pose sa main sur ma nuque qu'il caresse de son pouce. L'effet est immédiat et me détend instantanément. Je tourne mon visage vers lui, reconnaissante qu'il ait accepté de m'accompagner.

— Je t'attends dans la voiture. Ensuite, je t'emmène manger une énorme glace pour te remettre de tes émotions.

— Tu as toujours les mots qu'il faut, je pouffe.

— Et encore, je ne t'ai pas dit ce qu'on ferait avec la glace.

Son mouvement de langue qui passe sur sa lèvre en dit assez long et j'éclate de rire. C'est comme s'il avait la clé de mes émotions et savait exactement quoi dire pour les apaiser. Je sors de la voiture et observe la bâtisse. C'est une petite maison joliment fleurie. Je dépasse la boite aux lettres et marche le long d'une petite allée. Un petit écriteau de bois sculpté y est accroché et sur celui-ci les lettres gravées « BIENVENUE ». Elle est différente de la mienne et pourtant si accueillante, comme c'était le cas chez moi.

On imagine facilement une famille heureuse derrière ces murs, partageant des moments de la vie quotidienne. Est-ce que son père savait aussi jouer ce rôle à la perfection ? Est-ce qu'il arrivait à lui faire croire que ce n'était que de l'amour ? Je baisse les yeux en essayant de me calmer alors que je reste face à cette porte incapable de frapper. Mon cœur tambourine si fort que je pose une main dessus espérant le calmer. La vérité, c'est que je suis terrifiée. Terrifiée de me retrouver face à moi-même. Mon portable sonne et je le sors de ma poche en voyant un message d'Ethan. Je me tourne vers la voiture toujours garée devant la maison et le vois m'observer en souriant. J'ouvre le message et lis son contenu.

« La force est en toi »

Je me tourne vers Ethan qui rit tout seul dans la voiture quand mon portable se met de nouveau à sonner.

« Manque d'inspiration, désolé »

« Tu as des goûts de chiotte, Ethan »

« Mais tu m'aimes avec mes goûts de chiotte, donc je ne me sens pas offensé »

Je range mon portable et frappe à la porte. Quelques secondes plus tard, une femme aux traits fatigués, qui semble totalement désemparée, me fait face. La voir souffrir autant pour sa fille me fait penser à maman. Je n'ose imaginer ce qu'elle aurait ressenti en apprenant la vérité.

J'ai recontacté Joey hier, il m'a donné son adresse en me disant qu'il la prévenait et qu'il me remerciait. Il semblait soulagé. Je ne sais pas si je le fais plus pour cette fille ou pour moi. Je me suis simplement rendue compte que je ne pouvais pas faire autrement. Quand je l'ai annoncé à Ethan, j'ai vu de la fierté sur son visage. Il a souri, a posé un baiser sur mon front et en prenant mon visage dans ses mains a dit :

— Chaque jour, je t'aime un peu plus.

J'ai ri. J'ai ri, car je me suis rappelée que sans lui, sans les personnes qui m'entourent, je n'y serais peut-être jamais arrivée. C'est là la clé. Savoir que l'on n'est pas seul. Une chose qui m'a poussée à me taire toutes ces années. Alors, en pensant à cette fillette qui a trouvé le courage de parler, je me suis sentie si petite. Aujourd'hui, elle a besoin de comprendre que la vie n'est pas finie et si je peux faire ne serait-ce que la rassurer en prenant quelques minutes de mon temps pour lui parler, alors je le fais. La femme ne dit pas un mot, me scrutant avec insistance. Je n'aime pas que les gens connaissent mon vécu, le regard de ces personnes change immédiatement face à la vérité.

Devant le silence de cette femme, je décide de lui dire :

— Ne la regardez pas comme ça.

Elle fronce les sourcils en répondant :

— Pardon ?

— Ne la regardez pas comme vous me regardez. Ne la voyez pas comme une victime, seulement comme votre fille. Les regards de pitié sont difficiles à supporter.

Même si on finit par s'y habituer. Mais je ne le dis pas. La femme, Émilie, baisse les yeux, un peu honteuse.

— Excusez-moi, je...

Elle relève son visage sans oser finir sa phrase. Je lui souris pour la rassurer.

— Ne vous inquiétez pas. Je comprends.

Elle s'écarte de la porte, m'invitant à entrer. On gagne un petit salon, où une jeune fille est installée en tailleur sur un fauteuil, le nez plongé dans un livre. En entendant nos pas, elle lève le nez de son bouquin. Son regard me toise alors que je reste immobile à l'observer, n'osant plus faire un pas. Elle porte un jogging ample me rappelant combien cacher ma silhouette m'était indispensable. Les cheveux relevés dans une queue de cheval, elle me regarde droit dans les yeux avant de baisser la tête et de fermer son livre pour le poser à côté d'elle.

— Je vais à la cuisine, un café Livie ? me demande Emilie.

— Oui, je vous remercie, je réponds en lui offrant un sourire réconfortant devant sa gêne évidente.

Elle s'éloigne, nous laissant seules. Joey m'a dit qu'elle s'appelait Zoé, mais dans l'espoir ne pas la brusquer, je m'avance vers elle en lui disant.

— Moi, c'est Livie, et toi ?

Rien de pire que les gens qui vous donne l'impression de tout savoir. Elle a un moment d'hésitation avant de fixer un point devant elle en murmurant.

— Zoé.

— Tu permets ? je lui demande en pointant le fauteuil à côté du sien.

Elle hoche la tête et je m'installe, n'ayant toujours aucune idée de la façon de m'y prendre avec elle. Pourtant, ce regard vide me parle, cette façon de baisser les yeux parce qu'on est incapable de maintenir un regard très longtemps. La honte que l'on ressent vous donne envie de ne laisser personne vous approcher vraiment. Je le sais, car même si Ethan a pénétré ma bulle bien plus que quiconque, j'ai longtemps gardé mes distances avec lui en lui mentant, lui cachant tout ce que je m'efforçais d'oublier. Un mur invisible.

Je reste silencieuse ne sachant comment en venir à notre sujet. Emily revient les bras chargés de petits gâteaux et d'une tasse de café. Elle les pose à côté de moi et recule d'un pas.

— Je vous laisse. Si vous avez besoin de moi, je suis à l'étage.

Elle s'éclipse après un dernier regard à sa fille. Celle-ci l'observe, le regard meurtri. Elle souffre de savoir qu'elle est la cause de la peine de sa mère et ne sait pas comment y remédier, je le sens, comme une évidence. Le silence s'installe. Je me sens de plus en plus démunie et incapable de savoir ce que je suis censée faire. C'est un sentiment qui me déchire le cœur. J'attrape un gâteau et m'adosse au dossier en croquant dedans. Mes yeux s'attardent sur le mur face à moi où des cadres sont accrochés. Aucun homme sur ces photos, mais on peut voir certains emplacements dont la couleur plus terne indique que certains clichés ont été enlevés.

— Tu es enceinte ?

Je tourne mon visage vers Zoé qui semble plus encline à la discussion que je le pensais. Cela va sûrement m'aider.

— Soit c'est ça, soit j'ai un gros problème d'aérophagie.

Zoé pouffe de rire timidement avant de jeter un œil sur mon ventre. Je pose ma main dessus en disant :

— C'est un garçon.

Elle hoche la tête et je décide de continuer.

— Il est arrivé par surprise, mais c'est une jolie surprise.

Silence.

Je ne me sens pas à l'aise et décide de faire les choses à ma manière.

— Et si on allait marcher ?

Elle hoche la tête en laissant échapper un soupir de soulagement. Vivre dans la maison où elle a subi toutes ces horreurs ne doit pas être facile. Sortir d'ici me parait essentiel. Je pars prévenir rapidement Emilie qui nous dit de prendre notre temps. En sortant, Ethan est toujours là, adossé à la voiture et je lui dis qu'il peut partir, que je me débrouillerai pour rentrer, n'ayant aucune idée de la durée de notre promenade.

— Appelle-moi, je viendrai te chercher, insiste-t-il.

— Pas la peine, ne t'inquiète pas.

— J'ai dit : je viendrai te chercher. Si je te vois prendre le métro dans ton état je te jure que je t'enferme à double tour.

Je pouffe de rire et tourne la tête vers Zoé qui a l'air de bien s'amuser de ce petit interlude.

— C'est une tête de mule, je lui dis en me penchant vers elle, il croit qu'être enceinte est une maladie.

Ethan lève les yeux au ciel en répondant :

— Très bien, j'y vais.

Il se tourne vers Zoé :

— Je compte sur toi pour qu'elle me revienne en un seul morceau.

Zoé, qui se retient de rire devant mon homme de Cro-Magnon, hoche la tête.

— D'accord.

Il éclate de rire en ouvrant la portière de sa voiture.

— Allez, je vous laisse entre filles. À tout à l'heure, ma puce.

Chapitre 32

Ethan

La fierté que j'ai ressentie devant son courage est indescriptible. Parce que j'ai bien vu que cette rencontre la terrifiait au plus haut point. Mais elle l'a fait et ça s'est bien passé. Elle dit qu'elle ne l'a pas poussée à lui parler de son père. Elle a préféré évoquer sa vie à New York. Elle pensait que la faire parler était ce qu'il fallait faire et puis, en marchant, elle s'est rendue compte que c'était tout le contraire. Elle a déjà assez ressassé son histoire et elle a soudain compris que lui montrer que malgré son vécu elle a réussi à se reconstruire, lui prouvera que sa vie est devant elle. Alors, comment dire ? Je l'aime, putain, qu'est-ce que je l'aime ! Elle lui a fait promettre que si l'envie de parler lui prenait, elle serait toujours là pour l'écouter. Je crois que Livie s'est vraiment attachée à cette gamine. C'est adorable. Moi, je ne peux m'empêcher de me dire que des salauds dans leur genre devraient être pendus haut et court. La peine de mort, c'est tout ce que méritent ces personnes.

La dernière échographie de ce matin s'est très bien passée. Je flippe carrément en sachant que le terme approche à grands pas, mais pas de façon négative. Non, c'est un bon stress. Une excitation palpable. Je veux voir mon fils. Lui donner tant d'amour qu'il finira par me détester. L'idée est drôle, mais c'est bien ça.

Ce soir, je repense à la glace que j'ai léchée sur son corps la veille. Putain, vraiment, cette fille est une vraie gourmandise. Le goût du paradis mêlé à cette saveur froide de vanille m'a rendu fou. Merde, reste concentré Ethan. Greg est en train de me laminer à ce foutu jeu vidéo tandis que Livie est assise au pied du canapé devant la liseuse que je lui ai offerte. Parce que mademoiselle se plaint de ne plus avoir de place dans la bibliothèque pleine à craquer. Il faut voir tout ce qu'elle ingurgite comme littérature. Enfin, je n'irais pas jusqu'à dire que c'est de la grande littérature. Ces bouquins qui l'émoustillent me font bien rire. Parfois, on est simplement assis le soir, moi regardant un film, elle posée contre moi, plongée dans son livre. Dès que je la vois rougir, je ne peux m'empêcher de lire ce qui la met dans cet état et je dois dire que je me suis bien marré. Si au début elle était gênée, maintenant elle me partage même certains passages.

Donc, concentre-toi Ethan. Cette situation me fait penser à Cover-Road, lorsqu'on jouait dans la chambre de son frère, et tout comme à l'époque, mes yeux dérivent assez souvent sur ses jambes nues. Elle porte encore sa tenue de serveuse et je me dis que je ne l'ai jamais prise dans cette tenue. Cette jupe est vraiment aguichante. Et ce chemisier qui moule chaque courbe de son corps, je n'en parle même pas. J'imagine assez aisément lui remonter sa jupe jusqu'à la taille, avant de lui écarter les cuisses pour…

— Aïe !

— Concentre-toi sur le jeu au lieu de mater ma sœur.

Je me frotte la tempe en voyant Greg pouffer de rire. Livie me jette un regard en coin en étalant ses jambes devant elle.

Putain, elle me cherche.

Elle met sa main dans sa poche et quand elle en sort une sucette avant de la fourrer dans sa bouche, je crois que ma mâchoire s'est décrochée. Ma queue est raide comme un piquet et la seule chose qui me retient de la prendre manu militari est la présence de Greg à côté de moi.

— Vous faites chier vous deux, y'a pas moyen de passer une soirée normale. Soit je dois supporter (il fait un signe de main vers Livie) ça, soit vous vous léchez la gueule toutes les cinq minutes. T'as pas honte, p'tit lapin ?

En la voyant rougir en baissant les yeux, je pouffe de rire. Je lui arrache la sucette et la fourre dans ma bouche.

— Ok, Livie, un peu de concentration.

Elle se tourne alors vers son frère et lui demande :

— Tu as des nouvelles de Killian ?

Greg souffle et pose la manette devant lui en se frottant la nuque.

— Avant de te répondre, je voudrais savoir une chose Liv, pourquoi tu ne m'as rien dit ?

Elle hausse les épaules.

— Ce n'était pas à moi de le faire Greg.

— De quoi vous parlez ? je leur demande.

Greg et Livie échangent un regard.

— Jenny a un secret, énonce Livie. Un secret qui doit rester entre nous, elle ne veut pas que les gens posent trop de questions.

Hésitante, elle me fixe un instant avant d'avouer :

— Killian n'est pas tout à fait… son frère.

J'acquiesce en faisant tourner la sucette dans ma bouche.

— Oh ça…

Les deux frangins se redressent vers moi, les yeux écarquillés.

— Tu le savais ? s'exclame Livie.

— J'avais des doutes.

Greg secoue la tête en disant :

— J'étais donc le dernier crétin à l'ignorer !

— Comment ? m'interroge Livie

Je m'adosse à mon siège en haussant les épaules.

— Certains signes.

Je n'ai pas vraiment envie d'aller plus loin. Je me rappelle chaque moment passé avec Jenny avant de le soupçonner. Je crois que l'idée qu'elle ait vécu le même genre d'épreuve que Livie s'est dessinée petit à petit, mais je n'en ai vraiment pris conscience que lorsque je suis revenu de Cover-Road. La façon dont Jenny avait su deviner le passé de Livie, sa manière de détourner le regard quand je lui avais demandé de m'en parler, le jour où elle m'avait avoué qu'elle attendait depuis si longtemps de pouvoir enfin avoir Killian à sa charge. J'y ai mûrement réfléchi, construisant le puzzle petit à petit et même si ce n'était que des suppositions, voilà que les choses sont claires. Livie baisse la tête en détournant le regard. Je crois que de savoir que Jenny ait dû faire face à un bourreau elle aussi, lui est difficile.

— Donc pour Killian, je crois qu'il a du mal à gérer tout ça, mais j'essaie d'être présent, reprend Greg

— Alors… c'est sérieux entre vous ? demande Livie.

Et là, je jure que je crois rêver. Les joues de Greg se mettent à rosir. C'est très léger, presque imperceptible, mais juste assez pour que Livie en reste bouche bée. Greg se passe une main dans les cheveux, pour confirmer.

— Ouais, enfin… elle est… cool.

— Cool ? pouffe Livie.

Greg grogne en se levant.

— Bon, t'as compris, je dois y aller.

Il claque la porte en partant et Livie me regarde les yeux comme des soucoupes.

— Il a rougi.

— Prépare-toi ma puce, ton frère est en train de tomber amoureux.

Chapitre 33

Ethan

On y est. Putain, mes mains tremblent tellement que j'ai du mal à finir de m'habiller. Il sera là. Livie m'a dit qu'elle en avait parlé à Hayley et qu'il avait accepté. Je m'interdis d'y réfléchir, mais de réaliser qu'il sera présent me met dans un état pas possible.

— Calme-toi Ethan, ça va aller.

— Qu'est-ce que t'en sais ?

Je me retourne et souris en voyant Livie debout sur le pas de la porte. Elle vient de sortir de la douche et ne porte qu'une culotte et un soutien-gorge. Ses jolies boucles lui tombent sur sa magnifique poitrine. Cette vision me donne des idées qui pourraient bien m'aider à me détendre. Elle ouvre l'armoire et je penche la tête sur le côté pour admirer son cul d'enfer. Putain ouais, ça va me détendre. Je m'approche et, bien décidé à la surprendre, baisse directement sa culotte d'un geste.

— Ethan !

— Tu ne me laisserais pas y aller dans cet état tout de même, je lui dis en dégrafant son soutien-gorge.

Elle me jette un coup d'œil au-dessus de son épaule et répond :

— Donc c'est un service que je te rends ?

Son petit sourire en coin est irrésistible.

— T'imagines si je rencontre mon géniteur avec une trique pareille ? Ça ne serait pas très convenable.

Elle n'a pas l'air convaincue.

— Et arriver en retard à ton propre vernissage, ça serait plus convenable ?

Mes mains glissent sur son ventre en mordillant son oreille avant de lui dire :

— Allez ma puce, un p'tit coup vite fait.

Elle se retourne et s'écarte de moi en s'exclamant :

— Un p'tit coup vite fait ? Arrête, tu me vends du rêve ! Je vais finir par regretter le temps où tu utilisais ton cerveau avant de parler...

Bon, ok ce n'était pas le truc le plus romantique que je lui ai sorti, je dois bien l'admettre. Quand je vois son sourire revenir pourtant, je me lèche la lèvre en imaginant déjà ses jambes autour de moi, pendant que je me glisserai entre ses cuisses. Mon regard s'embrase à cette pensée. Elle recule en disant :

— Ne me regarde pas comme ça.

J'avance d'un pas vers elle. Ses joues rosissent alors que je n'ai qu'une envie, la bouffer toute crue et la clouer au lit pour les heures à venir.

— Tu es incapable de me dire non, Liv.

— Ça, c'est ce que tu crois, me contredit-elle trop peu sûre d'elle.

Je m'arrête face à elle et laisse mon index glisser sur sa clavicule avant de descendre sur un de ses seins dont je dessine la courbe avec lenteur.

— Tu en as envie, tu réfléchis trop, c'est tout.

Mon pouce remonte sur le galbe de son sein avant de trouver son téton. Un soupir lui échappe et elle pose ses mains sur mon torse en me repoussant.

— On va être en retard.

— Pas si t'arrête de discuter.

Je descends sur son ventre et caresse sa toison avant de glisser un doigt entre ses lèvres. Ma bouche s'étire, en sentant combien elle est déjà excitée.

— Tu ne peux pas mentir, ma puce.

Quand j'introduis un doigt en elle, je la vois serrer la mâchoire sans me quitter des yeux. Elle ne l'admettra pas, mais Livie est aussi insatiable que moi et là, elle a décidé de me tenir tête juste pour me contredire. Déterminé à obtenir mon dû, je la pousse vers le lit et elle s'y assoit sans réelle résistance. J'écarte ses genoux et lui ordonne :

— Laisse-moi m'occuper de toi.

Elle tombe sur le matelas en grognant. Sa tête lui dit sûrement que l'on devrait se préparer plutôt que de se laisser aller à notre projet, mais ses hormones lui hurlent de la fermer et de me laisser faire. Et moi, je suis 100 % d'accord avec ses hormones.

Agenouillé au pied du lit, je remonte ses pieds sur le matelas, ses cuisses ouvertes qui me font bander à tel point que je ne suis pas sûr qu'un coup vite fait me suffise finalement. Je souffle entre ses lèvres ce qui a pour effet de la faire gémir. Ma langue glisse sur l'intérieur de sa cuisse que je mords doucement.

— Ce n'est pas juste, me dit-elle en respirant de plus en plus vite.

— Qu'est-ce qui n'est pas juste ?

Son silence est éloquent, et répond parfaitement à ma question. Je lape ce petit bout de chair et elle se cambre avec un gémissement d'extase. Je lui assène plusieurs coups de langue qui finissent de lui faire lâcher prise et elle plante ses ongles dans mon cuir chevelu.

— Je t'en prie Ethan, vas-y !

— Avec plaisir, je lui réponds.

Je plonge mon visage entre ses cuisses, ma langue tournoyant pour son plus grand plaisir. Elle agrippe les draps dans ses poings et halète de plus en plus fort tandis que je ne lui laisse aucun répit. Sans m'arrêter, je caresse ses fesses que j'empoigne d'une main. Quand je pince son clitoris entre mes lèvres, son souffle est saccadé et tout son corps ne demande qu'une chose, que je l'envoie vers les étoiles.

Je l'agrippe par les hanches alors qu'elle se trémousse, impatiente de jouir, pour l'empêcher de bouger. Mais avant même que je n'aie eu le temps de la satisfaire, elle se jette sur moi, m'attrape par le col et plaque ses lèvres contre les miennes, sa langue me dévorant tout entier. Sans quitter sa bouche, je défais aussi vite que je le peux ma chemise et me redresse. Je me débarrasse de mon pantalon et de mon boxer tout aussi rapidement avant de me jeter sur elle avec la ferme intention de l'envoyer au septième ciel. Elle me repousse. Je suis tellement surpris, que je ne résiste pas et, quand je la vois me chevaucher avec son regard de braise, je ne peux retenir un sourire suffisant à l'idée d'avoir gagné.

— Ferme-la, me dit-elle en comprenant le fond de ma pensée.

Elle prend ma queue et je croise mes mains derrière ma tête pour continuer à jouer. Elle lève les yeux au ciel, mais lorsqu'elle se glisse sur moi, impossible de cacher qu'elle n'attendait que ça. Je suis enfoncé jusqu'à la garde, quand son regard enflammé croise le mien :

— Tu me rends folle.

Je ris et lui donne un petit coup de reins. Elle remonte et se laisse de nouveau glisser tandis que je caresse des yeux, chaque courbe de son corps. Ses seins bougent en rythme et ce ventre, putain, rend Livie encore plus irrésistible, qu'elle ne l'est déjà. Je pose mes mains sur ses hanches pour l'encourager à aller plus vite. Son regard intense plongé dans le mien, me fait grogner et me donne envie de plus, toujours plus. Je la bascule sur le dos, incapable d'attendre plus longtemps, mais rencontre rapidement un problème de taille. Avec ce ventre, on va devoir s'adapter. Je m'agenouille et la redresse en lui tirant le bras.

— À quatre pattes.

Elle ne se fait pas prier et se retourne. Elle pose ses mains à plat devant elle et m'offre une vue plongeante sur sa croupe. Vision de rêve, bordel. Je suis à deux doigts d'aller chercher mon appareil pour l'immortaliser dans cette position. Je l'attrape par les hanches et m'enfonce en elle brusquement. Je me consume entièrement, mon sang se met à bouillir sous l'effet qu'elle me procure, tandis que je la pénètre sans aucune délicatesse. Ses petits cris de plaisir s'intensifient, renforçant mon désir de lui offrir mon être en entier. Cette partie de moi qui aujourd'hui lui appartient totalement. Je la guide, la faisant venir à moi, avant de la bourriner encore plus fort.

— Putain, Liv !

Si je croyais avoir vécu l'extase, ce n'est rien à côté de ce que j'éprouve à cet instant. Mon corps est proche de la combustion spontanée. Elle gémit mon prénom, du moins comme elle le peut, alors qu'elle rencontre une sacrée difficulté à articuler quoi ce soit. Quand son cri de plaisir se répercute sur tous les murs de cet appartement et que son corps est pris de spasmes d'une intensité renversante, je serre les dents et accélère le rythme pour lui offrir l'orgasme de sa vie. Elle semble ne plus réussir à redescendre et d'un seul coup s'écroule sur le lit. Je me lève et debout au pied du lit, je lui dis :

— Liv, ta bouche.

Elle se retourne réalisant que je suis loin d'en avoir fini avec elle. Assise devant moi, elle m'observe pomper mon membre face à son visage. Elle entrouvre les lèvres et je saisis ses cheveux et les remonte en queue de cheval avant d'incliner sa tête en arrière. Je me penche et enfonce ma langue dans sa bouche la maintenant fermement et me redresse. Mon sourire s'étire, tandis qu'elle m'offre un regard coquin. Je passe mon pouce sur ses lèvres et lui annonce tout de suite la couleur :

— Je vais baiser cette bouche.

C'est officiel, mon cerveau est totalement déconnecté pour lui sortir un truc pareil. Je resserre ma prise dans ses cheveux et quand elle entrouvre ses lèvres pour m'y autoriser, j'attrape de ma main libre sa nuque. La douceur de cette bouche et sa chaleur qui m'entoure répandent un courant électrique plus intense que tout ce dont je suis habitué. Mes coups de reins ne faiblissent pas alors que je garde mon regard aimanté sur son magnifique visage. Cette vue m'emporte. Elle enroule ses doigts autour du drap à côté d'elle.

Ressentir tant de sensations est juste impossible et pourtant… Je m'embrase de plus en plus quand la libération se profile. Je ralentis et me fige dans sa bouche en fermant les yeux tandis que je m'écoule dans sa gorge.

— Putain…

Je me recule et réitère à plusieurs reprises alors que je n'en vois plus la fin. Tout mon corps se détend et je tombe à genoux devant elle, encore sous le choc de cet orgasme.

— Alors, ça ne valait pas le coup ? je lui demande, à bout de souffle.

Elle sourit et répond :

— Pas mal.

*

Mon sourire n'a pas disparu et j'ai encore du mal à revenir sur la terre ferme. Livie a dit qu'elle me rejoindrait et est en train de finir de se préparer tandis que j'ai rejoint ma galerie. Comme prévu, Jess a assuré. Elle a fait installer un petit buffet et les hôtesses sont déjà prêtes à servir les premiers arrivants qui ne devraient plus tarder.

— T'es bien souriant ce soir, me dit Greg en surgissant derrière moi.

— Pourquoi je ne le serais pas ? je lui demande.

Il hausse les épaules en faisant un signe à une des serveuses qui s'empresse de lui donner une coupe.

— Je pensais que tu serais un peu plus sur la défensive.

Il boit une gorgée de son verre en me lorgnant. Je devine qu'il parle du fait que ce soir je vais me retrouver face à l'homme qui m'a abandonné. Qui nous a abandonnés.

— Ta sœur est douée pour réussir à me détendre, je lui explique en prenant une coupe à mon tour.

Il grimace en émettant une plainte et répond :

— Putain, tu fais chier, laisse-moi rêver et me dire que vous ne faites que jouer au scrabble quand j'ai le dos tourné.

Je pouffe de rire.

— Le scrabble, ça n'a jamais été mon truc.

— Mais ma sœur, par contre…

J'éclate de rire en lui donnant une tape sur l'épaule, et me penche en lui expliquant :

— Le fait qu'elle soit enceinte ne t'a pas donné un petit indice ?

Il n'a pas le temps de répondre que je me fige en voyant Livie franchir la porte.

— Bordel…

Greg se tourne et aperçoit sa sœur. Elle est tout bonnement magnifique. Un ange éclairant de sa lumière divine les ténèbres, rendant cette vision éblouissante. J'en reste bouche bée en la regardant s'avancer vers nous. Elle porte une robe d'un bleu foncé dessinant à la perfection chacune de ses courbes. Un décolleté sans vulgarité laissant entrevoir sa généreuse poitrine. Les quelques mèches échappées de son chignon englobent son visage avec élégance, et je ne peux m'empêcher de laisser un soupir franchir mes lèvres.

— Ok, ma petite sœur a bien grandi, dit Greg en observant ma déesse avec admiration.

Livie s'arrête devant nous avec un sourire en coin avant de se tourner sur elle-même.

— Alors, vous me trouvez comment ?

— Pas mal, je lui réponds en prenant une gorgée de mon verre.

Mon allusion la fait rougir et elle rit avant de s'adresser à son frère.

— Dis donc, toi aussi tu t'es fait beau.

Elle passe sa main sur sa chemise et ajoute :

— C'est pour Ethan ou Jenny que tu as sorti le grand jeu ?

— Bah vu qu'Ethan est déjà pris, je vais devoir me contenter de Jenny, répond-il amusé.

Ils partagent un regard silencieux. Ce genre de regard qui m'a toujours rendu un peu perplexe. C'est comme s'ils étaient capables de communiquer sans qu'aucun mot ne soit prononcé. Jess intervient alors, en coupant court à ce moment fugace et s'exclame :

— Allez, c'est parti ! Tout le monde à son poste !

Chapitre 34

Livie

Le calme d'Ethan a été de courte durée. La soirée est maintenant bien entamée et il n'arrête pas de jeter des coups d'œil vers la porte attendant de voir son père surgir. Je pose une main sur son bras pour essayer de le rassurer.

— Tout ira bien, Ethan.

Il hoche la tête en soupirant et dépose un baiser sur ma tempe en me serrant contre lui.

— Il a peut-être changé d'avis.

— Bien sûr que non. Hayley a dit qu'ils seraient en retard, mais ils seront bientôt là.

En tout cas, je l'espère. Ils viennent directement de Long Beach, mais s'ils annulent je jure que c'est à moi que ce Thomas aura à faire. Je n'ai pas fait tout ça pour qu'il ruine tous mes efforts au dernier moment. Je regarde autour de nous admirant la réussite d'Ethan. Il y a beaucoup de monde, je ne m'attendais pas à ça. Tous nos amis sont également venus pour l'occasion. Greg, Jenny, Killian, Hayden, Connor et Fred. Celui-ci, accompagné de Jared. Je m'éloigne en sortant mon téléphone et décide d'aller aux nouvelles. Je monte à l'étage pour trouver un coin tranquille et compose le numéro d'Hayley. Elle me dit qu'ils arrivent et qu'ils sont désolés, mais qu'ils seront là dans quelques minutes.

Ethan est un peu plus loin avec Jess et Hayden quand je redescends. Ils sont en grande conversation avec un homme que je vois de dos, à l'allure soignée. Je n'y prête pas trop attention et rejoins Jenny et Greg.

— Alors, ça vous plait ?

Jenny répond avec empressement :

— Bien sûr ! Je suis impressionnée, Ethan m'avait dit qu'il faisait surtout des portraits et je dois dire que je ne m'attendais pas à ça.

Si à l'origine Ethan voulait consacrer cette soirée au refuge, avec Hayden ils ont fini par s'accorder sur le fait qu'il pourrait donner un peu plus de consistance à l'exposition pour un sujet plus vaste. Il y a donc des clichés du refuge comme prévu, ainsi que d'autres que j'ai découverts ce soir. Des hommes et des femmes abimés par la vie. Certains portent des stigmates apparents, mais le don d'Ethan s'est encore manifesté. Il a concentré toute l'attention sur le regard de ces personnes, ce qui fait ressortir la douleur dans leurs yeux. On ne voit plus leurs blessures, mais avant tout leur profond désarroi. Je ne sais pas s'il se rend compte combien ce projet en dit long sur lui.

À Cover-Road, les regards que portaient les gens sur sa personne n'étaient pas tendres et j'ai souvent assisté à des réflexions qui me donnaient envie de leur cracher à la figure. Pour ma part, la première fois que j'ai aperçu Ethan dans notre jardin, je n'ai vu qu'un jeune garçon perdu. La vie ne se passe pas toujours comme on l'espérait et imaginer qu'il a dû supporter toutes ces paroles désobligeantes me retourne l'estomac. Ce petit garçon avait simplement besoin qu'on lui tende la main, et en voyant ce qu'il est devenu aujourd'hui, jamais je ne regretterai mon choix. Le petit garçon qui semblait si effrayé a fait beaucoup de chemin.

— Il mérite tout ça, répond Greg à Jenny. Il le mérite. Je suis vraiment content pour lui.

Jenny lui sourit et il lui attrape la main. J'écarquille les yeux de surprise. Jusqu'ici, ils n'avaient pas vraiment eu ce genre de contact en public et je me demandais ce qu'il se passait réellement entre eux, mais on dirait que les choses ont évolué. Je jette un coup d'œil à Killian qui lève les yeux au ciel. Je crois que Jenny l'a trainé ici, mais qu'il s'en serait volontiers passé. Quand je sens une main se poser sur mon épaule, je me retourne et me retrouve face à Hayley.

— Livie, je te présente mes parents.

Devant moi, aux côtés d'Hayley, se tient un homme et une femme que je reconnais immédiatement. Hayley m'avait montré des photos et, si la ressemblance que cet homme partage avec Ethan ne m'avait pas échappée, là elle m'éclate littéralement à la figure. Impossible de nier cette paternité. Il porte un costume et semble avoir voulu se mettre sur son trente-et-un pour cette rencontre. Ses cheveux aussi noirs que l'ébène, à l'image de ceux d'Ethan, sont coupés courts et chaque trait de son visage me renvoie à Ethan. La façon dont il sourit, la courbure de sa mâchoire, j'ai devant moi le portrait d'Ethan avec quelques années supplémentaires. Ses yeux sont moins expressifs, mais on peut observer cette couleur émeraude qu'Ethan porte si bien. Il s'appuie également sur une canne, conséquence de son AVC. Je suis bouche bée, mon regard hypnotisé par cet homme, ignorant totalement Hayley et les autres personnes autour de nous.

Hayley se penche alors vers lui et dit :

— C'est Livie papa, la copine d'Ethan.

Le visage de l'homme s'éclaire et il tend une main vers moi un peu maladroitement. Je lui prends, d'un seul coup très nerveuse.

— Enchanté Livie, me dit-il.

Je reste figée devant ce contact et son sourire s'élargit d'autant plus quand il observe la bague à mon doigt.

— Oh, on dirait même qu'elle est bien plus que ça.

Je suis encore totalement stupéfaite par cette rencontre. Il faut que je dise quelque chose, n'importe quoi.

— Il n'avait plus vraiment le choix après m'avoir mise enceinte.

Quand je me rends compte de l'immense bourde que je viens de faire, il est déjà trop tard. Comment ai-je pu dire une chose pareille à un homme qui a laissé derrière lui la femme qui portait son enfant ? L'humour pour chasser mon stress est la pire idée que j'ai eue.

— Ce n'est pas ce que je voulais dire..., je m'empresse d'ajouter en voulant m'enterrer dans un trou.

J'entends Greg pouffer de rire derrière moi et je le fusille du regard. Il s'avance et tend la main au père d'Ethan en disant :

— Greg, le frère de la gaffeuse. Et accessoirement le meilleur ami d'Ethan, monsieur.

— Thomas, appelez-moi Thomas.

La poignée de main est bien trop longue et je m'aperçois rapidement que Greg serre sa main un peu trop fort en ajoutant :

— Ethan est notre famille. Alors, faites attention à ce que vous allez dire… Thomas.

Ce dernier se contente d'un hochement de tête et Greg le lâche. Je leur indique qu'Ethan est un peu plus loin et tandis qu'ils commencent à marcher dans sa direction, je murmure à l'intention de mon frère :

— T'étais obligé de le menacer ?

— Je ne l'ai pas menacé, je lui exposais les faits.

— Bien sûr. T'as encore des efforts à faire, Greg, niveau relationnel, je lui réponds.

Ce dernier ne relève pas et quand Ethan m'aperçoit, je peux voir tout son corps se crisper. Il s'avance tout de même vers nous et m'attrape par la taille m'obligeant à m'éloigner de Thomas, comme si cette idée lui était difficile. La femme de Thomas lui accorde un regard en coin avant de dire à Hayley qu'elle devrait l'accompagner pour faire un tour. Nous nous retrouvons donc tous les quatre, tandis qu'Ethan se contente de dévisager son père. Ce silence s'étend un peu trop longtemps. La main d'Ethan posée sur ma hanche se resserre un peu plus quand enfin Thomas se décide à dire :

— Ethan, je…

— Pourquoi ? l'interrompt Ethan.

Je jette un coup d'œil à Greg essayant de savoir si mon mauvais pressentiment est fondé, mais il ne m'accorde pas un regard, fixant Ethan les sourcils froncés.

— Pardon ? lui répond Thomas.

Ethan me lâche et s'avance d'un pas vers son père aussi droit qu'un piquet.

— Qu'est-ce qui te fait croire que tu peux débarquer dans ma vie sans me donner un minimum d'explication ? Alors avant toute chose, je veux savoir pourquoi tu l'as laissée se débrouiller toute seule. Je ne te parle pas de moi, qu'on soit bien clair. Si elle est morte de cette façon, c'est à cause de toi. Tu aurais pu l'aider, elle s'est retrouvée sans un sou avec moi, alors dis-moi pourquoi aujourd'hui je devrais t'écouter ?

Je crois que même si Thomas devait s'attendre à ce genre de réaction, il ne s'attendait pas à ce qu'il lui fasse ce discours dès les premières paroles échangées.

— Tu ne sais pas tout Ethan, finit-il par répondre.

Ethan se met à rire.

— La faute à qui ?

Je tente une approche afin qu'Ethan ne s'emporte pas plus que ce n'est déjà le cas, et lui dit :

— Ethan…

Celui-ci tourne son visage vers moi le regard ombrageux, et me pointe du doigt :

— Non, toi tu ne t'en mêles pas. Je gère à ma façon.

Bon, en même temps je ne devais pas m'attendre à ce qu'il lui saute dans les bras, mais hors de question de le laisser passer ses nerfs sur moi. J'attrape le bras de Greg et l'entraine avec moi.

— Allez viens, on devrait les laisser.

Chapitre 35

Ethan

Aussitôt que Livie s'est éloignée, je n'ai pu m'empêcher de dévisager cet homme qui ne représentera jamais rien pour moi. Il n'est rien. Il n'est qu'un lâche, point barre. Il reste immobile face à moi sans ouvrir la bouche.

— Si t'as fait tout ce chemin juste pour ça, rentre chez toi.

Je m'éloigne, il n'est pas décidé à répondre à mes interrogations. Je sors prendre l'air. L'air est frais et une petite brise se lève alors que quelques gouttes de pluie commencent à tomber. Je ferme les yeux et lève mon visage au ciel. Cela me rafraîchit et ce n'est pas négligeable en repensant à l'état de stress que je traine depuis plusieurs jours.

— Ethan ?

Je tourne la tête et aperçois Hayley me regarder avec appréhension.

— Casse-toi, je lui réponds comme unique réponse avant de reprendre ma posture.

Ses pas se rapprochent. Elle ne va donc pas tenir compte de mon avertissement, mais si elle ne veut pas m'énerver, elle a intérêt à ne pas dire n'importe quoi. Comme je me rends compte qu'elle ne dit plus rien, je rouvre les yeux. Elle s'est assise sur le bord du trottoir et fixe la route devant elle. Je jette un coup d'œil à l'intérieur. Thomas a retrouvé sa femme et discute. Livie est avec Jess, Connor et Hayden, mais je ne vois ni Jenny ni Greg. Quand je reporte mon attention vers Hayley, je repense à Livie qui m'a rabâché un million de fois que c'était injuste de m'en prendre à Hayley. J'ai beau savoir qu'elle n'a pas tort, la regarder réveille en moi une douleur que j'aimerais pouvoir effacer. Je m'assois à côté d'elle, ne sachant vraiment ce que je veux et pose mes bras sur mes genoux en regardant dans la même direction. Je sens son regard sur moi et elle finit par dire :

— Mon père est un crétin.

Je tourne la tête vers elle, surpris. Elle me sourit et je me mets à rire en répondant :

— Compte pas sur moi pour te contredire.

— Non, je suis sérieuse.

J'essaie de comprendre à quoi elle joue et elle ajoute :

— Je le détesterais aussi s'il m'avait abandonnée.

— Ce n'est pas juste pour ça que je le déteste.

Ça, encore, je pourrais m'en remettre. J'ai eu une famille, pas un modèle de droiture non plus, mais je garde en moi les souvenirs que j'ai vécus chez Samantha comme la seule vraie famille à mes yeux qui en valait la peine, si on oublie Franck. Elle baisse les yeux sur ses pieds en disant :

— Si tu veux le détester toute ta vie, je comprendrais et puis j'ai compris que ça ne me regardait pas, mais… enfin tu sais, j'aurais bien aimé… te connaitre un peu plus.

— T'es toujours comme ça ? je lui réponds.

— Comme quoi ? répond-elle en relevant les yeux.

— T'as l'air d'une potiche.

Quand je la voix écarquiller les yeux, je me retiens d'en rajouter une couche. Elle se met alors à éclater de rire avant de répondre :

— Toi, tu me traites de potiche ? Non, mais tu t'es vu monsieur « j'ai tellement la trouille de ma sœur que je casse tout ce qui se trouve à ma portée » !

Mes lèvres s'étirent, l'image que j'ai d'Hayley est peut-être faussée après tout, mais je tiens tout de même à lui rappeler :

— T'es pas ma sœur.

— Demi-sœur, c'est pareil.

— Non plus. T'es sa fille, c'est tout.

Elle expire doucement comprenant mon dilemme. Puis, un rictus étire ses lèvres.

— T'as raison, t'es trop tordu pour être mon frère.

— Je suis tordu ?

Elle hoche la tête et m'explique :

— Quand j'ai rencontré Greg, il m'a parlé de vous trois. Il m'a dit que vous étiez très soudés, que tu faisais partie de la famille pour eux. Donc, si on en déduit ça... Que tu considérais Livie comme ta sœur, c'est vraiment glauque.

Cette fois, c'est à moi de rire et de lui préciser :

— Je ne l'ai jamais considérée comme ma sœur. J'en suis tombé amoureux dès notre première rencontre.

Elle a l'air surprise. C'est quelque chose que je ne cache pas, mais je suppose que peu de personnes pourraient comprendre.

— Et tu vas être papa, c'est une jolie revanche.

Je souris et pose mon regard sur la rue devant nous.

— Non, c'est tout ce que j'ai toujours souhaité. Livie est ma famille et aujourd'hui, on va réellement en être une.

Bizarrement, sa présence est moins insupportable que je ne le pensais. Sauf que la mettre à l'aise la rend bavarde, très bavarde. Elle ne s'arrête plus et me parle d'elle sans s'arrêter. Elle me parle de ses études de dessin, des mecs qui ne sont que des crétins selon elle, tout en me disant que, bien sûr, je ne fais pas partie de cette catégorie, ce qui me fait rire. Elle me parle de ses amis, de Livie qu'elle a l'air de beaucoup apprécier. Je me demande si elle va finir par s'arrêter quand elle me demande :

— Et toi la photo, ça t'est venu comment ?

Je hausse les épaules.

— Par hasard. La mère de Livie m'avait offert un appareil et je n'ai jamais réussi à m'arrêter.

— Ton expo est très impressionnante, je trouve. Tu arrives à faire passer beaucoup d'émotions dans une simple photo. Moi, je suis nulle y'a toujours une tête coupée sur celles que je fais.

Ok, cette fille est un sacré numéro et je me laisse attendrir par cette personnalité atypique.

— Je pourrais te montrer, ce n'est pas très compliqué, une fois qu'on a pigé le truc.

Elle me fixe avec un sourire qui lui arrive jusqu'aux oreilles.

— J'adorerais.

Bon ok, je crois que j'ai assez donné pour aujourd'hui et me lève.

— Bon, je dois y retourner.

Je rentre dans la galerie. Cette entrevue m'a fait du bien. Livie s'approche de moi et me demande :

— Alors, tu as fait la connaissance d'Hayley ?

— Qui ça ? je lui réponds.

Elle croise les bras en répondant :

— Elle est adorable, si tu la détestes, c'est que t'as pas de cœur.

N'ayant aucune envie de lui donner raison, je la prends dans mes bras et l'embrasse. Elle en redemande et je dois me rappeler où nous nous trouvons pour freiner ses ardeurs.

— Madame Williams, un peu de tenue.

— Mademoiselle Williams, encore pour le moment.

Elle s'écarte de moi et me fait un clin d'œil en se déhanchant un peu trop pour que ça soit innocent. Je l'observe s'arrêter devant Jess en me disant que j'ai hâte que ce jour arrive. Le bébé va bientôt pointer son nez et nous ferons ça avec notre famille réunie. Elle a d'ailleurs avoué que l'idée du sac poubelle en guise de robe ne la tentait pas vraiment. Lorsque je jette un coup d'œil sur le comptoir, je fronce les sourcils. Une fleur de lys est posée dessus. Juste une fleur. Je m'approche et la prends dans ma main. Samantha adorait les lys. Franck lui en offrait régulièrement et elle ne cachait jamais l'amour qu'elle ressentait pour cet homme à chaque fois qu'elle en recevait. Mais je me rappelle que c'est Jess qui a fait venir quelques bouquets pour la décoration et je suppose que celle-ci s'en est échappée.

— Ethan ?

Je me retourne oubliant la fleur orpheline et, en voyant Joey s'approcher, je suis surpris.

— Je ne savais pas que vous passeriez nous voir.

— Oh non, tutoie-moi Ethan s'il te plait, je ne suis pas si vieux que ça.

Je me mets à rire et il ajoute :

— Livie m'a dit de passer si l'envie me prenait. Je voulais te remercier pour ce que tu as dit lors de la réunion. C'est difficile de trouver les mots pour les encourager à aller de l'avant et tu as marqué les esprits.

— C'est ce que je pensais. C'est surtout pour Livie que je l'ai fait. Elle a encore des moments… troubles, mais elle avance. Je l'admire beaucoup pour son courage et sa persévérance.

— Le passé de Livie est très lourd, ça ne s'effacera pas comme ça, mais je suis sûr qu'elle y arrivera.

Impossible de le contredire.

— Les réunions lui ont fait du bien en tout cas. Livie m'a dit que c'était à ton initiative ?

Il hoche la tête.

— Oui, j'ai ouvert mon association il y a quelques années. Je voulais apporter un peu de soutien, sans que ça soit trop solennel. Les personnes sont libres de venir ou pas et de se présenter sans être forcées de parler. Elles prennent les décisions et sont libres d'arrêter si ça ne leur convient pas.

— C'est un bon point de vue. Livie a eu un peu de mal avec son psychiatre. Mais au moins elle avait toujours les réunions, je pense que c'était important pour elle de continuer à pouvoir en parler.

Il se met à rire.

— Elle a mis du temps à s'ouvrir, tu sais, au début. Je savais de quoi il en retournait. Jenny, m'en avait un peu parlé et je l'ai prise à part un soir en voyant combien elle était renfermée. Les femmes violées ont du mal à se confier à un homme, c'est un aspect qui me complique un peu les choses, mais Livie… je crois qu'elle en avait besoin et je l'ai écoutée. Ensuite, elle a fini par s'ouvrir avec un peu de temps. Le non conventionnel lui plaisait, je crois.

— Sûrement, et elle m'a souvent dit que se retrouver face à d'autres personnes l'avait encouragée. Ce n'est jamais la même histoire bien sûr, mais elle m'a dit qu'elle s'était sentie moins seule.

— C'est très important, me répond-il.

Je hoche la tête et rajoute :

— C'est très honorable de ta part en tout cas d'avoir permis à ces personnes de se trouver.

Il sourit en me fixant.

— Il n'y a rien d'honorable là-dedans.

Sa réponse énigmatique reste en suspens alors qu'il s'éloigne avec un simple hochement de tête. Je regarde autour de moi. Ce vernissage dépasse toutes mes espérances, pourtant, je suis anxieux et cette fois, ça n'a rien à voir avec mon géniteur. J'ai longuement repoussé cette soirée pour une raison. Une raison que j'ai longtemps cachée à Livie. Elle a fini par me tirer les vers du nez un soir et je lui ai avoué mes craintes. Et si Franck apprenait que nous étions à New York à cause de moi ? Elle n'a pas hésité à me rassurer en me disant qu'il était hors de question que je mette ce côté de ma vie entre parenthèses à cause d'elle. Nous nous sommes donc mis d'accord sur la meilleure façon de procéder. J'ai expressément posé mes conditions à Jess. À Cover-Road, elle avait ouvert un site internet et faisait régulièrement des annonces sur les réseaux sociaux et c'est ce qui m'a aidé à me faire connaitre, mais ici, il n'en était pas question. J'ai également pris un nom d'emprunt à titre professionnel pour éviter ce genre de déconvenue et que cela arrive jusqu'aux oreilles de Franck. Alors, j'espère que cela suffira.

La soirée est une véritable réussite. Je suis aux anges et profite de chaque moment pour parler de cette passion avec chaque personne qui le désire. J'aimerais tellement que Sam soit là pour voir tout ça. Je lui dois cette réussite.

Les personnes commencent à partir et je profite d'un moment de calme pour m'isoler un peu. Même si j'adore cette effervescence, la foule n'a jamais été vraiment mon truc. Livie m'a aidé à accorder plus facilement ma confiance, mais je crois que j'ai besoin de moments de calme parfois pour me recentrer. Je monte à l'étage et ouvre mon portefeuille en regardant cette photo qui ne me quitte jamais. Une photo de Sam et moi que Livie avait prise un jour qui me semble si lointain aujourd'hui.

— J'aurais tellement aimé que tu sois là pour voir ça.

Je me sens bête de parler à cette photo quand j'entends des pas. Thomas entre dans la pièce et je me raidis. J'aurais presque réussi à l'oublier. Je sais que j'ai dit que je l'écouterais, mais je n'avais pas prévu que ma colère contre lui grandirait à sa seule vue. Livie passe la porte derrière lui et je vois ce qu'elle essaie de me dire.

« Donne-lui une chance ». Elle s'évapore aussi vite et Thomas s'arrête à quelques mètres de moi. Je regarde la photo de Sam et passe un doigt sur son visage.

— J'ai grandi sans père et je m'en tape, c'est bien clair ? Tu ne seras jamais rien pour moi. Je le fais pour elle, je lui dis en lui faisant un signe vers la direction qu'a prise Livie.

Il hoche la tête s'appuyant sur sa canne pour se maintenir debout.

— Ce n'est pas plus cher de s'assoir, je lui dis un peu honteux de le voir en difficulté.

Il s'installe sur le fauteuil face au mien et m'observe simplement. Est-ce vrai, est-ce que maman disait vrai et que je lui ressemble tellement que c'était si difficile de devoir me regarder en face ? Il regarde autour de lui sans prononcer un mot alors que je ne le quitte pas du regard. Après un long moment, ses yeux se reposent sur moi.

— Nous n'étions plus ensemble. Ça faisait des mois qu'elle me faisait du chantage.

Un coup de poing me transperce et la colère monte qu'il puisse me faire croire une chose pareille.

— C'est ça et elle est tombée enceinte par l'opération du Saint-Esprit ?

Il souffle en fermant les yeux et les rouvre.

— J'ai craqué. Je n'ai pas réfléchi. Je suis désolé, tu n'y étais pour rien dans tout ça, mais… ta mère avait un problème. Elle était… malade.

Même si j'ai envie de lui crier à la figure que c'est faux, je dois bien avouer que cette idée m'a traversé l'esprit de nombreuses fois, mais avec son refus constant de vouloir se soigner, aujourd'hui il est trop tard pour en avoir le cœur net. Il détourne les yeux vers le fond de la pièce et continue :

— Lorsque je l'ai rencontrée, elle était si… je n'ai pas de mots. On s'est vite fréquenté, un peu trop vite, et c'est là que j'ai compris que quelque chose n'allait pas. Elle me faisait des crises dès que j'osais parler à une fille, c'était… étouffant. J'ai vite coupé court à notre relation. Pas elle. Elle me harcelait, m'espionnait, m'envoyait des lettres en me menaçant si je ne lui revenais pas. Je sais que ça n'excusera rien, mais partir… m'a libéré.

Je baisse les yeux sur la photo de Samantha. Voilà donc ce que je suis. Non pas une erreur de parcours ou un accident, mais un moyen de pression ? Un chantage ? Et pour quoi au final ?

— Elle m'aimait au début, je lui dis. En tout cas je crois, mais… ça a vite changé. Quand elle s'est mise à se droguer… ça a dérapé.

— Je suis vraiment désolé, me répond-il.

Je relève les yeux vers lui.

— Alors pourquoi ? Pourquoi tu t'es réveillé un matin en me cherchant ?

Il tourne la tête vers la rambarde faisant face à la salle et répond :

— J'étais jeune, je n'ai pas réalisé tout ce que ça impliquait. Et puis j'ai rencontré Tammy.

Il me regarde de nouveau en continuant :

— Lorsque Hayley est née… lorsque je l'ai prise dans mes bras… je me suis rendu compte de ce que j'avais fait. De savoir que j'avais un enfant, là, quelque part, que je ne connaissais pas… que je n'avais pas serré dans mes bras.

Je déglutis difficilement, mais j'essaie de ne pas me laisser trop submerger par ses paroles.

— Alors ça n'a rien à voir avec ton AVC ?

— Ça n'a rien à voir. Ça faisait bien longtemps que j'avais tenté de te retrouver. Mais je n'ai jamais réussi à la retrouver… et donc toi non plus en conséquence.

— On déménageait beaucoup, je lui dis. Elle enchainait les petits boulots et… on ne restait jamais très longtemps. Ça a changé en arrivant à Cover-Road.

Maintenant que j'y pense, je me dis que c'est étrange. J'ai rencontré Livie à peine quelques mois après notre emménagement, je me demande si le fait que Sam rendait visite à ma mère, n'aurait pas au fond fait du bien à celle-ci. Si j'en crois le peu que j'ai compris, Samantha lui rendait visite régulièrement sans que je ne le sache. Ma mère aurait-elle apprécié ces rencontres, lui donnant envie de rester ?

Je me passe une main dans les cheveux devant toutes ces informations et ajoute :

— J'aurais voulu une vie différente, une vie normale, mais dans toute cette merde… je l'ai rencontrée, elle.

Je me lève et m'accoude à la rambarde où nous pouvons observer les personnes en contrebas. Thomas me rejoint et me dit :

— Elle est très jolie. J'ai le droit de te féliciter ?

Je hausse les épaules, je ne sais plus quoi penser ce soir. Même si je ne lui pardonnerai pas pour autant, le fait qu'il m'ait expliqué semble avoir changé quelque chose.

— On s'est trouvé avec Greg et Livie, c'est eux ma famille, je n'en ai pas besoin d'autre.

— Et je n'ai jamais eu la prétention d'autre chose, Ethan. J'ai simplement pensé que tu avais le droit de connaitre la vérité. Si tu ne veux pas de moi dans ta vie, je le comprendrais.

Livie, qui discutait avec Jenny, lève les yeux vers moi. Quand elle sourit, mes lèvres s'étirent toutes seules.

— Je l'aime comme un dingue.

Je ne sais même pas pourquoi je lui dis ça. Il se met à sourire en regardant devant lui.

— Je sais ce que c'est.

Il observe sa femme un peu plus loin discutant avec Hayley.

— Et... ton fils ? Il est où ?

Je sais qu'ils en ont un, même si je refuse de l'admettre, je me suis renseigné après mon petit voyage chez eux.

— Il est resté chez ma sœur.

Je me tourne vers lui en écarquillant les yeux.

— Oui, Ethan, me dit-il en riant, si tu en as envie, tu pourras les rencontrer. J'ai deux sœurs, un frère, et mes parents seraient ravis de faire ta connaissance. La décision t'appartient.

Il n'attend pas une minute de plus et rejoint les escaliers. Je l'observe, sans savoir quoi penser de tout ça. Une famille ? Une vraie, avec des grands-parents, des tantes et tout ce qui va avec ? Complètement impensable.

Chapitre 36

Livie

Ethan reste immobile, accoudé à la rambarde, alors que Thomas redescend avec difficulté de l'étage. Je viens l'aider et il se met à rire en regardant mon ventre.

— Je ne voudrais pas te faire tomber.

— Je ne voudrais pas vous voir tomber.

Il rit et, une fois arrivé en bas, relève les yeux vers Ethan. Celui-ci se redresse et fait demi-tour disparaissant de notre champ de vision.

— Comment ça s'est passé ? je lui demande.

— Mieux que tout ce que j'espérais. Merci Livie. Je ne suis pas sûr de mériter autant de gentillesse de ta part. Je comprends pourquoi Hayley t'adore à ce point. Elle ne fait que parler de toi.

Je pouffe de rire en répondant :

— Ethan répondrait quelque chose comme : comment pourrait-elle me résister ?

Thomas éclate de rire et met un moment à se calmer.

— Bref, merci. Je ne sais pas si ça va changer grand-chose, mais… c'était important pour moi qu'il sache que je me suis senti pris au piège. Cassie… avait un problème, mais Ethan a raison, je n'aurais pas dû la laisser tout gérer toute seule.

Nous en avons longuement parlé tout à l'heure et je dois bien avouer que je ne sais pas quoi en penser. Je n'ai pas vraiment connu cette femme, pour moi la drogue la définissait même si ce n'est peut-être pas juste, mais Ethan a dû faire les frais de ses problèmes, et ça jamais je ne pourrai l'oublier.

— On a été là comme on a pu pour lui. Même si je ne suis pas sûre que ça ait été suffisant.

— C'était déjà beaucoup, me répond-il.

Ethan n'a pas réapparu de la soirée. J'ai dû calmer Jess alors qu'elle commençait à faire son petit chef autoritaire pour qu'elle le laisse tranquille et nous avons assuré jusqu'à la fin du vernissage. C'est une véritable victoire d'après elle. Je la crois, les personnes présentes avaient l'air vraiment emballées et même Hayden a réussi à obtenir assez de fonds pour pouvoir développer le refuge. Il a des idées plein la tête et en voyant ses yeux pétiller, mon cœur se gonfle de voir enfin son rêve prendre vie. Mais quand j'aperçois Cédric dehors, à m'observer à travers la porte vitrée, la colère monte et je pars à sa rencontre. Je ne sais pas ce que je cherche, mais toute cette histoire commence sérieusement à me rendre nerveuse.

— Pourquoi tu es venu ? je lui demande.

Je croise les bras. Je n'arrive toujours pas à déterminer ce qu'il veut à Will. Ne peuvent-ils pas seulement l'oublier ? Cela me faciliterait bien la vie.

— Tu n'as pas répondu à ma question.

— Laquelle ? je demande d'un air innocent.

Il secoue la tête, en souriant en coin, et s'avance d'un pas vers moi. Il m'attrape le bras et j'essaie de me dégager, mais il me tient fermement.

— Je te rends service, Livie. Dis-moi où il est.

— Je n'en sais rien, je lui réponds en me reculant pour qu'il me lâche.

Mais il n'en fait rien et insiste :

— Je sais beaucoup de choses sur toi. Beaucoup, Livie. Ne m'oblige pas à…

— Hey !

La voix de mon frère nous interrompt. Cédric me lâche aussitôt en reculant. Greg s'arrête à côté de moi en fusillant du regard Cédric.

— Il t'embête, p'tit lapin ?

— Non. Il allait partir.

Cédric semble hésiter, mais finit par prendre la bonne décision. Une fois disparu, mon frère se tourne vers moi.

— Qu'est-ce qui s'est passé ?

Lui parler des questions sur Will est une mauvaise idée, alors je lui souris en répondant :

— Il a du mal à comprendre quand on dit non.

Je m'écarte de lui en le voyant sceptique.

— Liv…

— Bonne soirée, Greg.

Cette histoire va finir par m'exploser à la figure, il faut que je trouve quelque chose pour me dépêtrer de tout ça et ça devient urgent.

Une fois tout le monde parti, j'aide Jess et les hôtesses à ranger. Ethan n'a pas réapparu, mais je crois qu'il avait besoin de se retrouver un peu seul après cette rencontre.

Je monte à l'étage le retrouver. Il est face à sa fenêtre, plongé dans ses pensées, dans son bureau. Je rentre et m'arrête à côté de lui en restant silencieuse. Il tourne son visage vers moi et expire doucement en fermant les yeux avant de me prendre dans ses bras. Il me serre contre lui, sans dire un mot et quand il se recule, un simple baiser fini par rompre le silence.

— Ça va ?

— Ça va. J'avais juste besoin... d'être un peu seul. De repenser à tout ça.

— Je comprends.

Il me dit qu'il souhaite rentrer. Jess lui adresse un sourire chaleureux en le saluant. Je crois que, même si Ethan a eu du mal à l'accepter, Jess est une personne sur qui il peut compter. Nous en avons parlé toutes les deux, je lui ai dit de ne pas le brusquer avec ça. Elle m'a parlé de la période où sa mère est morte. Une période destructrice pour lui. Je me suis forcée à l'écouter malgré le mal que cela me faisait de penser que je n'étais pas là. Mais elle a été présente et a épongé les frasques de celui-ci, frasques qui ont failli faire couler sa galerie à cause d'un penchant pour l'alcool que je ne connaissais pas. Il s'est repris peu à peu, mais avait tout de même des périodes où il ne trouvait pas le réconfort dont il avait besoin.

Cela m'a fait penser à plusieurs moments, ici à New York, où il gérait ses contrariétés en buvant plus que de raison. Lorsqu'il a appris qui était Hayley par exemple, ou la petite blague de Greg sur cette histoire de mariage chez Jenny. Il a des facilités pour oublier par ce procédé, mais cela fait bien longtemps que je ne l'ai plus vu dériver de cette façon, je suppose, donc que tout ceci est derrière nous.

Nous sortons dans l'air frais du soir. Je lève les yeux au ciel et souris en apercevant mes étoiles. Étrangement, même si aujourd'hui je n'en ai plus vraiment besoin, elles resteront toujours une ancre pour me rappeler que rien n'est impossible. Que malgré des moments sombres, la lumière finit toujours par réapparaitre. Ethan m'observe et, malgré cette rencontre qui l'a remué, me sourit en comprenant que je me suis perdue dans mes pensées. Il m'attrape la main et nous remontons le trottoir.

— Je t'ai menti, tu es plus que pas mal me dit-il.

Je le regarde en coin et lui réponds :

— Je sais, je suis irrésistible.

Il éclate de rire.

— Je crois que je suis en train de déteindre un peu trop sur toi.

— En bien, je lui réponds.

Il secoue la tête et nous accélérons notre marche le long du trottoir.

— Et si demain on se faisait une journée rien que tous les deux ? On coupe les portables et on se prélasse toute la journée sans rien faire.

— C'est tentant, je lui réponds en m'imaginant en profiter pour me plonger dans un bon bain moussant rempli à ras bord.

Oui, cette idée me plait, et avec Ethan, ce serait un plus.

Il reste silencieux quelques secondes et finit par dire :

— Je ne sais pas quoi en penser.

Je comprends qu'il me parle de son père. Je me contente de poser ma main sur son bras et lui dit :

— Rien ne presse. Tu l'as écouté et tu as obtenu tes réponses. Prends ton temps pour réfléchir et prendre une décision.

— Tout ce dont j'ai besoin là, c'est de toi. Alors, pour le moment, je n'ai pas envie d'y penser, répond-il en s'arrêtant devant les portes de notre immeuble.

Il se tourne vers moi et pose ses mains pour encadrer mon visage.

— Peu importe ce qui se passera, je crois… je crois que j'avais besoin d'entendre ce qu'il avait à me dire. Merci Livie, parce que cette colère contre lui… je crois qu'elle me bouffait de l'intérieur. Aujourd'hui, je me sens plus léger et c'est grâce à toi.

Son aveu me touche. Je me mets sur la pointe des pieds et dépose un baiser sur ses lèvres.

— Je crois qu'on se complète bien.

Il se met à rire et se penche vers moi effleurant ma bouche du bout de ses lèvres.

— On se complète parfaitement.

Quand ses lèvres se pressent contre les miennes, mon cœur s'accélère. Il passe ses bras autour de moi, me collant à lui et je passe mes bras autour de son cou. Notre baiser nous isole du monde extérieur. À cet instant, il n'y a plus que nous. Uniquement nous et rien d'autre. Nous remontons à notre appartement, pressés, les lèvres collées. Ethan me pousse à l'intérieur, ses mains partout sur moi en susurrant.

— Nouveau projet pour demain, on ne quitte pas le lit.

Ce soir-là, je ne regrette qu'une chose. De ne pas avoir vu la fleur de lys posée sur notre paillasson.

Peut-être qu'alors j'aurais compris.

Peut-être qu'alors tout se serait passé différemment...

À suivre...

Remerciements

Il ne devait y avoir que 4 tomes… Mais voilà, Ethan méritait le sien à mon sens. Fouiller un peu plus son histoire lui permettre aussi de voir la lumière. Alors après réflexion, je l'ai laissé raconter son histoire. J'espère qu'elle vous a plu. J'espère qu'Ethan a réussi à vous toucher autant qu'il l'a fait avec moi.

Pour ces remerciements, un hourra à mes bêtas lectrice. J'ai eu quelques coups de mou où j'ai cru tout laisser tomber et elles ont réussi à me rebooster, me donner envie d'y retourner et de persévérer. Merci les filles !

Les auteurs, blogueuses, toutes celles qui acceptent mes plaintes et pleurnicheries quand je suis au bout du rouleau. Petit clin d'œil à Julie Nugues qui à l'heure où j'écris, est d'une grande patience à mon égard 😉 Bisous Julie, je ne t'oublie pas !

Merci à ma Lulu. Mon soutien sans faille. Sans toi, je serais perdue !

À ma petite famille, qui est toujours au rendez-vous pour me secouer les puces !

Petit coucou à Lola, désolée pour la météorite, je n'ai pas pu faire mieux 😉

À mes lectrices qui trouvent chaque jour le moyen de me motiver, me pousser et m'encourager. C'est une aide plus qu'indispensable ! Sophie qui prend sur son temps pour animer le groupe, gros bisous !

À Martine Provost pour cette superbe couverture. Et mon Dieu, je lui en ai fait baver !

Et… tous les autres ! Mille mercis à toutes et à tous !

À découvrir également

« Méga coup de cœur XXL. Je dirais même plus qu'un coup de cœur, c'est un uppercut en plein cœur que j'ai reçu avec ce livre ! »

Disponible partout en numérique et papier

« Je me suis éclatée de bout en bout ! La bienveillance de l'auteure transpire encore une fois dans son récit et trace certes une route difficile mais la rédemption et la résilience est au bout du chemin pour Hayden ! »

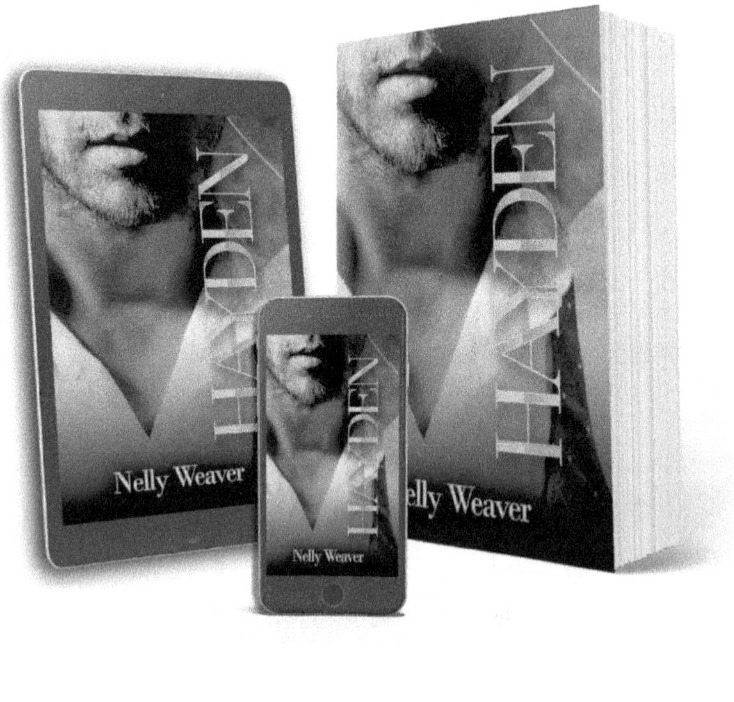

Disponible partout en numérique et papier

Ce livre a été imprimé en France
Dépôt légal : Novembre 2020

Imprimé en France
FRHW010404240823
36056FR00014B/356

9 791035 924201